Contemporánea

Mario Vargas Llosa nació en Arequipa, Perú, en 1936. Aunque había estrenado un drama en Piura y publicado un libro de relatos, *Los jefes*, que obtuvo el Premio Leopoldo Alas, su carrera literaria cobró notoriedad con la publicación de *La ciudad y los perros*, Premio Biblioteca Breve (1962) y Premio de la Crítica (1963). En 1965 apareció su segunda novela, *La Casa Verde*, que obtuvo el Premio de la Crítica y el Premio Internacional Rómulo Gallegos. Posteriormente publicó piezas teatrales (*La señorita de Tacna*; *Kathie y el hipopótamo*; *La Chunga*; *El loco de los balcones*; *Ojos bonitos, cuadros feos* y *Las mil noches y una noche*), estudios y ensayos (como *García Márquez: historia de un deicidio*, *La orgía perpetua*, *La verdad de las mentiras*, *La tentación de lo imposible*, *El viaje a la ficción*, *La civilización del espectáculo*, *La llamada de la tribu*, *La mirada quieta* (de Pérez Galdós) y *El fuego de la imaginación: Libros, escenarios, pantallas y museos*), memorias (*El pez en el agua*), relatos (*Los cachorros*) y, sobre todo, novelas: *Conversación en La Catedral*, *Pantaleón y las visitadoras*, *La tía Julia y el escribidor*, *La guerra del fin del mundo*, *Historia de Mayta*, *¿Quién mató a Palomino Molero?*, *El hablador*, *Elogio de la madrastra*, *Lituma en los Andes*, *Los cuadernos de don Rigoberto*, *La Fiesta del Chivo*, *El Paraíso en la otra esquina*, *Travesuras de la niña mala*, *El sueño del celta*, *El héroe discreto*, *Cinco Esquinas*, *Tiempos recios* y *Le dedico mi silencio*. Obtuvo los más importantes galardones literarios, desde los ya mencionados hasta el Premio Cervantes, el Príncipe de Asturias, el PEN/Nabokov, el Grinzane Cavour, el Premio Nobel de Literatura 2010 y el Premio Internacional Carlos Fuentes a la Creación Literaria. En 2021 ingresó en la Académie Française. Falleció en Lima en abril de 2025.

Mario Vargas Llosa

Le dedico mi silencio

DEBOLS!LLO

Papel certificado por el Forest Stewardship Council®

Primera edición en Debolsillo: enero de 2025
Primera reimpresión: abril de 2025

Printed in Spain – Impreso en España

ISBN: 978-84-663-7977-9
Depósito legal: B-19.292-2024

Compuesto en MT Color & Diseño, S. L.
Impreso en BlackPrint CPI Ibérica
Sant Andreu de la Barca (Barcelona)

P 3 7 9 7 7 9

A Patricia

I

¿Para qué lo habría llamado ese miembro de la élite intelectual del Perú, José Durand Flores? Le habían dado el recado en la pulpería de su amigo Collau, que era también un quiosco de revistas y periódicos, y él llamó a su vez pero nadie contestó el teléfono. Collau le dijo que el aviso lo había recibido su hija Mariquita, de pocos años, y que quizás no había entendido los números; ya volverían a telefonear. Entonces comenzaron a perturbar a Toño esos animalitos obscenos que, decía él, lo perseguían desde su más tierna infancia.

¿Para qué lo había llamado? No lo conocía personalmente, pero Toño Azpilcueta sabía quién era José Durand Flores. Un escritor reconocido, es decir, alguien a quien Toño admiraba y detestaba a la vez pues estaba allá arriba y era mencionado con los adjetivos de «ilustre letrado» y «célebre crítico», los acostumbrados elogios que tan fácilmente se ganaban los intelectuales que en este país pertenecían a eso que Toño Azpilcueta denominaba «la élite». ¿Qué había hecho hasta ahora ese personaje? Había vivido en México, por supuesto, y nada menos que Alfonso Reyes, ensayista, poeta, erudito, diplomático y director del Colegio de México, le había prologado su célebre antología *Ocaso de sirenas, esplendor de manatíes*, que le editaron allá. Se decía que era un experto en el Inca Garcilaso de la

Vega, cuya biblioteca había alcanzado a reproducir en su casa o en algún archivo universitario. Era bastante, por supuesto, pero tampoco mucho, y, a fin de cuentas, casi nada. Volvió a llamar y tampoco le contestaron. Ahora, ellos, los roedores, estaban ahí y seguían moviéndose por todo su cuerpo, como cada vez que se sentía excitado, nervioso o impaciente.

Toño Azpilcueta había pedido en la Biblioteca Nacional del centro de Lima que compraran los libros de José Durand Flores, y aunque la señorita que lo atendió le dijo que sí, que lo harían, nunca llegaron a adquirirlos, de modo que Toño sabía que se trataba de un académico importante, pero ignoraba por qué. Estaba familiarizado con su nombre por una rareza que traicionaba o desmentía sus gustos foráneos. Todos los sábados, en el diario *La Prensa*, sacaba un artículo en el que hablaba bien de la música criolla y hasta de cantantes, guitarristas y cajoneadores como el Caitro Soto, acompañante de Chabuca Granda, lo que a Toño, por supuesto, le hacía sentir algo de simpatía por él. En cambio, por los intelectuales exquisitos que despreciaban a los músicos criollos, a quienes nunca se referían ni para elogiarlos ni para crucificarlos, sentía una enorme antipatía —que se fueran al infierno—.

Toño Azpilcueta era un erudito en la música criolla —toda ella, la costeña, la serrana y hasta la amazónica—, a la que había dedicado su vida. El único reconocimiento que había obtenido, dinero no, por descontado, era haberse convertido, sobre todo desde la muerte del profesor Morones, el gran puneño, en el mejor conocedor de música peruana que existía en el país. A su maestro lo había conocido cuando estaba aún en el colegio de La Salle, poco después de que su padre, un inmigrante italiano de apellido vasco, hubiera alquilado una casita en La Perla, donde Toño había vivido y crecido. Después de la muerte del profesor Morones, él se convirtió en el «intelectual» que más sabía (y más escribía) sobre la música y los bailes que componían el folclore nacional. Estudió en San Marcos y había obtenido su título de bachiller con una tesis sobre el vals peruano que dirigió el mismo Hermógenes A. Morones —Toño había descubierto que esa «A» con un puntito escondía el nombre de Artajerjes—, de quien fue ayudante y discípulo dilecto. En cierta forma, Toño también había sido el continuador de sus estudios y averiguaciones sobre las músicas y los bailes regionales.

En el tercer año, el profesor Morones lo dejó dictar algunas clases y todo el mundo esperaba en San Marcos que, cuando su maestro se jubilara, Toño Azpilcueta heredara su cátedra. Él también lo creía así. Por eso, cuando terminó los cinco años de estudios en la Facultad de Letras, siguió investigando para escribir una tesis doctoral que se titularía *Los pregones de Lima*, y que, naturalmente, estaría dedicada a su maestro, el doctor Hermógenes A. Morones.

Leyendo a los cronistas de la colonia, Toño descubrió que los llamados «pregoneros» solían cantar en vez de decir las noticias y órdenes municipales, de modo que éstas llegaban a los ciudadanos acompañadas con música verbal. Y, con la ayuda de la señora Rosa Mercedes Ayarza, la gran especialista en música peruana, supo que los «pregones» eran los ruidos más antiguos de la ciudad, pues así anunciaban los vendedores callejeros los «rosquetes», el «bizcocho de Guatemala», los «reyes frescos», el «bonito», la «cojinova» y los «pejerreyes». Ésos eran los sonidos más antiguos de las calles de Lima. Y no se diga los de la «causera», el «frutero», la «picaronera», la «tamalera» y hasta la «tisanera».

Pensaba en eso y se inflamaba hasta las lágrimas. Las vetas más profundas de la nacionalidad peruana, ese sentimiento de pertenecer a una comunidad a la que unían unos mismos decretos y noticias, estaban impregnadas de música y cantos populares. Ésa iba a ser la nota reveladora de una tesis que había avanzado en multitud de fichas y cuadernos, todos guardados con celo en una maletita, hasta el día en que el profesor Morones se jubiló y con cara de duelo le informó que San Marcos había decidido, en vez de nombrarlo a él para sucederlo, clausurar la cátedra dedicada al folclore nacional peruano. Se trataba de un curso voluntario y cada año, de forma inexplicable, inaudita, tenía menos inscritos de la Facultad de Letras. La falta de alumnos sentenciaba su triste final.

El colerón que se llevó Toño Azpilcueta cuando supo que nunca sería profesor en San Marcos fue de tal grado que estuvo a punto de romper en mil pedazos cada ficha y cada cuaderno que almacenaba en su maleta. Felizmente no lo hizo, pero sí abandonó por completo su proyecto de tesis y la fantasía de una carrera académica. Sólo le quedó el consuelo de haberse convertido en un gran especialista en la música y los bailes populares, o, como él decía, en el «intelectual proletario» del folclore. ¿Por qué sabía tanto de música peruana Toño Azpilcueta? No había nadie en sus ancestros que hubiera sido cantante, guitarrista ni mucho menos bailarín. Su padre, un emigrante de algún pueblecito italiano, estuvo empleado en los ferrocarriles de la sierra del centro, se había pasado la vida viajando, y su madre había sido una señora que entraba y salía de los hospitales tratándose de muchos males. Murió en algún punto incierto de su infancia, y el recuerdo que de ella guardaba venía más de las fotografías que su padre le había mostrado que de experiencias vividas. No, no había antecedentes en su familia. Él comenzó solito, a los quince años, a escribir artículos sobre el folclore nacional cuando entendió que debía traducir en palabras las emociones que le producían los acordes de Felipe Pinglo y los otros cantantes de música criolla. Tuvo bastante éxito, por lo demás. El primer artículo lo mandó a alguna de las revistas de vida efímera que salían en los años cincuenta. Lo tituló «Mi Perú» porque trataba, precisamente, de la casita de Felipe Pinglo Alva, en Cinco Esquinas, que había visitado con un cuaderno en mano que llenó de notas. Por ese texto le pagaron diez soles, que le hicieron creer que se había convertido en el mejor conocedor y escritor sobre música y bailes populares peruanos. El dinero se lo gastó de inmediato, sumado con otros ahorros, en discos. Era lo que hacía con cada solcito que llegaba a sus manos, invertirlo en música, y así su discoteca no tardó en hacerse famosa en toda Lima. Las radios y los diarios empezaron a pe-

13

dirle discos prestados, pero, como rara vez se los devolvían, tuvo que volverse un amarrete. Después dejaron de molestarlo cuando cambió su valiosa colección por materiales para hacerse una casita en Villa El Salvador. No importaba, se dijo, la música la seguía llevando en la sangre y en la memoria, y eso era suficiente para escribir sus artículos y perpetuar el linaje intelectual del célebre puneño Hermógenes A. Morones, que en paz descanse.

Su pasión era intelectual, única y exclusivamente. Toño no era guitarrista ni cantante, y ni siquiera bailarín. Pasaba muchos apuros de joven con eso de no saber bailar. A veces, sobre todo en las peñas o tertulias a las que iba siempre con un cuadernito de notas en el bolsillo del terno, algunas señoras lo sacaban y él, mal que mal, daba unos pasitos con el vals, que era más bien sencillo, pero nunca con las marineras, los huainitos o esos bailes norteños, los tonderos piuranos o las polcas. No coordinaba, los pies se le enredaban; incluso se cayó alguna vez —un papelón—, y por eso prefirió cultivar la mala fama de no saber bailar. Permanecía sentado, hundido en la música, observando cómo hombres y mujeres muy distintos, venidos de toda Lima, se fundían en un abrazo fraterno que, estaba seguro, confirmaba sus más profundas intuiciones.

Aunque los intelectuales peruanos que ostentaban cátedras universitarias o publicaban en editoriales prestigiosas lo despreciaran o ni siquiera supieran de su existencia, Toño no se sentía menos que ellos. Puede que no supiera mucho de historia universal ni estuviera al tanto de las modas filosóficas francesas, pero se sabía la música y la letra de todas las marineras, pasillos y huainitos. Había escrito multitud de artículos en *Mi Perú*, *La Música Peruana*, *Folklore Nacional*, ese repertorio de publicaciones que llegaban sólo al segundo o tercer número y que luego desaparecían, a menudo sin haberle pagado lo poco que le debían. Un «intelectual proletario», qué remedio. Puede que no despertara el respeto y ni siquiera el interés de intelectuales como José Durand Flores (¿para qué lo estaría buscando?), pero sí el de los propios cantantes o guitarristas interesados en ser conocidos y promovidos, algo que Toño Azpilcueta se había pasado años haciendo, como testimoniaban los cientos de recortes que almacenaba en la misma maleta donde se enmohecían las notas de su tesis. En algunos de esos artículos quedaba la memoria de las peñas criollas que, como La Palizada y La Tremenda Peña, dos locales que estaban en el puente del Ejército, allá en Miraflores, habían desaparecido. Menos mal que Toño había sido testigo de esas tertulias. Frecuentaba todas las de Lima desde muy joven. Empezó con quince, cuando todavía era casi un niño, y las evocaba para que no se olvidara la importante función que habían cumplido. En ocasiones algún periodista que quería escribir una crónica de Lima lo buscaba, y entonces él lo citaba en el Bransa de la plaza de Armas para tomar desayuno. Ése era su único vicio, los desayunos del Bransa, que a veces tenía que costear pidiéndole plata prestada a su esposa Matilde.

Sus ingresos reales los obtenía dando clases de Dibujo y Música en el colegio del Pilar, de monjitas, en Jesús María. Le pagaban poco pero educaban gratis a sus dos hijas, Azucena y María, de diez y doce años. Llevaba allí ya varios años y, aunque no le gustaba enseñar Dibujo, la mayor parte del tiempo lo dedicaba a la música, y por supuesto a la música criolla, con la que cumplía esa labor pedagógica fundamental que era inculcar el amor por las tradiciones peruanas. El único problema eran las enormes distancias de Lima. El colegio del Pilar estaba muy lejos de su barrio, lo que significaba que él y sus dos hijas tenían que tomar dos colectivos para llegar allí cada día; más de una hora de viaje, si no había huelgas de por medio.

A su mujer la había conocido poco antes de que ambos construyeran su casita en ese descampado enorme que por aquellos días era Villa El Salvador. Quién hubiera dicho entonces que esa barriada vería llegar a grupos de senderistas queriendo desplazar a los líderes del sector para controlar a los habitantes. Incluso a los líderes izquierdistas, como María Elena Moyano, una mujer valiente que sólo hacía un par de meses, después de denunciar la arbitrariedad y el fanatismo de los senderistas, había sido asesinada de la forma más brutal en uno de los locales del barrio. Desde que llegaron a la zona, Matilde se había ganado la vida como lavandera y zurcidora de camisas, pantalones, vestidos y toda clase de ropas, un oficio que le reportaba los centavitos que les permitían comer. La unión con Toño, mal que bien, funcionaba, si no para tener una vida intensa, al menos sí para subsistir. Habían tenido sus momentos buenos, sobre todo al inicio, cuando Toño creyó que podría compartir con ella su pasión por la música. La había enamorado enviándole acrósticos en los que plagiaba los versos más ardientes de sus valsecitos preferidos, y llegó a pensar que esas palabras que brotaban de lo más profundo de la sensibilidad popular habían doblegado su corazón. Muy pronto, sin embargo, se dio cuenta de que ella no vibraba como él con los acordes de las guitarras, ni se le entrecortaba el aliento cuando los grandes intérpretes cantaban con sus voces de terciopelo esas estrofas que hablaban de amargos sufrimientos debidos a amores mal recompensados. Convencido de que ella, en lugar de estremecerse con la música y fantasear con vidas mejores y más fraternas, se aburría, dejó de llevarla a las peñas y tertulias, y con los años empezó a hacer su vida solo, sin contarle siquiera qué hacía ni a dónde iba los fines de semana. Eran unas salidas generalmente castas, en las que se dedicaba sólo a conversar, a oír música criolla, a descubrir nuevas voces y nuevos guitarristas —todo lo anotaba con detalle en sus libretas—, y a seguir admirando a los bailarines y sus figuras alocadas. Ya no tomaba como antaño, sobre todo ahora que había cumplido cincuenta años y el alcohol le destrozaba el estómago. Apenas una mulita de pisco o —gran salvajada— de cañazo. En esos ambientes, Toño sentía ejercer su autoridad porque normalmente sabía más que los otros y, cuando le formulaban preguntas, se hacía un silencio como si las respuestas que daba fueran la voz de un catedrático en una universidad. Puede que no hubiera publicado ningún libro y que sus esmerados artículos apenas despertaran la curiosidad de unos pocos, nunca de los insignes letrados, pero en esas casonas oscuras decoradas con láminas de tapadas limeñas y réplicas de balcones, donde se palpaba el verdadero Perú, su aroma más puro y auténtico, nadie gozaba de mayor prestigio que él.

Cuando necesitaba levantarse el ánimo se decía a sí mismo que terminaría el libro sobre los pregones de Lima y se graduaría de doctor, y seguramente encontraría una editorial que quisiera pagarle la edición. Ese pensamiento —que repetía a veces como una especie de mantra— le subía la moral. Había salido a caminar por las terrosas calles de Villa El Salvador y ya veía de lejos su casa y, frente a ella, la fonda y el quiosco de periódicos de su compadre Collau. Cuando avanzó unos cincuenta metros más divisó a Mariquita, la hija mayor de los Collau, que venía a su encuentro.

—¿Qué pasa, mi amor? —dijo Toño, dándole un beso en la mejilla.

—Lo llaman por teléfono otra vez —respondió Mariquita—. El mismo señor que llamó ayer.

—¿El doctor José Durand Flores? —dijo él, echándose a correr para que no fuera a cortarse la llamada antes de que llegara a la pulpería de Collau.

—Es más difícil encontrarlo a usted que al presidente de la República —dijo una voz confianzuda en el teléfono—. Hablo con el señor Toño Azpilcueta, ¿no es cierto?

—El mismo —confirmó Toño en el aparato—. El doctor Durand Flores, ¿no? Siento mucho que no me encontrara ayer. Lo llamé, pero creo que Mariquita, la hijita de un amigo, tomó mal el número. ¿En qué puedo servirlo?

—Apuesto que no ha oído hablar nunca de Lalo Molfino —contestó la voz en el auricular—. ¿Me equivoco?

—No, no... ¿Lalo Molfino, me dijo?

—Es el mejor guitarrista del Perú y acaso del mundo —exclamó con seguridad el doctor José Durand Flores. Tenía una voz firme, compulsiva—. Llamo para invitarlo esta noche a una tertulia donde Lalo Molfino tocará. No deje de venir. ¿Tiene en qué apuntar la dirección? Será en Bajo el Puente, cerca de la Plaza de Acho. ¿Está libre?

—Sí, sí, por supuesto —respondió Toño, intrigado y sorprendido de que algún músico, supuestamente tan talentoso, escapara a su radar—. Lalo Molfino... No, nunca lo he oído. Iré con todo gusto. Dígame la dirección, por favor. ¿A eso de las nueve, entonces, esta noche?

Toño Azpilcueta decidió ir, más interesado en conocer al doctor Durand Flores que al tal Lalo Molfino, sin imaginar que esa invitación le revelaría una verdad que hasta entonces sólo intuía.

II

Son construcciones bastante antiguas, de hace uno o dos siglos las más viejas. Los arquitectos o maestros de obras trataban de edificar viviendas para pobres o gentes con muy poco dinero, con cuartitos levantados a destajo, sin el menor cuidado, poniéndoles un techo corrido de calamina en torno a un patio en el que siempre había un caño del que salía el agua (a veces sucia), y frente al cual hacían cola los vecinos para lavarse la cara o el cuerpo (si eran limpios) y llenar baldes o botellas de agua fresca con la que lavar la ropa y cocinar.

Ni qué decir que los famosos «callejones» de Lima solían ser, entre otras cosas, verdaderos hervideros de ratas, un serio problema para quienes sufren y padecen con esos repugnantes animalitos. Hay una descripción muy famosa de los callejones de Lima de ese gran criollo que fue Abelardo Gamarra, el Tunante, del año 1907, en la que se observa el daño espiritual y físico que producían esos protervos especímenes.

Existían probablemente desde la colonia los más antiguos callejones, es decir los de Malambo y Monserrate, pero a principios del siglo XIX, cuando el general San Martín proclamó la República, aparecieron seres humanos por todo el centro de Lima, y casi en todos los barrios, sobre todo en el Rímac, Bajo el Puente y Barrios Altos. La capital del Perú se llenó de personas sin recursos, que venían a instalarse en la ciudad principal pues allí era más fácil conseguir un trabajo que en provincias, aunque fuera como cocineras, porteros, guardaespaldas y sirvientes. Los envidiosos decían que los callejones también se llenaron de malhechores y gentes de mal vivir de la vieja Lima, pero exageraban un poco.

Casi todos los barrios del centro de la capital, o en todo caso los más antiguos, tenían callejones, esa colección de cuartitos alrededor de un patiecillo que los dueños alquilaban o vendían a las familias, y en los que se instalaban varias personas —los padres y los hijos y los advenedizos, por descontado—, durmiendo a veces con los colchones en el suelo, o, los de mejores ingresos, en camas camarote, de dos o hasta tres piezas, que a veces fabricaban los mismos vecinos con palos, maderas y escalerillas. Era difícil entender que en esos cuartuchos miserables, aunque dignos, se acomodara tanta gente, desde los abuelos y bisabuelos hasta los más pequeños. Nicho de palpitaciones populares, también eran un lugar de infausto hacinamiento, que favorecía las pestes y que periódicamente causaba estragos entre la población que allí vivía.

Nadie iba a imaginar que esos callejones serían, antes que ningún otro, el lugar donde encontrarían hogar las músicas populares peruanas, sobre todo el vals, que se tocaba y cantaba al natural, sin micro por supuesto, sin escenarios para la orquesta ni pistas de baile. Porque allí se celebraban las famosas jaranas —la palabra había nacido con esa música, sin duda—, y se bailaba la zamacueca, y después la marinera y el valsecito, en esas locas trasnochadas que, enardecidas por el pisco puro, el cañazo de la sierra y hasta el buen vino que venía de los lagares de Ica, duraban a veces hasta dos o tres días, mientras aguantara el cuerpo. ¿Cómo lo hacían padeciendo raquitismo económico los habitantes de los callejones? Misterios y milagros de la pobreza peruana.

Allí, en los callejones, nacieron los primeros grandes guitarristas y cajoneadores del Perú, así como los mejores bailarines de valses, huainitos, marineras y resbalosas. Mientras las señoritas de buena familia tomaban clases de baile con sus profesores, que eran generalmente negros, las parejas de intérpretes, por ejemplo los célebres Montes y Manrique, Salerno y Gamarra o Medina y Carreño, animaban esas noches crudas del invierno limeño y se refrescaban en el verano, donde variaban sólo los atuendos y las dosis de alcohol con que se brindaba. Hombres y mujeres eran felices, pero morían jóvenes, y a veces debido a las pestes estrafalarias que acarreaban en sus patitas repugnantes, en sus trompas insanas, en su pelaje grasiento y mefítico las asquerosas ratas que anidaban en las grietas de Barrios Altos.

Además, en los callejones se criaba la gente de buena vecindad, que se amistaba mutuamente, en las enfermedades y en la vida cotidiana, prestándose cosas, ayudándose, celebrando los nacimientos de los nuevos vecinos, invitándose, hasta crearse un tipo de compañerismo estimulado por lo precario de esas vidas sin futuro. En Lima eran famosos los callejones por la facilidad con que nacían esos vínculos, algo que por lo general no existía entre los que vivían mejor que aquellos pobres. Y por eso los callejones y la música criolla resultaron inseparables para los cerca de setenta mil limeños (llamémoslos así) que allí residían, aunque la mayoría de los «callejoneros» venían de todos los pueblos del interior del Perú.

Había callejones en toda Lima, pero los negros (o morenos), muchos de ellos esclavos emancipados o prófugos, tenían los suyos siempre en Malambo, donde se habían rejuntado sus familias. En aquel lugar de lujurioso nombre, las jaranas eran las más famosas, por los zapateados, las magníficas voces, los buenos guitarristas y porque allí estaban los mejores artistas de ese instrumento, el cajón, que inventaron los pobres y que fue el más audaz e ingenioso de los instrumentos que idearon los peruanos para acompañar los valsecitos. Y porque lo asiduo de los asistentes a esas jaranas solía hacerlas durar muchas horas, y a veces días, sin que nadie se despidiera a descansar. El gran compositor nacional, Felipe Pinglo Alva, asistió muchas veces a esas fiestas que animaban los callejones de Lima, pero se retiraba temprano —bueno, eso de temprano es un decir— porque tenía que ir al día siguiente a trabajar. Decían de él que llegó a componer más de trescientas piezas antes de morir.

Quién hubiera pensado que los callejones de Lima serían el mundo natural de esta música, que allí florecería y poco a poco iría empinándose en la vida social hasta ser aceptada por la clase media y, más tarde, incluso adentrarse en los salones de la nobleza y de los ricos, llevada por la gente joven, que, de forma natural, iba sintiendo la música española algo anticuada y aburrida, sobre todo comparada con la peruana y estas letras con tantas referencias al mundillo y las costumbres locales. Cuando la música criolla cundió, desaparecieron los profesores de baile, que se vieron en la disyuntiva de cambiar de oficio o morir de hambre.

Los callejones de Lima fueron la cuna de la música que, tres siglos después de la conquista, se podía llamar genuinamente peruana. Y ni siquiera hay que decir que el orgulloso autor de estas líneas la considera el aporte más sublime del Perú al mundo. En los callejones había ratas, pero también música, y una cosa compensaba la otra.

Antes de que se construyeran los callejones, Lima se divertía también gracias a los carnavales o carnestolendas, en los que el agua corría de un confín al otro de la ciudad, empapando a los transeúntes, que, a menudo, se ponían a jugar con los muchachos callejeros, mojándose también. Pero además de los carnavales estaban las retretas, que llenaban las calles celebrando los cumpleaños de las novias, los padres, los hermanos y los amigos, y que colmaban la noche limeña de voces y guitarras. O sea que, antes de que naciera la costumbre de subir a la cuesta de Amancaes, los limeños se solazaban de variada manera, y quizás la mayor fuente de júbilo fuese el Baile de los Diablitos, del que no queda rastro pese a haber sido, según amanuenses y cronistas, muy popular en su momento.

¿Qué clase de ciudad era la Lima de entonces? En su simpático libro *El Waltz y el valse criollo*, de 1977, César Santa Cruz Gamarra, el famoso decimero, recuerda que en el año 1908 se realizó un censo en la capital del Perú que dio unos 140.000 habitantes en Lima, distribuidos, según la clasificación de aquel tiempo, de esta manera: la población blanca, 58.683 habitantes; mestiza, 48.133; india, 21.473; negra, 6.763; y amarilla, 5.487. Es decir, se trataba todavía de una sociedad pequeña, donde coexistían en el prejuicio blancos e indios, negros y los pocos amarillos, y donde, nos afirma Santa Cruz Gamarra, el instrumento musical más popular era el rondín, aparte del silbido, que los limeños practicaban a voz en cuello por las calles mientras corrían. Porque las carreras eran el deporte más popular, al alcance de todo el mundo. Ya en ese momento el vals y las marineras comenzaban a reemplazar a la zamacueca como la música más oída, según las retretas que comenzaron a ofrecer las bandas militares en las plazas de la ciudad y que eran otra diversión para el público limeño.

En aquellos años, inicios del siglo XX, un dúo célebre, el compuesto por Eduardo Montes y César Augusto Manrique, fue contratado por la casa Columbia Phonograph Company para ir a Nueva York a grabar discos con las canciones nacionales. Grabaron, entre otras cosas, muchos tonderos y resbalosas, por lo que la prensa local los felicitó efusivamente.

El espacio de la capital del Perú era entonces, también, muy pequeño. No existían la Colmena, ni la plaza San Martín, ni el Parque Universitario. No habían proliferado los barrios periféricos por la falta de transporte. Pero en esa ciudad pequeñita todavía estaba produciéndose acaso el más extraordinario fenómeno social: la aparición del vals peruano, que iría a imponerse en pocos años como la música nacional más representativa del conjunto de la sociedad. Los valses reemplazarían a todas las músicas que se disputaban los favores de la gente y se irían implantando de manera natural, sin que nadie lo decidiera ni propiciara, salvo la afición de la inmensa mayoría de nuestros orgullosos compatriotas.

III

Esa noche, Toño Azpilcueta, luego de lavarse la cara y ponerse su mejor terno y su camisa de cuello y su corbata azul —era el único traje elegante que tenía y lo guardaba para las ocasiones realmente importantes—, partió de Villa El Salvador rumbo a Bajo el Puente, el viejo distrito colonial de Lima. Allí lo habían asaltado una vez, hacía de esto ya por lo menos diez años. Él, pacífico y muy tranquilo, entregó su cartera, en la que los decepcionados chaveteros encontraron apenas un billete de diez soles. Se quedaron con él, por supuesto, y Toño tuvo que regresar a su casa en un taxi que pagó con una platita guardada en una cartera azul que ocultaba debajo de su cama.

Desde ese asalto, a Toño le había quedado una cierta hostilidad hacia Bajo el Puente, pese a sus encantos coloniales y al paseo de Aguas. Aunque llamar «aguas» a ese río Rímac tuberculoso que escurría sus fuentes lastimeras entre las rocas y los montículos de arena de su cauce, y que fluía cerca del convento de los Descalzos y las grandes casas y palacios semidestruidos por el tiempo, parecía una broma. Luego venía la salida al paseo de Amancaes, los mendigos y la Plaza de Acho, que, en los meses de octubre y noviembre, se llenaba de vida con la Feria de Octubre, el espectáculo de los toros sobre todo y las muchas peñas criollas que florecían en el barrio.

No tuvo dificultad en encontrar la casa en la que se reunía la tertulia ni, por supuesto, en reconocer a muchos de los asistentes. Más que una casa cualquiera, era un caserón de dos pisos y muchos cuartos, uno de los pocos que quedaban en ese antiguo barrio colonial, donde la mayoría se había ido dividiendo y subdividiendo hasta parecer colmenas. Había mucha gente, hombres y mujeres, más de los que convocaban las peñas y tertulias habituales, bebiendo traguitos de pisco, que el doctor José Durand Flores, en mangas de camisa y con anteojos, como en las fotografías, repartía y bebía a la vez. «Contigo, hermano, salud, salucita», y se aventaba los tragos uno tras otro. Al encontrarse con Toño, lo saludó muy cordialmente, como si fueran viejos amigos.

—Prepárese para lo que va a oír, amigo mío, le advierto que ese muchacho, Lalo, es un fuera de serie con las cuerdas de su guitarra.

Toño quiso intercambiar alguna idea, pero el doctor Durand Flores pareció darse por satisfecho con su presencia y ya no sintió compromiso alguno de entablar conversación con él. Le sirvió un pisco y lo animó a tomárselo de un solo golpe, y siguió saludando a los invitados. Toño Azpilcueta se quedó con la palabra en la boca y se arrepintió ahí mismo de haber ido. Primero tocaron algunos grupos de música criolla que Toño conocía de sobra, porque los había promovido él mismo en sus artículos. Se había sentado en una banca en torno a un pequeño estanque con flores y plantas flotando. Se cansó de dar la mano y abrazos a tanta gente que conocía y que se le acercaba ya algo achispada por las copitas. Iba a alejarse un poco más para evitar conversaciones de borracho cuando vio que el doctor Durand Flores resurgía de entre la multitud dando palmadas para que se estableciera el silencio, pues iba a hablar. Delatando un exceso de alcohol, dijo que esta reunión era para presentarle a la concurrencia, a la «distinguida concurrencia», pues aquí estaban esta noche las mejores expresiones de la música criolla, a un joven guitarrista chiclayano que era «un fuera de serie». Acababa de llegar a Lima y por eso nadie lo conocía todavía. Pidió un aplauso para él. Explicó que se iniciaba una nueva etapa del conjunto Perú Negro, para difundir la música morena peruana en el extranjero, y que su primera visita sería a Santiago de Chile. Lalo Molfino, obviamente, era el nuevo miembro de la compañía. Luego, dándoles la bendición como un curita, exclamó: «¡Contrición y silencio!». Y se calló.

Se apagaron las luces y quedó un solo foco prendido, iluminando un espacio de aquel patio. Entonces apareció el personaje destinado a la fama, según el presagio del doctor Durand Flores. En lo primero que se fijó Toño Azpilcueta, un detalle del que no se olvidaría jamás, fueron los zapatos de charol que llevaba el chiclayano. Sin calcetines, por supuesto. Esos zapatos eran como una marca de fábrica, algo tan personal como una tarjeta de visita. Vestía un traje que le quedaba chico, por lo menos el pantalón, que le llegaba sólo a las canillas, y una camisa floreada, de mangas muy cortas. Tenía una cara seria, algo morena, y una cabellera ensortijada, de esas que no se veían ya nunca en la calle: alargada, muy negra y con una hilera de cabellos grises entreverados. Cuando abría la boca, lucía unos dientes blanquísimos. Estaba adusto y no hablaba, ni siquiera para agradecer los ralos aplausos con que lo recibieron. Sentado en la silla, mientras afinaba la guitarra que cargaba entre las manos, sus ojillos recorrían una y otra vez aquel jardín lleno de tertulianos.

Al oír los primeros acordes, Toño Azpilcueta dejó de mirar esos zapatos de charol que calzaba el guitarrista. Algo curioso le ocurrió entonces. La molestia que le produjo la indiferencia del doctor Durand Flores desapareció, y todo se fue borrando a su alrededor hasta quedar sólo aquella guitarra, que el muchacho —pues era un muchacho quien tocaba— hacía suspirar, lagrimear, subir y bajar, ante ese público, de una manera que Toño Azpilcueta no había oído nunca, él, que había oído a todos los guitarristas profesionales que había en Lima, los más y los menos famosos. Incluso a la primera guitarra del Perú, Óscar Avilés, el hombrón del bigotito recortado.

El silencio fue ganando poco a poco aquel jardín, aquella casa grande. Un silencio taurino, pensó Toño Azpilcueta, un silencio que rompían sólo aquellas cuerdas, como el de aquella tarde de domingo en la Plaza de Acho —nunca la olvidaba—, durante la Feria de Octubre de aquel año, 1956 o 1957, en que su padre, el italiano, lo había llevado a una corrida, la primera que vio en su vida, indicándole que Procuna, el mexicano que toreaba, era muy desigual, un hombre de extremos, pues algunas tardes, preso de un miedo pánico, corría de los toros sin ninguna vergüenza, dejando todo el trabajo a sus peones, y otras, se llenaba de valor y buen arte y se arrimaba al animal de una manera que daba vértigo a los tendidos de la plaza.

Aunque había ido casi todos los años a las corridas limeñas —la afición a los toros le había comenzado desde pequeño—, no creía haber vuelto a escuchar aquel silencio tan profundo, tan extático, de toda una plaza, que, sublimada y expectante, callaba, dejaba de respirar y de pensar, olvidada de todo lo que tenía en la cabeza, y, suspensa, ebria, contagiada, inmóvil, veía el milagro que tenía lugar allá abajo, donde Procuna, derrochando arte, coraje, sabiduría, repetía infinitamente esos naturales y derechazos, arrimándose cada vez más al toro, fundiéndose con él. Volvía a sentirse como en esa tarde, embargado por un sentimiento casi religioso, raigal, primigenio. Mientras el chiclayano tocaba aquellas cuerdas, sacando a cada una de ellas sonidos insólitos, desconcertantes, profundos, medio enloquecidos, Toño palpaba el silencio. Todos los concurrentes, hombres, mujeres, ancianos, habían olvidado las risas y las carcajadas, los diálogos, chistes y piropos, y se habían callado y escuchaban absortos, en estado hipnótico, las cuerdas que vibraban en medio de ese mutismo formidable que dominaba la noche.

Ese silencio reverencial que contaban se daba en la plaza de Sevilla, o en la de Las Ventas, en Madrid, y que estaba seguro de haber oído de niño, en Acho, lo provocaba ahora aquel zambito chiclayano que tenía al frente, a pocos pasos de distancia. Tocaba un vals, por supuesto, pero Toño Azpilcueta no lo reconocía ni lo identificaba porque las cuerdas, impulsadas por los dedos milagrosos de Lalo Molfino, no se parecían a nada que él hubiera oído. Tenía la sensación de que aquella música lo traspasaba, entraba en su cuerpo y corría por sus venas junto con su sangre. Vaya con el pobre Óscar Avilés, la supuesta primera guitarra del Perú, que ahora quedaba desplazada.

No, no era simplemente la destreza con que los dedos del chiclayano sacaban notas que parecían nuevas. Era algo más. Era sabiduría, concentración, maestría extrema, milagro. Y no se trataba sólo del silencio profundo, sino de la reacción de la gente. El rostro de Toño estaba bañado por las lágrimas y su alma, abierta y anhelante, deseosa de reunir en un gran abrazo a esos compatriotas, a los hermanos que habían atestiguado el prodigio. No era el único conmovido. Varios otros sacaban sus pañuelos, entre ellos el doctor Durand Flores. Quiso acercársele y abrazarlo como a un amigo del alma, «¡mi congénere!», alcanzó a susurrar, un hermano por cuyas venas corría la misma sangre. La música había imantado las almas de todos los presentes al punto de que cualquier diferencia social, racial, intelectual o política pasaba a un segundo plano. El patio de la casona estaba electrizado por una ola de compañerismo, reinaba la benevolencia, el amor. Su sentir era compartido, estaba seguro. Cuando Lalo Molfino se levantó de su silla, muy derecho, flaquísimo, prendido de la guitarra, a escuchar indiferente la ovación que le dedicaba el público, creyó ver en las sonrisas de la gente, en sus pupilas chispeantes, en las mejillas enrojecidas, síntomas evidentes de amor fraterno, de amor de patria.

El zambito chiclayano inclinó la cabeza y desapareció por uno de los corredores de la casa. Los aplausos seguían y se escuchaban rumores. La gente parecía encantada. Toño Azpilcueta quiso estrechar la mano, hacerle un par de preguntas, a ese prodigio de la tierra. Lo buscó con la mirada, preguntó por el muchacho, pero nadie le supo responder. El doctor José Durand Flores, feliz, había vuelto a atender a sus invitados llenándoles de nuevo sus copitas con raciones de pisco. Anunciaba con cada brindis el relanzamiento de Perú Negro y su inminente partida a Santiago de Chile. Toño Azpilcueta le dio un abrazo y le deseó lo mejor en su viaje. «Los chilenos van a saber lo que es el verdadero Perú», le dijo, emocionado, y salió silenciosamente de aquel patio, de aquella casa de Bajo el Puente que no olvidaría el resto de su vida. Ya podía volver a la suya, satisfecho, a pensar en el artículo que esa misma noche —acaso mañana muy temprano— escribiría en la Biblioteca Nacional, que quedaba en el centro de la ciudad, en plena avenida Abancay. Allá iba él a redactar sus piezas y a leer los periódicos. Ya tenía el título de su crónica: «El silencio se hizo bajo el puente».

Esa noche no pensó en ratas ni en roedores fantasmales que se meterían en sus sueños a impedirle dormir, como a veces le ocurría. Entre las mantas, mirando el techo de su casa, seguía enardecido por la experiencia que había tenido escuchando a Lalo Molfino. A su lado, Matilde dormía con la boca abierta y moviéndose, como todas las noches. Se quedó mirándola y por un momento la vio tan bonita como Cecilia Barraza. Quiso despertarla, dándole besitos en la mejilla y el cuello, decidido a hacerle el amor con el ímpetu de los viejos tiempos, pero Matilde no se dio por aludida. Manoteó medio dormida, como si alejara un monigote en alguna pesadilla, y se giró hacia el otro lado renegando. Toño Azpilcueta no se dejó amargar. Había oído a Lalo Molfino. Tendría sueños felices y mañana escribiría el mejor artículo de su vida.

IV

Nada más aparecido el vals criollo, y esto es un claro indicio de la rapidez con que se extendió por todas las clases sociales de Lima, una buena cantidad de muchachos bien, pero de malas costumbres, comenzaron a ir a los barrios populares, a los famosos callejones donde se tocaban, cantaban y bailaban los valses y donde había jaranas que duraban días. Iban también, ni que decir tiene, a los prostíbulos, y algunos hasta tenían queridas en ellos. A menudo se armaban peleas colectivas entre los habitantes de los callejones y los recién llegados. Estos últimos constituían una fraternidad que se llamaba La Palizada, porque aquellos muchachos se comparaban con el atronador estallido de los ríos amazónicos que, cuando crecían, desbocados, se llevaban pueblos, casas y a veces hasta personas. Los apodaban los *faites*, es decir, los matones.

Ese gran periodista que fue Abelardo Gamarra, el Tunante, ínclito criollista, no tenía mucho afecto por La Palizada ni por los faites. Definía a éstos así: «Es el guapetón que se la da de no tenerle miedo ni al diablo; o el guapo que en verdad no le tiene; el faite es como un jefe o caudillo sobreentendido; el que se impone a pulso». Y de los miembros de La Palizada no hablaba mejor: «No tenían más objeto que divertirse, enamorar, chupar y arreglar a trompadas cualquier cuenta; gastaban lo que podían y lo que tenían de sus casas, de cualquier modo; eran capaces de llevar a la peña la camisa de papá y los fustanes de mamá... Se trompeaban que era maravilla, pegaban cabezazos y metían secos que daban fiebre y al más pintado guapetón que no fuera de la partida le aplicaban un "cabe" y lo largaban patitieso».

También dice el Tunante que el grupo de La Palizada comenzó a hacer política y a alquilarse a personajes poderosos de este medio, pero uno de los miembros de esta fraternidad, Toni Lagarde, gran amigo de quien esto escribe, me aseguró que no era cierto, que nunca los personajes de La Palizada hicieron la menor incursión en la vida política del país.

Así eran ellos, atrevidos e incluso feroces, se agarraban a golpes, incitados por una virilidad auroral, cuando era necesario. Solía capitanearlos nada menos que Alejandro Ayarza, hermano de doña Rosa Mercedes Ayarza de Morales, autora, compositora de valses y simpatiquísima, a la que el erudito Eduardo Mazzini llama «nuestra gran recopiladora de temas populares». Otro experto del vals peruano, Manuel Zanutelli, corrobora esta afirmación.

Pues bien, don Alejandro Ayarza, más conocido por su seudónimo, Karamanduka, líder de esta pandilla de «niños bien» que descarriaron su camino, se inventó un vals peruano llamado *La Palizada*, cuya letra, según Eduardo Mazzini y don Manuel Zanutelli, definía a la perfección a esa numerosa pandilla. Decía así:

La Palizada

Somos los niños más conocidos
en esta noble y bella ciudad,
somos los niños más engreídos
por nuestra gracia y sagacidad.

De las jaranas somos señores
y hacemos flores con el cajón
y si se trata de dar trompadas
también tenemos disposición.

Pásame la agüilla, la agüilla, la agüilla,
la agüilla, la agüilla...
Yo no te la paso, morenita, ni de raspadilla.
Pásame la agüilla, la agüilla, la agüilla,
que así la educa a su muchachada
el Karamanduka.

Vengan copitas de licor sano,
vengan copitas sin dilación,
venga ese rico licor peruano
que vulgarmente le llaman ron.

Vivan los hombres de gran valía,
viva el dinero, viva el amor,
vivan las hembras, viva la orgía
y el aguardiente que da valor.

Pásame la agüilla...

De las chacritas todas las tardes
a Puerto Arthur voy a parar

a deleitarnos con el buen puro
que don Silverio nos suele dar.

Así pasamos noches contentos
con la guitarra, con el cajón,
así olvidamos los sufrimientos
con los vapores del rico ron.

Pásame la agüilla...

Para nosotros ya no hay trabajo
sino jaranas y diversión
y andamos siempre de arriba abajo
cantando coplas por afición.

Nosotros somos La Palizada
más conocida de la ciudad.
Somos la gente más renombrada
por nuestra gracia y sagacidad.

Pásame la agüilla...

Cuenta la tradición que este vals y su letra fueron compuestos por el propio Karamanduka, una tarde en que se encontraban presos él y los miembros de La Palizada, seguramente por lo mal que se habían comportado en alguna jarana, que debió culminar a golpes y contrasuelazos, cosa bastante frecuente tratándose de briosos peruanos, cachorros de la nación alimentados con lo más excelso del sentimiento patrio. También se cuenta que, cuando Karamanduka rogó al comisario que los dejara en libertad, el oficial lo desafió, diciéndole que los soltaría si él componía de inmediato un vals de letra muy bonita. Karamanduka se las arregló para componer este vals en esos preciosos minutos.

La Palizada fue el billete a la libertad de esos muchachos indóciles. Ya contaré en estas páginas el romance que surgió entre uno de ellos, el mencionado Toni Lagarde, y la negrita Lala, musa de uno de los callejones de Barrios Altos, cuya unión e inmarcesible amor es una prueba empírica que corrobora la hipótesis que el lector encontrará en este tratado.

Así se fue extendiendo por el Perú el prodigioso vals peruano, cumbre de nuestra música criolla que ahora se toca y baila en todo el país. Gonzalo Toledo, en una de las bonitas crónicas que escribe en *El Comercio*, dice que en la bella ciudad de Huancayo, bañada por el río Mantaro, hubo también una Palizada —la llamada Palizada Huanca, por la cultura indígena que floreció antes de los incas en la región—, a la que pertenecían médicos, abogados y funcionarios públicos, que, sin duda, eran más formales y educados que sus modelos limeños.

Recorriendo estas mismas calles de la vieja Lima, mientras buscaba los callejones más famosos de nuestra ciudad —es decir, los mejor relacionados con la música criolla—, fue que tuve mi más trágica experiencia con las ratas. Mi amada Lima, hay que reconocerlo, tiene ese defecto. Y no es la única, pues la plaga aqueja a todas las grandes ciudades antiguas, como París, que tiene tantos siglos y alberga en su subsuelo millones de ratas. En Lima, que no es una excepción, estaba recorriendo el ilustre barrio de los morenos, es decir, Malambo, cuando al entrar a husmear en un viejísimo callejón ya casi en ruinas sentí, de pronto, que me caía sobre el hombro derecho algo que se desprendía del techo de la casa medio deshecha que visitaba. Creí que era un pedazo de ladrillo y, sin mirar, le di un manazo, pero como el peso duraba se me ocurrió mirar sobre mi hombro. Con un respingo que me detuvo el corazón por unos instantes, vi, allí, de costado, aturdida todavía por el susto y el golpe que se había llevado, a una horrible y oronda rata gris que abría los ojos bizcos. Sentí que me faltaba el aire y alcancé a darle otro manazo. El animal cayó al suelo, espantado también —acaso más que yo mismo— por unos segundos, antes de correr a esconderse debajo de las porquerías que había regadas por el suelo.

Como todo gran país, el Perú tiene estas pequeñas máculas. Las ratas traen la corrupción, la enfermedad y la debilidad, y menoscaban el espíritu colectivo que la música ha forjado. Más que una cuestión estética, es una prioridad moral acabar con estos bichos. Apelo al buen juicio de las autoridades competentes.

V

Habían pasado unos meses desde aquella noche en Bajo el Puente y Toño Azpilcueta no había vuelto a oír hablar de Lalo Molfino. Pensó que la prensa especializada se haría eco de la gira de Perú Negro por Chile, pero pasó el tiempo y no vio nada, a pesar de que cada semana, puntualmente, estaba en los quioscos esperando las revistas para hojearlas y leer la noticia. Luego le llegó el rumor de que el chiclayano había dejado Perú Negro para tocar con Cecilia Barraza, y por ese motivo la había citado en el café Bransa de la plaza de Armas, donde le gustaba ir a desayunar cuando su economía se lo permitía. Sólo de pensar en ella se le agitaba el corazón. Como siempre que encontraba un pretexto para ver a Cecilia Barraza, estaba nervioso, expectante, y por eso le costó reconocer al doctor José Durand Flores cuando lo vio acercarse a su mesa. Llevaba anteojos y corbata y un terno que parecía quedarle apretado. Se veía enorme y desajustado mientras le extendía la mano.

—¿Está solo? —le preguntó—. ¿Puedo sentarme con usted a tomar el desayuno?

—Hágame el honor —dijo Toño, levantándose y haciendo una reverencia—. Tengo una deuda de gratitud que no sabré pagarle. Me regaló usted una noche maravillosa en compañía de Lalo Molfino.

El doctor Durand Flores resopló y se dejó caer en una silla que crujió bajo su peso.

—Aquí sirven unos chancays con quesito de la sierra que son para chuparse los dedos —dijo, sacudiendo la cabeza, como si quisiera olvidarse de aquella peña, de Lalo Molfino y de todo lo que le había pasado desde entonces.

Le pidió al mozo el manjar que lo hacía salivar y un buen tazón de café con leche.

—Antes tomaba chocolate —dijo, cambiando de tema y con disgusto—. El único buen chocolate que hay en el Perú es el cusqueño, y casi no se encuentra.

Toño Azpilcueta obvió el comentario y volvió al asunto que encontraba relevante, Lalo Molfino, su gira por Chile. ¿Cómo habían reaccionado esas gentes que no tenían la suerte de decirse peruanos? ¿Se habían rendido al talento de Lalo Molfino? ¿Su guitarra había logrado amansar la fiera sangre mapuche? Sin ganas de ahondar en el asunto, el doctor Durand Flores le dijo que habían tenido un gran fracaso. La compañía Perú Negro había terminado por deshacerse, y no, no quería explayarse ni entrar en detalles.

—Me voy a París el miércoles y allí tomaré chocolate de nuevo —añadió—. Espero no volver por mucho tiempo a Lima. Ni al Perú.

Lo expresó con tanta cara de disgusto que Toño Azpilcueta, comprendiendo lo mal que se sentía el doctor José Durand Flores, se quedó callado.

—Sólo quería decirle que aquella noche en Bajo el Puente no la he olvidado —dijo Toño, luego de un largo silencio—. Gracias a usted y a la guitarra de Lalo Molfino. No me lo puedo quitar de la memoria. No sabía dónde llamarlo para agradecerle.

Le habían traído el café con leche y los dos chancays con queso de la sierra y el doctor Durand Flores los observaba, asintiendo. No era un hombre gordo, sino relleno de pies a cabeza. Tenía una voz suave, amable, tranquilizadora.

—Espero que leyera mi artículo en *Folklore Nacional* —agregó Toño Azpilcueta.

—No, no lo vi nunca —dijo el doctor Durand Flores, preparándose a tragar el primer chancay, al que acababa de dar un gran mordisco—. Trato de olvidarme de esa noche en Bajo el Puente.

—Yo la recordaré lo que me quede de vida —dijo Toño—. Creo que escuchar a Lalo Molfino es la experiencia musical más rica que he tenido. Jamás volví a oír hablar de él. Ni siquiera me agradeció el artículo tan entusiasta que escribí sobre su concierto.

—No lo leyó, sin duda, porque no creo que Lalo leyera —replicó el doctor Durand Flores—. ¿No sabía que ese muchacho murió? Algunos dicen que se suicidó.

Toño Azpilcueta sintió que se le paralizaba el corazón, que se le acababa el mundo en ese instante. ¿Lalo Molfino, muerto? ¿Suicidado? Creyó que se iba a poner a llorar y tuvo que abrir mucho los ojos para que no se le aguaran. Las lágrimas y su fantasía con las ratas eran sus dos debilidades principales. Delante de él, el doctor José Durand Flores masticaba de manera placentera y tomaba traguitos de su tazón de café con leche.

—Era un muchacho muy raro —dijo de pronto, mientras masticaba fuerte—. Lo contraté por lo bien que tocaba la guitarra. Pero allá en Chile nos dio muchos dolores de cabeza. No se juntaba con nadie, no quería tocar en grupo sino solo. Una pesadilla. Todos mis negritos lo odiaban porque pensaban que los ninguneaba. En realidad, él ni se daba cuenta de que los demás existían. Creo que Lalo Molfino era el tipo más vanidoso del mundo. Se consideraba el mejor guitarrista del Perú. Bueno, la verdad es que lo era, ¿no?

—Yo así lo creo, sí, señor —dijo Toño Azpilcueta, sin acabar de aceptar todavía que ese zambo delgadito de los zapatos de charol hubiera muerto. Y preguntó, con la voz rasgada—: ¿Cómo murió?

—Tuberculoso, creo. Tenía los dos pulmones agujereados, además de otras enfermedades —dijo el doctor Durand Flores—. No comía nada, por supuesto. Pero la voz de que se había suicidado corrió por Lima, sí. Yo no estaba aquí, sino en Santiago, tratando de pagar las deudas de la compañía. Perdimos toda la plata que metimos en Perú Negro. Fue un verdadero desastre aquel negocio. Para mí y para mis socios.

Toño Azpilcueta lo atacó ahora con mil preguntas.

—No sé gran cosa, salvo que se murió aquí en Lima, a poco de regresar de Chile. Fue una muerte súbita, en el Hospital Obrero, donde al parecer lo recibieron de milagro. Qué pena, ¿no? Una gran pérdida.

Acabó de comer y estiró la mano para pedirle la cuenta a un mozo.

—¿De verdad se marcha, doctor? —preguntó Toño, ligeramente antojado del aroma de los chancays con quesito de la sierra que había quedado sobrevolando la mesa.

—El miércoles, cuento las horas.

—Hará mucha falta en el Perú, doctor —dijo Toño Azpilcueta, y, después de dudar un instante, pasó del lamento al reproche—. Con todo respeto, no sé qué se les ha perdido a los intelectuales de este país en Francia. Nada bueno se aprende de esos franchutes. Recuerde a César Moro, nos lo devolvieron hecho un rosquete. Y no creo que haya sido el único. Todos los que se van vuelven creyéndose mejores, y sólo para hablar pestes del Perú.

El doctor Durand Flores estuvo a punto de atorarse o de reírse o las dos cosas a la vez. Dejó unos billetes sobre la mesa y le extendió la mano a Toño.

—Que tenga una feliz mañana, estimado.

—Y usted un buen viaje, doctor —dijo Toño Azpilcueta, recuperando la solemnidad—. Confío en verlo pronto de regreso en su patria. Hemos perdido a Lalo Molfino, esperamos no perderlo a usted también.

Toño lo vio salir del Bransa, fofo y enorme, siempre apurado, después de pagar su cuenta. Y contento, sin duda, luego de tomarse ese buen desayuno. Él, en cambio, estaba deshecho. ¿Lalo Molfino, muerto, acaso suicidado? Aquella noche tendría pesadillas con roedores, inevitablemente. Sentía que la humanidad había perdido uno de esos talentos que justificaban el paso del hombre por la tierra. Ahora que había recibido esa noticia, ¿para qué seguir esperando a Cecilia Barraza? Esa entrevista que le había pedido era porque, en las numerosas indagaciones que había emprendido sobre Lalo Molfino, le habían dicho que Cecilia lo despidió de su grupo musical cuando descubrió que estaba enamorado de ella. ¿Sería verdad? ¿O sólo era un chisme sin fundamento? Ya no tenía mucho sentido tratar de averiguarlo. Lo que debía hacer ahora era pedirle disculpas a Cecilia por citarla tan temprano y olvidarse de una vez y para siempre de Lalo Molfino.

Pero cuando Cecilia Barraza llegó al Bransa, media hora después, Toño Azpilcueta seguía ahí en su mesa sin haber dejado un solo segundo de pensar, con inmensa tristeza, en ese muchacho zambito al que había oído tocar la guitarra de una manera que a él le había celebrado la vida, o, mejor dicho, se la había puesto de cabeza. La llegada de Cecilia le levantó un poco el ánimo. Era la única amiga de verdad que tenía en el medio artístico criollo, o al menos eso le gustaba creer. Desde siempre, aunque nunca le había dicho ni siquiera un piropo, había estado enamorado de ella. Era un amor secreto, que él disimulaba en el fondo de su corazón, convencido de que Cecilia era muy superior a él, verdaderamente inalcanzable. Había escrito muchos artículos sobre ella, poniéndola siempre por las nubes, hablando sobre todo de su elegancia y finura en el cantar, de su manera de vestirse y su delicadeza al andar por el proscenio. Sus discos sí los había conservado, y los escuchaba arrobado, siempre a solas, pues de todos los cantantes criollos Cecilita era, de lejos, la que Matilde más detestaba.

—¿Por qué estás tan pálido? —le preguntó ella—. Parece que te fueras a desmayar, Toño.

—Pepe Durand estuvo aquí, tomando desayuno —le dijo él—. Me ha dado una noticia terrible. Tanto que casi me desmayo, cierto. Que Lalo Molfino está muerto.

—¿No lo sabías? —dijo Cecilia.

Estaba, como siempre, muy elegante, envuelta en un chal ligero, botas altas de cuero y una carterita del color de su impermeable bajo el brazo. Muy bien maquillada. Parecía recién salida de la ducha y esos ojitos vivos, tan llenos de luz, centellaban de lo lindo mientras se acomodaba en el asiento, junto a Toño. Éste observó que ella tenía las manos como recién pasadas por una manicurista. Y, en medio de su estupor, pensó lo feliz que habría sido casándose con una mujercita tan bella como la que tenía a su lado. Pero, al instante, se hundió otra vez en sus lúgubres pensamientos. ¿Lalo Molfino, muerto? No lo podía creer.

—Esta cita era para hablar de Lalo Molfino —dijo Toño, con la voz cambiada—. Pero ahora qué más da. ¿Es verdad? ¿El zambito estaba enamorado de ti?

—Se decía eso —reconoció Cecilia, sonriendo, sin dar mucha importancia a ese chisme. Hablaba bajito, para que los de la mesa contigua no la oyeran—. La verdad, nunca me dijo nada. Lalo era muy tímido, tal vez no se atrevía. Nunca me lanzó ni siquiera un piropo. Siempre me trataba de usted. Y eso que estuvo cerca de dos meses en mi compañía. No sabes los dolores de cabeza que me dio.

—O sea que lo conociste bastante —concluyó Toño, animándose a tomar un trago de su infusión de manzanilla, que, como esperaba, estaba helada. Cecilia había ordenado un té con limón y una botellita de agua mineral, lo que siempre pedía.

—Era un genio, por supuesto —dijo ella—. Pero, al mismo tiempo, era un creído, un vanidoso, una persona dificilísima. Un neurótico como no creo haber visto otro igual. Se negaba a tocar con los demás del equipo, quería números para él solito. Todos lo odiaban en la compañía, le decían «el único». Porque no hablaba nunca con ellos y la impresión de todos era que los miraba siempre por encima del hombro. Ahora, es cierto, tocaba la guitarra maravillosamente. Pero si no lo despedía, me iba a renunciar toda la compañía. Sólo el último día, cuando vino a despedirse, lo vi algo tristón. «Le dedico mi silencio», me dijo, y partió casi a la carrera. No sé lo que quiso decirme con eso: «Le dedico mi silencio». ¿Tú lo entiendes?

—Cuando lo escuché tocar la guitarra, en Bajo el Puente, pensé que se había hecho uno de esos silencios que ocurren a veces en los toros —dijo Toño—. Me llega al alma que te dijera: «Le dedico mi silencio», Cecilia. Es obvio que estaba enamorado de ti.

Toño la observaba. Se mantenía muy joven, Cecilia. Él la recordaba, chiquilla, cuando la descubrió el Negro Ferrando en su programa en Radio América, con esa vocecita tan dulce y esos ojos. ¿Cuántas veces la había entrevistado o había escrito sobre ella, elogiándola? Decenas, acaso centenares de veces. Y no se arrepentía, porque ella nunca había defraudado a sus admiradores.

—Te pedí esta cita para que me dijeras cómo contactar a Lalo Molfino —confesó Toño, encogiéndose de hombros—. Quería conocerlo, entrevistarlo. Pobre muchacho. El doctor Durand Flores me ha dejado molido y confuso. Supongo que ya no tiene sentido seguir investigando sobre él.

—Bueno, yo te puedo contar algunas cosas de Lalo —dijo Cecilia, abriendo y cerrando los ojos llenos de brillos—. Era un genio tocando la guitarra, pero un genio raro, rarísimo. Nunca salía, por ejemplo. Quiero decir, a hacer paseos, como íbamos los demás. A conocer los sitios donde tocábamos. Estuvimos en Ica, en Arequipa, en Puno y en el Cusco. Hicimos muchos paseos. Salvo él. Ni siquiera quiso conocer el lago Titicaca. Se encerraba en su cuarto del hotel a cambiar las cuerdas de su guitarra, a afinarla. Y así se pasaba todo el día. ¿No me lo crees? Te lo juro. No le interesaba hacer turismo para nada, tampoco veía a nadie. Sólo le importaba en la vida su guitarra. Ocupaba los días y las noches manipulando las claves, charolando el instrumento, aceitándolo. Vivía para su guitarra.

—O sea que lo botaste de la compañía —dijo Toño—. Pese a ser un genio.

—Se llevaba muy mal con todo el mundo y los otros músicos lo detestaban. Reconocían su talento, por supuesto, pero lo creían medio loco. Yo creo que no lo era tanto. No sé si posaba o era así.

—¿Cómo supiste de su muerte?

—Alguien me dijo que estaba muy grave y que lo tenían en el Hospital Obrero —dijo Cecilia—. Así que fui a verlo.

Estaba hecho una ruina y Cecilia apenas lo reconoció, recluido en la sala común, donde había muchos enfermos. El doctor le había dicho a Cecilia que mejor no lo tocara y que en todo caso no se le ocurriera besarlo; estaba traspasado por la tuberculosis y no iba a durar mucho. Escupía sangre todo el tiempo. Se moriría en cualquier momento sin que el hospital hubiera encontrado a ningún familiar. Ella fue hasta su cama, pero él tenía los ojos cerrados y nunca los abrió mientras la cantante estuvo allí.

—Siempre había sido muy flaquito —dijo Cecilia—. Pero había enflaquecido mucho más... Hueso y pellejo solamente. Estaba dormido, o lo parecía al menos. Tal vez no tenía ganas de hablar con nadie. Volví unos días después al Hospital Obrero y ya se había muerto. Como no hubo quien reclamara el cadáver, lo enterraron en la fosa común.

—¿En la fosa común? —se escandalizó Toño Azpilcueta. No podía creerlo todavía. Sentía desazón, una angustia que le quemaba el pecho. Esa noche las pesadillas serían peores que las de costumbre.

—Eso, al menos, me dijeron en el Hospital Obrero. No pregunté más. Parece que hacen así cuando no se reclaman los restos de un paciente: lo entierran en una fosa común. No me gusta eso de averiguar cosas sobre los muertos. Pobre muchacho. Nada se sabía de él. Acaso no tenía familia. Era de Chiclayo, decían.

—Sí —dijo Toño—, era de Chiclayo. Bueno, no de la misma ciudad. Parece que había nacido en los alrededores, en Puerto Eten.

Quedaron ambos callados un buen rato. Toño no hablaba porque tenía la impresión de que si lo hacía se le quebraría la voz y haría el ridículo frente a Cecilia. Estaba tan conmovido que no se le quitaban las ganas de llorar. ¡Y por una persona con la que no había cruzado una palabra en su vida! Emocionado, tomó una decisión crucial en ese mismo momento. Escribiría un libro sobre Lalo Molfino, fuera como fuera. Investigaría en periódicos y revistas, hablaría con todas las personas que lo conocieron en vida. Su libro sería un homenaje a su enorme talento, pero también muchas cosas más. Finalmente expondría las ideas sobre el vals peruano con las que había especulado tanto tiempo, mientras veía el efecto de la música en el público, sobre todo el efecto de Lalo Molfino aquella vez en Bajo el Puente. Aunque no encontrara editor, lo escribiría: aquí en el Perú había nacido la mejor guitarra del mundo. La cercanía de Cecilia hacía que su corazón latiera más rápido que de costumbre, y eso lo envalentonaba. Olía bien, a agua fresca y a aromas delicados. Y estaba siempre sonriente, bella y graciosa. Lo emocionaba hasta los huesos saber que ese guitarrista excepcional había sido echado a la fosa común porque nadie reclamó su cadáver. Ni la muerte del profesor Hermógenes A. Morones, el gran puñeño, le había dolido tanto. Recordó su velorio. Estaba lleno de gente y hasta el presidente de la República había enviado una corona. Qué diferencia. No había derecho, no era justo. Escribiría su libro sobre la música peruana, y con él, estaba seguro, no importaba si le tocaba poner de su bolsillo para publicarlo, haría un homenaje póstumo al guitarrista y un aporte para solucionar los grandes problemas nacionales.

VI

Nadie sabe cuándo nació la costumbre de los limeños de ir a bailar y cantar, y pasar un día bonito de diversión y holganza en la pampa de Amancaes; sólo se conoce que en sus comienzos era una fiesta religiosa que se celebraba el 24 de junio de cada año. Las acuarelas de Pancho Fierro del siglo XIX nos dicen que aquella fiesta era muy antigua, acaso de ciento cincuenta años atrás, y a ella acudían los limeños para enterrar el Ño Carnavalón que había presidido los pasados carnavales. Algunos decían que hasta el padre Bernabé Cobo dedicó un capítulo de su *Historia del Nuevo Mundo*, de 1653, a narrar la variedad de gente que aparecía en esa fecha por nuestras pampas. Y el historiador Raúl Porras Barrenechea aseguraba haber encontrado la leyenda de un ermitaño, que murió en olor de santidad, con el que comienza la celebración de estas romerías a Amancaes. Se dice también que un acaudalado minero de Potosí, Aurelio Collantes, construyó allí una capilla consagrada a san Juan de Letrán, en la cual se celebraba el día de San Juan y tenía lugar la recepción de los caballeros cruzados.

En verdad, nadie sabe nada con certeza. Existen toda clase de fantasías sobre su origen. Pero lo importante es que, cuando en la pampa de Amancaes aparecían esas insólitas flores amarillas, todos los limeños, de cualquier clase social, desde los más empingorotados hasta los más humildes, subían cargados con sus instrumentos musicales dispares, se acomodaban y empezaban a tocar. Entre los grupos correteaban los chiquillos y los perros y, por supuesto, los jinetes a caballo aprovechaban para lucir sus cabalgaduras y hacerlas a veces bailar. Así enamoraban a las chicas, delante de sus padres. Es muy probable que allí, en Amancaes, naciera el vals peruano. Las primeras fotos que se tomaron en Lima lo confirman así.

Los testimonios coinciden. A la pampa de Amancaes iban desde los blanquitos más respingados hasta los cholos patacalas que estaban empezando a olvidarse del quechua y a chapurrear el español. Y los chinos y los japoneses y los españoles y demás extranjeros. Se oían todos los idiomas. Y ahí se encontraban todos, desde los viejos guitarristas que pertenecían a los comienzos del vals, como José Ayarza y Gómez Flores, Pedro Fernández y Luis A. Molina, y otros ilustres representantes de la Guardia Vieja, la generación de Felipe Pinglo Alva, hasta doña Rosa Mercedes Ayarza de Morales, que recopiló decenas y acaso cientos de canciones peruanas y las hizo públicas desde el escenario del Teatro Politeama. Allí, los niños y chiquillos aprendían de sus mayores a bailar el Baile de los Diablitos —nadie sabe todavía cómo era y probablemente nunca se sabrá— o a tocar la guitarra, el rondín, la vihuela, o a montar a los potros que hacían carreras entre esa muchedumbre de gente.

Don Pedro Bocanegra, por ejemplo, era famoso por las serenatas que ofrecía a media Lima, en los cumpleaños de los viejos y de las niñas. La reciedumbre de su voz lo precedía por las calles y todos lo saludaban, como un eximio representante de la Guardia Vieja. El sobrio bordoneo de su guitarra abría puertas y su voz varonil permitía que sus serenatas congregaran multitudes. Luego, al amanecer, don Pedro volvía a su cuarto, en el callejón del Pino, en la calle Patos, porque, decía, «había vivido una noche de bohemia». Era uno de los asistentes al paseo de Amancaes a los que todos respetaban. Había varios como él.

Se daban muchas serenatas en la pampa de Amancaes; los novios aprovechaban para halagar a sus novias y, de paso, hacerse conocidos y aceptados por las buenas familias. Y las muchachas, no se diga, estaban orgullosas de aquellas serenatas, que a veces duraban horas, o días, y que familiarizaban a las novias con las severas familias de entonces, tan católicas que las vidas se les pasaban entre nacimientos, duelos, entierros y procesiones.

Las fotos más antiguas delatan a personajes ilustres, como Juan Francisco Ezeta y Pedro Fernández, en los lugares frecuentados por los más pobres, que bailaban descalzos el Baile de los Diablitos. No estaba claro si las comparsas representaban a los diablos escapados del cementerio (y del infierno) o si las parejas que bailaban querían devolverlos al averno del fondo de la tierra, para que se pudrieran allí desde ahora hasta el fin de los tiempos. Esto ponía en Amancaes un dato religioso de color maligno, pero, en lo demás, esta fiesta popular, a la que acudían miles de miles de personas y a veces hasta los presidentes de la República, era una de las más felices. Las familias se preparaban con anticipación, planchando y retocando sus vestidos, elaborando las bebidas y comidas abundantes para los dos o tres días que pasarían allá arriba, cerca de las nubes, donde caía un manto de flores amarillas sobre las caras de las muchachas y de los caballeros.

Cuando Chabuca Granda inventó esos bellos valses que han dado la vuelta al mundo celebrando la pampa de Amancaes, ésta ya estaba bien muerta y enterrada. La ciudad había ido avanzando y recortando el espacio de Amancaes en que antes transcurría la fiesta. Y las nuevas construcciones iban reduciendo el perímetro donde en tiempos se bailaba y cantaba.

Hoy, el paseo de Amancaes es más una idea que una realidad. Una idea de bienestar y de confraternidad entre los limeños de todas las clases sociales, razas y colores, que iban allá arriba a gozar y a divertirse. Entre las músicas que se tocaban y los bailes que se bailaban, en esas tardes fue surgiendo misteriosamente un baile mágico, el vals peruano, que nadie inventó, que fue emanando poco a poco, como lazo de unión entre todas esas gentes tan divididas y separadas por múltiples prejuicios, que, en los días de Amancaes, olvidaban sus prevenciones sociales y se disponían a querer al congénere humano, a solazarse a su lado y a gozar.

Todas las indicaciones señalan que en la pampa de Amancaes las peleas eran mínimas: se separaba de inmediato a los autores de un choque o un pugilato, incluso de una discusión, y las buenas palabras se imponían sobre las malvadas. Todos confraternizaban allí y de alguna manera se querían: eso era el Perú.

Más tarde, impulsados por el éxito de las polcas y bailes de Chabuca Granda, los gobiernos y la gente quisieron resucitar aquellos buenos tiempos, apelando a viejas glorias como los guitarristas Alcides Carreño y Alberto Condemarín. Pero ya no había espacio. El crecimiento de la ciudad había ido achicando la pampa hasta reducirla a lo que es ahora, un pequeño parque semiahogado entre edificios, parkings y construcciones modernas. Sin embargo, en el viejo pasado, en la pampa de Amancaes debió de nacer el vals peruano, esa música que, por encima de los prejuicios y anatemas, uniría a los peruanos y les daría un sólido asiento musical en el que, sin que nadie lo pidiera, se forjaría esa conexión entre todos los naturales de esta tierra, algo que ahora nos hace soñar. Ésa es mi más firme convicción y, mientras no se demuestre lo contrario, en ella creeré.

VII

Toño Azpilcueta sabía que los grandes arenales de la costa peruana, al sur y al norte de Lima, le iban a gustar. Y, en efecto, allí estaban, rodeando el ómnibus de la empresa Roggero que lo llevaba de Lima a Chiclayo. No había viajado mucho por el Perú, salvo al Cusco en avión, y también en avión a Trujillo, invitado por el Club Libertad y por Guillermo Ganoza, ese señorón trujillano tan simpático, a ser miembro del jurado en el Festival de la Marinera, que, sea dicho de paso, venía alcanzando un enorme éxito desde que se había fundado en 1960.

Pero no había visto nunca este paisaje de enormes arenales amarillo pálido, tirando a veces a grises, con las espumosas olas del mar a su izquierda, y a la derecha, asomándose, los contrafuertes de la cordillera de los Andes, que había imaginado muchas veces, por las fotografías o los textos de historia que, eso sí, leía y releía.

Ahí estaban esos formidables, interminables arenales que se prolongaban hasta la fortaleza de barro de Chan Chan, pasado Trujillo, la antiquísima ciudad de adobes, donde los antiguos peruanos enterraban a sus muertos, humanos o animales, sus taparrabos, sus muñequitos, sus cordones de nudos, todo aquello ligero, grácil, original que floreció en las pequeñas culturas de la costa y de lo que estuvieron desprovistas las grandes culturas de la sierra, civilizaciones guerreras, conquistadoras, primero los aimaras, luego los incas, que no tenían tiempo para desperdiciarlo tejiendo los suntuosos mantos de alas de pájaros de Paracas, destinados a la pura contemplación y al placer. No se cansaba de ver esas playas de olas bravas que se querían comer vivas las piedras que bajaban de la cordillera.

Estaba muy contento. Hacía días que no tenía pesadillas ni de día ni de noche con los asquerosos animalitos, y, gracias al préstamo de su compadre Collau, por fin había emprendido el viaje a Chiclayo y a Puerto Eten. Una mañana, después de haberlo oído repasar varias noches la vida triste y breve de ese guitarrista chiclayano, se apareció por su casa, algo chupado, esquivando su mirada, con una mano en el bolsillo.

—Vengo a hacer una buena acción contigo —le dijo el chino Collau. Toño hubiera dicho que era de su misma edad, pero los chinos tenían todos aquella edad indefinible, de jóvenes o viejos, y Collau no era una excepción a la regla.

—Anoche estuvo bonita la conversa, ¿no? —recordó Toño Azpilcueta. Había estado desatado, hablando hasta por los codos de Lalo Molfino y la huachafería—. Creo que me excedí y hablé de los incas y del Tahuantinsuyo. ¿No es cierto, compadre?

—Mucho, hablaste como un loro —asintió Collau, con un hilito de voz—. Tanto que me quedé un buen rato sin dormir, pensando en la historia que nos contaste. Nos dejaste conmovidos, compadre. Qué aventura triste la de ese muchacho. Sobre todo si estaba enamorado de Cecilia Barraza. Y qué bonito eso que le dijo al despedirse: «Le dedico mi silencio».

—Es que cuando hablo de Lalo Molfino me emociono mucho y hasta se me saltan las lágrimas, compadre —repuso Toño, dándole al chino Collau un palmazo en la espalda—. ¿Y cuál es esa buena acción, se puede saber?

Eran amigos desde que ambos habían construido sus casitas con sus propias manos, hacía de esto ya años, en este barrio, con un sacrificado alcalde español llamado Michel Azcueta y nacionalizado peruano, que no se parecía a ningún otro. Ninguno de ellos tenía títulos de propiedad, aunque, si eran verdad las palabras del alcalde, ya vendrían. Solían conversar en las noches, aunque la mujer de Collau, Gertrudis, una serranita de Ayacucho, madre de sus tres hijas, no acostumbraba participar en esas conversaciones. Salía a veces, los miraba muda y hosca, y volvía a meterse en su casa.

—Te voy a prestar cinco mil soles, hermano —le dijo su amigo Collau, incómodo, hurtándole los ojos y casi balbuciendo—. Para que escribas el libro que se te ha metido escribir sobre Lalo Molfino y las cosas del Perú. Para que vayas a Chiclayo a averiguar sobre la vida de ese flaco. Escribe ese libro, mi hermano. Harás llorar a mucha gente, si lo cuentas como nos lo contaste anoche. ¿Viste que a tu mujer se le salían también las lágrimas?

Toño no supo qué responder. ¿Le prestaba cinco mil soles? Qué le había pasado a Collau, era la primera vez que le ocurría esto y lo conocía hacía ya años.

—Te los presto porque a mí me hiciste llorar también, compadre, ya en la cama. Quién lo diría, porque yo no soy nada sentimental. Pero me conmoví con las cosas que dijiste de ese muchacho, cuando estaba agonizando en el Hospital Obrero. Sobre todo siendo el gran guitarrista que fue —dijo el chino.

Toño Azpilcueta no sabía qué decir; la iniciativa de Collau lo había tomado totalmente de sorpresa. Tendría para ir a Chiclayo, averiguar en Puerto Eten cuál había sido la infancia de Lalo Molfino, entrevistar a tanta gente. Sería el primero y el último libro que publicaría, pues le tomaría años, o por lo menos muchos meses escribirlo. Sentía un nudo en la garganta. Vio que Collau le sonreía.

—¿Lo aceptas o no? —lo oyó decir, muy junto a él—. ¿Aceptas o no ese préstamo, compadre? Te has quedado mudo y no sé cómo interpretarlo. Por lo demás, Gertrudis está de acuerdo con que te dé esta ayudita, Toño. Mi mujer es un poco seca, pero muy sentimental. Como todas las ayacuchanas.

—Es que me has dejado frío con tu generosidad, Collau. ¿Has dicho de veras lo que he oído? ¿Cinco mil soles? ¿Me los vas a prestar?

—Claro que sí, compadre —asintió el chino Collau. Sacó la mano del bolsillo del pantalón y puso sobre la mesa un alto de billetes arrugados—. Aquí los tienes, amigo. Para que hagas llorar a todo el Perú, como nos hiciste llorar anoche a Matilde y a mí.

Toño había contagiado al chino Collau con su entusiasmo. La pasión desbordada con la que hablaba de Lalo Molfino y de la importancia que tenía la música criolla para la unificación del Perú no sólo le había reblandecido el alma, sino que lo había hecho sentir parte de una empresa que dignificaba al pueblo peruano. Así no fuera un sentimental como esos criollos que frecuentaban las peñas, su amigo se había emocionado al oírlo decir, con una firmeza que rayaba en la exaltación, que la huachafería y el vals criollo, dos fenómenos indisolubles, eran los grandes aportes peruanos a la cultura universal. Esa idea, además de bonita, merecía ser plasmada en un libro. Por eso ponía a su disposición esos soles que sumaban todos sus ahorros.

—Nunca he visto tanta plata junta —dijo Toño, contando los billetes—. Todavía no me lo puedo creer, compadre. ¿Estás seguro que me los prestas, hermano? No sé cuándo podré pagártelos.

—No te preocupes por eso —se rio Collau—. Es un préstamo sin plazo fijo. Cuando puedas me los pagas, y, si no puedes, tampoco pasa nada. Guárdatelos bien y escribe ese libro, por lo que más quieras, Toño.

—Ahora estoy convencido de que existen Dios y el cielo —le dijo Toño a Matilde, su mujer, acariciando entre los dedos los billetes que le había dado Collau—. Porque se va a ir al cielo, si existe, ese Collau, te lo aseguro.

Apenas le salía la voz, apenas podía expresar la felicidad que sentía.

Gracias a ese gesto, Toño estaba ahora en Puerto Eten. Había confirmado que Lalo Molfino no había nacido en Chiclayo, sino allí, y que en este puertecito había pasado su infancia y descubierto probablemente los secretos de la guitarra. ¿Quién habría sido su maestro? Debía tener alguno. Para su investigación era indispensable encontrarlo.

No conocía a nadie en Puerto Eten, pero le habían dicho que se trataba de una ciudad pequeña a la que llegaban los trenes de la sierra y de los alrededores. Supuso que todo el mundo conocería a Lalo, pues, si era cierto lo que creía Toño, su existencia era lo más importante que les había pasado a los habitantes de esa localidad en toda su historia. Le bastaría mencionar el nombre del guitarrista para que lo recibieran con los brazos abiertos, y cientos de personas que habrían conocido al guitarrista le dieran toda la información que necesitaba. En su rápida visita, de sólo dos o tres días, podría recoger muchos datos sobre ese muchacho, estaba seguro.

No había podido reservar desde Lima ningún ómnibus o colectivo de Chiclayo a ese puerto que, según le habían dicho, tendría unos dos o tres mil habitantes, pero le habían asegurado que había decenas de omnibuses, hasta centenas, y que no tendría dificultad para tomar alguno. El hotel para pasar la noche en Chiclayo sí lo había reservado; se llamaba Santa Rosa, estaba en el centro de la ciudad, cerca de la plaza de Armas, y aunque no tenía pensión era muy barato. Iba a quedarse sólo una noche, de manera que, aunque fuera pobretón, no la iba a pasar tan mal.

Había pasado varios días en Lima siguiendo las huellas de Lalo Molfino, pero no había conseguido averiguar gran cosa, porque el muchacho de los zapatitos de charol no había dejado mucho rastro de su paso por la capital. En el Hospital Obrero, por ejemplo, donde pasó sus últimas noches de vida, se había encontrado con un muro de silencio. No sabía, pese a las numerosas preguntas que formuló, por qué lo habían recibido no siendo obrero ni gozando de un trabajo estable, ni qué médicos lo habían visto; sólo le dijeron que, cuando murió, como nadie reclamó su cadáver, lo habían enterrado en la fosa común, tal como le contó Cecilia Barraza. Ni siquiera sabía a ciencia cierta por qué Lalo se había venido a Lima desde su tierra chiclayana. Y de sus trabajos únicamente confirmó lo que ya le habían contado: que pasó por el Perú Negro del doctor José Durand Flores y, luego, por la compañía que formó Cecilia Barraza para viajar por el país. Sin duda, para no morirse de hambre debió de enchufarse en el entretiempo en alguna peña criolla, o emplearse en alguna compañía o bar como guitarrista; pero eso Toño Azpilcueta no lo había podido desentrañar todavía.

La dificultad para avanzar en su investigación hizo aparecer, una vez más, la irritación en las piernas y en los brazos. Le bastaba cerrar los ojos para ver esas figuras repulsivas acercándosele al rostro. No entendía por qué resultaba tan difícil dar con el rastro del guitarrista, y mientras más pensaba en eso más injusto le parecía el destino de ese genio desconocido. Una de esas tardes, al salir de la Biblioteca Nacional, en el centro de Lima, frustrado por haber malgastado otra jornada eterna sin lograr mayores avances, sucedió lo inevitable, lo que ya demoraba mucho en ocurrirle. Se disponía a tomar el ómnibus al corazón de la ciudad, de donde encadenaría con el colectivo a Villa El Salvador, cuando súbitamente tuvo la seguridad de que un roedor callejero se le había metido entre la camisa y el cuerpo. Se paró en plena calle y, sin importarle la gente que pasaba, se abrió el saco, se sacó la camisa y comenzó a pasarse el espejito, que llevaba siempre en el bolsillo, por la espalda. No había ningún animal. Estaba medio desnudo de la cintura para arriba, llamando la atención de los transeúntes, y procuró vestirse de nuevo a la carrera. Resultaba estúpido, lo sabía, y sin embargo era un temor irresistible, un pánico que caía sobre él como una lluvia, que lo estremecía y desesperaba, y entonces tenía que entrar a un baño y quitarse el pantalón, o la camisa, o los zapatos, si pensaba que los roedores merodeaban en sus pies, bajo las medias o, todavía peor, debajo del calzoncillo. Nunca había encontrado ninguno, por supuesto, con la excepción de aquella rata de Malambo que le cayó encima. Pero el terror que de pronto le sobrevenía ante la idea de que allí, debajo de sus ropas, se había aposentado uno de esos animales horribles, con la cola erizada, lo hacía enloquecer y por unos segundos que parecían horas se pasaba el espejito. No podía evitar aquellos pánicos que lo llevaban, donde estuviera, a hacer el ridículo. Nunca le contaba a Matilde de esos incidentes, que, se decía, le arruinarían a ella la vejez.

A pesar de no tener mucha información sobre Lalo Molfino, Toño Azpilcueta había escrito numerosas fichas y resúmenes sobre el libro que escribiría y para el que había encontrado hasta un título provisional, *¿Un champancito, hermanito?*, una evocación y homenaje a su compadre Collau, mecenas del proyecto, que cuando estaba contento y había pretexto entraba a su casita y sacaba una botella y le ofrecía una copa. Además, era festivo y hablaba de dos temas fundamentales: la hermandad y la huachafería.

En una de sus notas ya había subrayado que era absurdo considerar esta palabra como un sinónimo de la cursilería, según decían algunos diccionarios, sobre todo el diccionario de peruanismos. No, había en la huachafería peruana algo más que lo meramente cursi: había una manera de entender el mundo de un modo diferente a los otros, algo más ingenuo y más tierno, menos culto pero más intuitivo, y característico en cada clase social. Él convertiría los zapatitos de charol de Lalo Molfino en su símbolo. Había una huachafería humilde, de los peruanos indios, una huachafería de los cholos, es decir, de las clases medias, y hasta los ricos tenían su propia huachafería cuando se hacían pasar por nobles o descendientes de nobles, retándose a duelo entre ellos según el código del marqués de Cabriñana, como si eso fuera a blanquearlos un poquito, haciéndoles perder su condición de mestizos.

Porque el peruano de verdad era el mestizo, el cholo; lo habían sostenido los indigenistas, y sobre todo ese gran cusqueño que fue José Uriel García en su libro *El nuevo indio*, de 1930, uno de cuyos capítulos, «La caverna de la nacionalidad», hablaba de la chichería. Uriel García apenas lo había dejado insinuado, y por eso le correspondería a Toño seguir su pista para entender los misterios del mestizaje y de la huachafería peruanos expresados en la música criolla, en el vals, los pasillos, la marinera, la polca, los huainitos serranos, que se tocaban con la guitarra, aunque también valieran el cajón, las quijadas de burro, el piano, la corneta, la sonajera, el arpa, los laúdes, los rondines y las decenas de infinitos instrumentos serranos, costeños y amazónicos que habían ido creando la riqueza del folclore nacional. Los intelectuales vanidosos —entre los que no estaba el doctor José Durand Flores, por supuesto— despreciaban estas expresiones artísticas por querer parecerse más a los franceses o ingleses. No entendían que sólo lo huachafo era bello y verdadero porque surgía de un sentimiento no corrompido, de una reacción sabia e intuitiva ante el mundo que antecedía a las formas artificiales y a las poses amañadas que se les pegaban a esos escritores que sólo leían en francés e inglés, y que por lo mismo miraban con indiferencia y hasta desprecio las revistas donde publicaba Toño.

En su libro, que no podrían dejar de leer, el maestro superior de la huachafería sería Lalo Molfino, que había pasado por esta vida como una exhalación y quien, posiblemente sin quererlo ni saberlo, había creado con su guitarra esa música que a él, Toño Azpilcueta, lo había transportado a unas alturas de una intensidad única. Aquella noche en Bajo el Puente entendió al fin por qué había dedicado su vida al folclore nacional. Un folclore que, aunque sólo integrado a fines del siglo XIX, con Felipe Pinglo Alva y los compositores y bohemios de la Guardia Vieja, y luego los faites de La Palizada y cien peñas más, había venido gestándose tres siglos atrás, cuando luego de la ferocidad de los descubrimientos y las conquistas españolas había surgido el Perú del futuro, enlazando, en la violencia, por descontado, lo español y lo indio para que nacieran los peruanos.

Unos decían que su origen era una música española y sevillana, el fandango; otros, como el historiador Manuel Zanutelli Rosas, que el vals peruano venía de Austria, con Johann Strauss. Nunca se ponían de acuerdo, pero qué importaba su origen, lo que valía era su mera existencia, ahora y siempre. Felipe Pinglo Alva, el padre de la música peruana, era un mito y todos los mitos tenían orígenes diversos y hasta contradictorios.

Durante el viaje a Chiclayo, Toño Azpilcueta sonreía, alegre. Su libro, se decía, tendría una orientación ideológica y defendería una tesis. ¿Podría publicarlo? Sí, claro, ya encontraría gente interesada en sus teorías que lo ayudaran a pagar la edición. Aunque fuera un libro muy sencillo, en papel casposo y con páginas compuestas a mano por esos tipógrafos huachafos y geniales que todavía existían —reliquias históricas— en algunas imprentas de Lima. Mejor si se trataba de una edición huachafa, porque Toño Azpilcueta no tenía vergüenza en reconocerlo ni decirlo. Él era un excelso representante de la huachafería. Esa idea lo hizo reírse en voz alta y algunos pasajeros del ómnibus se volvieron a mirarlo, desconcertados, creyéndolo loco. Toño disimuló, tosiendo y mirando por la ventanilla.

Ya no se veía el mar, la carretera se había adentrado algo hacia la cordillera, pero los arenales, grises ahora, conmovidos por ralos arbustos y coronados por nubes blancuzcas, seguían siempre allí, interrumpidos a veces por pueblecitos ínfimos, minúsculos, cuyos nombres él desconocía, en los que el ómnibus paraba para dejar y recoger pasajeros, que, felizmente, nunca llenaban el vehículo.

El calor iba aumentando, por doquier. Ese desierto que lo rodeaba era misterioso y, según los entendidos, estaba lleno de animales que venían a abatir los cazadores furtivos los fines de semana; en sus dunas había conejos, lagartijas, arañas, hasta pequeños zorros. Y, cómo no, los malditos animalitos que tanto odiaba: ratas y ratones de todos los tamaños. Llevaba varias horas en el ómnibus, rodando, y comenzaban a dolerle los huesos y las nalgas de tanto estar sentado.

¿Se comería esa noche el famoso arroz con pato, la gran especialidad culinaria chiclayana? Sí, tal vez, con un vasito de cerveza. Pero después de las más de once horas de zangoloteo en este ómnibus sólo quería dormir, ojalá en una cama cómoda y limpia.

El hotel Santa Rosa estaba muy cerca de la plaza de Armas, en la avenida San José. Todas las tiendas de Chiclayo permanecían abiertas y una multitud entraba y salía de ellas. Toño Azpilcueta no tuvo que tomar un taxi; pidió indicaciones y fue caminando hasta el hotel con su maleta de ropa y el maletín donde tenía sus fichas y cuadernos. Pese a lo mal que sentía su cuerpo, estaba dichoso y optimista. Le parecía que sólo ahora comenzaba la gran aventura de escribir este libro en homenaje a Lalo Molfino y la huachafería.

La ciudad, con las casas pintadas de blanco, le pareció muy simpática. El hotelito Santa Rosa era más humilde de lo que esperaba. Su cuarto tenía un baño con una ducha, excusado y lavador, pero carecía de ventiladores y el calor, aunque abrió la ventanilla a la calle de par en par, lo convertía poco menos que en un brasero. Estaba tan cansado que se desnudó, y, sin ponerse el pijama, se echó sobre la cama pensando que no podría dormir por el horrible calor y las picaduras de los mosquitos que comenzaron a atacarlo. Además, había muchos rincones donde podían haberse acuartelado los inexcusables roedores.

A pesar de todo, se quedó dormido de inmediato. Despertó muy temprano —no eran todavía las seis de la mañana— y se dio una buena ducha con agua tibia. Se afeitó y peinó con cuidado, y se cambió de camisa y de calcetines, aunque no de calzoncillo ni de pantalón. Menos mal que no había tenido pesadillas. Había dormido bien y estaba muy contento. Preguntó al bostezante encargado del hotel, un muchacho de nombre bíblico, Caifás, dónde podía desayunar, y éste le dijo que a media cuadra nomás, en la plaza de Armas, ya habría muchos cafés abiertos, y que ahí mismo podría tomar un colectivo a Puerto Eten. La carrera sólo costaba un sol cincuenta.

En la plaza de Armas, bajo sus grandes árboles —¿eran tamarindos?—, había ya una vida intensa y rumorosa: gentes que pasaban raudas o que, formando grupos, esperaban alrededor de la plaza a alguien o algo, tal vez un trabajo. Había un cinema gigante, seguramente ya clausurado. También vio la municipalidad y la catedral, a la que no se podía ingresar sin saco y sombrero. Se sentó en una mesita bajo los árboles, sobre las losetas coloradas, y pidió un buen desayuno-almuerzo con huevos fritos y un par de tamales, pan con mantequilla y café con leche.

Mientras esperaba que le sirvieran, revisó la libretita que llevaba en el bolsillo y se aseguró de tener en su saco los lápices bien tajados. Compró un periódico local llamado *La Industria* y descubrió que tenía repetidas todas las noticias internacionales que había leído el día anterior en los diarios de Lima.

El mozo que lo atendió le dijo que en esa cola de taxis estaban todos los colectivos que iban hacia el norte y el sur, y que cualquiera de ellos lo dejaría en Puerto Eten en una media hora, más o menos, porque, a diferencia de la Panamericana, la carretera no estaba asfaltada. Toño tomó su desayuno-almuerzo con calma, saboreando cada bocado. A estas horas no sentía calor y como Puerto Eten se ubicaba junto al mar, sin duda allá resistiría mejor el horno que había sentido anoche en Chiclayo. En ese momento recordó que algún tiempo atrás se había publicado un libro titulado *Puerto Eten*, de un poeta peruano. ¿Cómo se llamaba? Tenía que leerlo, tal vez en sus páginas se hablara de Lalo Molfino. A ver si a su vuelta podía comerse un arroz con pato. Seguro que en cualquiera de aquellos restaurantes se lo servirían.

VIII

Como ya les he contado, uno de los más pintorescos personajes de La Palizada era Toni Lagarde, miraflorino, uno de esos blanquitos que soñaban con descarriarse y a quien yo conocí en su madurez. Aún somos buenos amigos, porque todavía está vivo a sus noventa años, y espero que siga así por muchos años más. Él mismo me contó su historia, una historia, sea dicho de paso, nada frecuente en esta Lima que nos cobija, donde imperan los prejuicios raciales. (Y, ahora, gracias a Sendero Luminoso, las balas, los apagones y los perros colgados de los postes).

Aquel miraflorino había entrado ya a la Universidad de La Molina, a estudiar Agronomía, y se había juntado con ese grupo de mataperros que dirigía el famoso Karamanduka, quien, como ellos, aparentaba tocar la guitarra, cantar, bailar todos los valses y marineras de los callejones limeños, y meterse con su pandilla a todas las jaranas que encontraban a su paso, en sus noches de aventuras.

Toni era uno de los más jóvenes de esa fraternidad, siempre bien peinadito y con una chompa cerrada en el cuello, un pantalón muy ajustado, unos zapatones con medias coloradas, y un pañuelito blanco que sacaba cada vez que se tocaba una marinera. (He visto sus fotografías de muchacho y parecía un huatatiro). Se había dejado crecer el cabello, que le caía sobre los hombros en circunferencias rubias. Él era de un blanco blancuzco con unos ojos azules muy grandes que se achinaban cada vez que intentaba cantar o cuando bailaba.

Los miembros de La Palizada descubrieron un día que Toni Lagarde quería volver siempre a un callejón de Morones donde, casi todos los sábados, se organizaba una de esas jaranas de rompe y raja y donde La Palizada, después de muchos incidentes, había acabado por ser bien recibida. ¿Y para qué quería volver Toni siempre a aquel callejón?

Sus amigos y compinches se enteraron de que andaba detrás de Lala, una negrita delgada, con buenas formas, saltarina y muy fresca, que bailaba con mucha gracia el vals, las marineras y los huainitos, y que tenía unos ojazos chispeantes y risueños y que sabía coquetear como una limeña avezada, a pesar de no tener más de dieciséis o diecisiete años. Karamanduka y sus amigos le hacían muchas bromas a Toni por este asunto.

Hasta que un buen día Toni Lagarde les confesó que sí, que Lala Solórzano era su enamorada y que lo advertía para que nadie se metiera con ella, porque era suya, suya, y que nadie se atreviera ni siquiera a decirle un piropo ni a sacarla a bailar, porque se encontrarían con él, que no aguantaba bromas. Estaba medio borracho y no le hicieron mucho caso. Pero la verdad es que le fueron creyendo a medida que los veían a los dos cogidos de la mano, y bailando todas las noches de jarana, juntos y sin despegarse, y la negrita resignada a bailar sólo con él, echándose unas miradas y dándose unos besos de parejita muy enamorada.

Entonces, los miembros de La Palizada lo hicieron confesarse a Toni Lagarde. ¿Iban en serio esos amoríos en el callejón de Morones? ¿Había tenido en cuenta que él era un pituquito miraflorino y ella, una negrita del barrio más pobre y marginal de Lima? ¿Qué quería decir eso? ¿Que Toni se quería tirar a la Lala o de repente algo más? Él se sonreía, evitando responder, hasta que se puso serio y confesó que con Lala Solórzano «había algo más», pues él «la quería» y la cosa iba muy en serio. Toda la banda le hizo bromas —«Quita ya, Toni, no nos digas que te vas a casar con esa negrita de Morones porque no te lo creemos, y menos te lo creerán tus papás cuando se lo digas, si es que tienes la valentía de decírselo»—.

Pero Toni era de los que no daban su brazo a torcer y cuando les dijo a sus padres que iba a casarse con una negrita de Morones, ellos pusieron el grito en el cielo y su papá amenazó con echarlo de su casa. Entonces, Toni, que era muy respondón, hizo su maleta y se fue de la casa de sus padres a una pensión y nunca más volvió a vivir con ellos. Dejó de estudiar Agronomía y se buscó un trabajo en la Municipalidad de Lima, en el que pasó toda su vida hasta la jubilación. Por su parte, los padres de Lala, cómo no, terminaron repudiándola también porque en vez de casarse por la Iglesia se había arrejuntado nomás con Toni y ése no era un matrimonio cristiano de verdad. Le dijeron a Toni que, cuando pudiera casarse con ella, al cumplir los veintiún años —él tenía apenas dieciocho—, volviera a verlos, pues sólo entonces lo recibirían.

Toda La Palizada pensaba que aquellos amoríos del blanquito miraflorino y la negrita de Morones durarían un tiempito y luego la pareja se desharía, como debía ser: porque él, Toni Lagarde, era un niño de buena familia y Lala Solórzano, nada más que una negrita que a duras penas sabía leer, cuyos padres vivían en un callejón y se morían de hambre, pese a que él trabajaba (de vez en cuando) como constructor en una compañía que hacía casas para ricos y la madre ejercía de lavandera y costurera de ocasión. Además, el padre era un buen cajonista, que daba clases de música peruana en el callejón donde vivían.

Indiferentes a las habladurías, los jóvenes se dedicaron a seguir esos amoríos y la sorpresa de todos fue mayúscula cuando se enteraron de que Lala estaba embarazada, y que, en vez de recurrir a una abortera de las muchas que había en Lima y que hacían todo lo necesario para liberar a la pareja de la carga de un hijo, Toni y Lala se empeñaban en tenerlo. Seguían muy enamorados, a veces yendo a Morones a participar en las jaranas en las que La Palizada brillaba. Ellos, siempre de la mano, parecían tan felices como al principio de la historia.

La barriga de Lala y la felicidad de la pareja crecían al unísono. Cuando llegó el momento, ella se internó en la maternidad del centro de Lima y allí dio a luz una mujercita. La verdad es que debe de haber sido divertido verlos pasear de la mano por las calles de Lima a ese blanquito medio rubio y a esa negrita chilla con una cunita rodante donde dormía la niña engreída color chocolate, con el pelo zambito como el de su madre. Pero parece que Toni Lagarde nunca se arrepintió de la chiquillada, porque, mal que mal, su matrimonio con la negrita duró y duró y duró incluso cuando él se jubiló en la Municipalidad de Lima y pasó al retiro.

En esa época los conocí a los dos; ya tenían canas. Inventándome un reportaje en uno de los periodiquitos en los que escribo, fui a entrevistarlos y desde entonces nos hicimos amigos. A veces voy a tomar lonche con ellos, porque Lala hace una mermelada de membrillo que es para chuparse los dedos. Sobre todo iba a verlos cuando vivían en una quinta de Surquillo. Todavía se los veía pasear por el centro de Lima, o por los parques de Miraflores, o camino al callejón donde residían los padres de ella, que, cuando nació aquella niña a la que bautizaron como Carmencita Carlota, le volvieron a abrir a la pareja las puertas de su cuartito en el callejón de Morones.

Por fin Toni y Lala se casaron con todas las de la ley. Y por supuesto a su matrimonio asistió lo que quedaba de La Palizada. Ni que decir tiene que bailaron muchos valses y algunas marineras.

Pero los padres de Toni nunca lo perdonaron. Eran duros y guardaban sus rencores hasta el final, y mantuvieron siempre cerradas para él las puertas de su casa. Parece que sólo su madre lo veía algunos domingos, en la iglesia de Miraflores, antes de las doce, la hora de la misa. Toni se había vuelto muy serio. Salía a saludar a los miembros de La Palizada que quedaban, pero rara vez bailaba; y ella lo mismo. No podían creer, las noches que los veían, que aquel romance hubiera sobrevivido tantos años, y que, a su modo, Toni y Lala fueran felices, aunque en el interior de la familia los esposos tuvieran sus peleas, como todas las parejas, pero nunca llegaran a la ruptura total. Envejecían bastante bien, siempre guapos y hasta coquetos.

Fue el único matrimonio duradero salido de La Palizada, en tanto que el resto de bohemios y aventureros fueron muriendo pronto o quedándose solteros, y decayendo en la vida hasta, algunos pocos, llegar en su vejez a la pobreza e incluso a la mendicidad.

Pero no el gran Karamanduka, por supuesto, que no sólo se hizo célebre, sino que llegó a ganar un buen dinero con su fama y sus adaptaciones para el teatro y, seguramente, con los excelentes valsecitos y marineras que compuso. Se hizo famoso en Lima y hasta la revista *Variedades* sacó una foto de él vestido de etiqueta. Porque él sí que tenía buenas orejas para la música criolla.

Toni y Lala viven ahora en Breña, cerquita del colegio de La Salle, donde estudié, y siempre que los visito me convidan una taza de té o un café bien calentito, con chancays tostados y untados con la famosa mermelada que prepara Lala y que cada día le sale mejor. Es un gran placer oírlos hablar de otros tiempos y de las travesuras de La Palizada. Carmencita Carlota es una muchacha algo mayor; tuvo varios novios, pero nunca se ha casado, y trabaja en una empresa que da servicios de hostelería a unas cuantas fábricas. Quiere mucho a sus padres y es bastante guapa, como suele ser la gente de sangre mezclada. Tiene unos ojazos de quedarse quieto y embrujado y aún conserva ese cuerpecito de nadadora que siempre tuvo. Es muy simpática y nunca deja de preguntarme por qué no los visito con más frecuencia, porque a ella sus padres no le cuentan las historias que me cuentan a mí. Yo se las sonsaco, porque nada me gusta tanto como oír esas viejas anécdotas de la época en que la música peruana comenzaba a ser verdaderamente nacional.

Y, ahora, para resaltar la importancia del tema aquí tratado, un poquito de actualidad social y política, una dosis de los balazos y los apagones que sufrimos en Villa El Salvador, para que mi historia tenga un anclaje en el presente y se palpe mejor su urgencia. Un día que regresé un poco tarde a mi casa, me encontré a Matilde y a mis dos hijas asustadas porque se había escondido en un cuarto una mujer. Estaba algo llorosa porque, nos dijo, había allí afuera dos senderistas que querían matarla. Yo me había encontrado con ellos en la puerta y me saludaron con mucha corrección. No tenían pinta de pistoleros ni mucho menos, pero ella nos aseguraba que sí. Volví a salir y la pareja ya no estaba. Se había perdido en las sombras de la noche. A la mujer que se había ocultado en mi casa le ofrecimos un café, que se tomó temblando. Se llamaba María Elena Moyano, vivía en Pachacámac, uno de los barrios de Villa El Salvador, y los senderistas, que pretendían ocupar el barrio e imponerse a todos los otros grupos, querían matarla porque ella se les oponía y los denunciaba a voz en cuello.

Y, por supuesto, terminaron matándola, poco después de que se refugiara en mi casa. Así andan las cosas en nuestro país. Derramemos unas lágrimas por esa valerosa mujer, e invoquemos la gracia y dicha de la música peruana para que pronto acaben las divisiones y odios entre hermanos.

IX

Llegó a Puerto Eten, más o menos como le dijeron, treinta minutos después. El encanto del lugar se lo daban el muelle que entraba en el mar, la playita de arena que, junto a un largo malecón de los años cincuenta, se estiraba en forma de concha y la estación del ferrocarril, ahora muy quieta. Había muchas fábricas y tiendas en la ciudad vecina, llamada Ciudad Eten, que se notaba bastante próspera. Infinidad de chiquillos se bañaban en el mar; daban gritos y corrían, persiguiéndose. Las casitas eran todas de madera, de antiguos pescadores sin duda, ahora muy bien arregladas, con un patiecito de entrada, bajo techo. Buena parte de ellas eran pensiones.

Toño visitó la municipalidad y caminó luego por una placita, llena de obreros, que se llamaba Juan Mejía Baca en honor al librero y editor cuya librería estaba a pocos pasos de la Universidad de San Marcos, en el jirón Azángaro, en Lima. Lo horrible era el calor, por supuesto, y las nubes de mosquitos. No tenía ganas de arrastrar sus dos maletas por toda la ciudad, de modo que tomó la primera pensión que encontró a su paso —se llamaba El Rincón del Norte—, en la misma placita donde lo dejó el colectivo. El cuarto, muy pequeño, estaba dotado de una cama y un velador. Eso sí, por lo menos desde sus ventanas se veía el mar. Tampoco parecía haber escondrijos que atrajeran a los roedores malditos. Las dos placitas del centro de Puerto Eten eran muy simpáticas. Había un gran local del partido de Belaúnde Terry —Acción Popular— y una foto de éste desplegada a lo largo de la puerta. En esta misma plaza se ubicaba la iglesia de Puerto Eten, ahora cerrada. Toño se sentó a tomar una cerveza; estaba bañado en sudor y le ardían la frente y las manos.

Pensó que su trabajo resultaría fácil, pero dos días después no había encontrado a nadie en Puerto Eten que siquiera hubiera oído hablar de Lalo Molfino. Había viajado convencido de que era la gloria local, un personaje inmensamente popular cuya guitarra sería admirada por todos, hasta por las piedras del pueblo, y la verdad es que no era así. Había preguntado por él en las farmacias, en los cafés y en las fábricas, a la gente de las tiendas en Ciudad Eten, a los trabajadores de las dos placitas y a los transeúntes, y ninguna persona había oído hablar del más importante personaje que había nacido y nacería en esta tierra. ¿Cómo era posible? En su angustia, Toño había recurrido a la comisaría, una construcción a medio hacer en la que encontró a un policía amable que se encogió de hombros y le habló con esa musiquita un tanto mexicana con la que hablan todos los norteños del Perú.

—¿Lalo Molfino, dice usted? No, no lo conozco para nada. Creo que había un curita italiano que tenía ese apellido. Un italiano, sí, o en todo caso un europeo, me parece. Pero cuando yo llegué ya estaba muerto. O, por lo menos, se había ido de Puerto

Eten. Creo que se había regresado a Italia, ahora me acuerdo. Era muy querido por la gente de aquí, parece. Hasta le dieron un diploma cuando se fue. Yo soy tumbesino, don, para servirle.

Tomándose una cerveza helada en la terraza de la pensión, contempló el mar espumoso y la playa semicircular, ya vacía de chicos y chiquillos, que habían chapaleado en sus aguas achocolatadas todo el día. Exhausto, se dijo a sí mismo que se había equivocado. Estaba ya en el límite de la desesperación y dispuesto a tirar la toalla cuando oyó la voz del encargado avisándole que alguien lo estaba buscando. Detrás de él apareció un ex guardia civil que se presentó con formalidad diciendo que se llamaba Pedro Caballero, y explicó que en la comisaría le habían dicho que un señor venido de Lima andaba averiguando por Lalo Molfino.

Era un hombre con cara de niño, aunque tenía un deje de barba, de edad indefinible, y cojeaba, ayudándose con un bastón. Vestía medio de militar y medio de civil, llevaba botas, por ejemplo, y una gorra con visera. Explicó luego a Toño Azpilcueta que la Guardia Civil le había permitido seguir vinculado de alguna forma a la institución pese a haberse roto una pierna jugando al fútbol —la tenía vendada todavía— por los pocos guardias que había en la comisaría.

Lo primero que dijo para captar su atención fue que Lalo había sido su mejor amigo desde los años del Santa Margarita. Habían estado juntos en la escuelita que abrió en Puerto Eten un curita italiano excepcional, el padre Molfino.

Toño lo invitó a acompañarlo con una cervecita helada. Por fin había encontrado a alguien que podía darle razón del guitarrista. Éste no era, pues, un mero fantasma, como empezaba a temer. Había existido de verdad y Pedro Caballero estaba diciéndole —repitiéndole— que sí, que Lalo había nacido en Puerto Eten y que desde niños habían sido inseparables. Luego, de adolescente, en uno de esos arranques típicamente suyos, se marchó a Piura o a Chiclayo a ganarse la vida metiéndose en un grupito criollo que se llamaba Los Trovadores del Norte o algo así, sin dignarse a escribirle ni siquiera una carta. Jamás. Porque ésas eran las maneras de Lalo Molfino y había que aceptarlo. Al fin y al cabo era un artista caprichoso y difícil, como todos.

Toño le pidió que lo esperara mientras corría a su habitación por su libreta de apuntes. No quería que se le escapara ningún dato que pudiera darle. Volvió sudando, con ganas de tomarse otra cerveza, pese al estado de sus finanzas, y más bien bombardeó a Pedro Caballero con preguntas. Quiso empezar por el principio, por sus orígenes. Suponía que alguien en su entorno, quizás su padre o su madre, algún tío, alguna prima, lo había iniciado en la guitarra, pero Pedro Caballero desmontó su hipótesis. Lalo Molfino había sido huérfano, nunca conoció a sus verdaderos padres.

—O sea que no supo de dónde venía —dijo Toño Azpilcueta, escribiendo afanosamente.

—Nunca, que yo sepa —dijo Pedro Caballero, encogiéndose de hombros—. Ni siquiera el padrecito Molfino, que fue quien lo crio. Por lo menos eso decía él.

—Es un recuerdo que no se me olvida —dijo el padre Molfino, haciendo bailar los labios de su boca medio vacía de dientes—. Brrr. ¡Qué frío hacía esa noche en Puerto Eten, caballerito! (Siempre empleaba el diminutivo para hablar con Pedro Caballero).

Tenía mucho frío y estaba ya acostado y con las luces de su casita apagadas, otra cabaña de pescador convertida en parroquia, cuando oyó tocar la puerta. Una voz infantil lo llamaba: «Padre Molfino, padre Molfino». Pese a estar ya semidormido, se levantó, se echó una manta encima y fue a abrir. El chiquillo que le tocó la puerta tenía los ojos y la voz muy asustados y se mostraba agotado. El padre Molfino lo conocía muy bien. Lo ayudaba en la misa como monaguillo muchos domingos.

—La señora Domitila se muere, padre, y quiere que le dé usted la extremaunción.

—¿No puede esperar hasta mañana para morirse? —preguntó el padre Molfino, medio en serio, medio en broma. Ambos estaban temblando de frío porque la temperatura bajaba drásticamente en las noches de Puerto Eten.

—No puede —dijo el chiquillo—. Está muy mal y creo que se nos muere. Tal vez cuando lleguemos allá ya esté muerta.

—¿Y dónde vive Domitila? —preguntó el padre Molfino, arropándose.

—Vivía lejísimos —explicó Pedro Caballero a Toño Azpilcueta y señaló en una dirección vaga—. Por allá. Pasando uno de los basurales de Puerto Eten. Es el más antiguo. Porque hay varios. Yo conozco tres. El más importante está fuera de aquí. Es el de Reque: kilómetros de kilómetros de basurales. Moscas y ratas por doquier.

Finalmente, el padre Molfino se puso la sotana y llenó su canasta con todos los ingredientes que necesitaba para darle la extremaunción a la señora Domitila. Pobre mujer. Él la había confesado varias veces en las últimas semanas, y, aunque sabía que padecía de vómitos y carrasperas, no pensó que estuviera tan mal. Subió al pequeño en la moto con la que se transportaba por Puerto Eten y juntos cruzaron el malecón. En el cielo había una luna redonda y un mar de estrellas. El niño guio al padre por una carretera que se alejaba de la zona urbana y después de diez minutos conduciendo, le dijo dónde detenerse. El padre sintió el olor nauseabundo que se le metía por las narices, y se alarmó cuando vio que el chiquillo se internaba en esa dirección.

—¿Vive Domitila en ese basural? —preguntó.

—Pasando —dijo el chiquillo—. No estamos lejos de su casa, padre.

—Eso está lleno de ratas y cucarachas —protestó el padre Molfino.

—Lo sé muy bien —repuso el muchacho—. A mí me mordieron cuando venía a llamarlo.

—Fue a la vuelta —precisó el padre Molfino—. Creo que la pobre Domitila se había muerto ya. Vivía sola, en una cabañita miserable, más allá de uno de los basurales de Puerto Eten, allí arriba. Hay todo un barrio ahí, de gente muy pobre. El chiquillo era un vecino; no era pariente de ella, pero se comedía y la cuidaba.

—¿A la vuelta? ¿Al cruzar el basural? —preguntó Toño Azpilcueta.

—No tenía más remedio que cruzarlo —dijo el padre Molfino—. Domitila vivía allá arriba. La pobre comía y almorzaba gracias al basural. Porque, decía ella, siempre echan algo de comer entre las basuras. Restos, sobras. Hay que recogerlos rápido nomás, antes de que se los coman las ratas y las cucarachas y las moscas y los mosquitos. Y los miles de insectos. Hasta los murciélagos venían a aprovisionarse allá, según ella. Entonces fue que oí ese sonido, como...

—¿Como qué, padre? —preguntó Pedro Caballero. En esa época tenía su pierna intacta y llevaba orgulloso su uniforme y su revólver de la Guardia Civil.

—Como lo que era, simplemente: el llanto de una criatura —respondió el padre Molfino, abriendo mucho sus ojos aguados y moviendo las manos huesudas—. Ya la pobre Domitila había muerto. Y ya le había dado yo la extremaunción. El chiquillo, no me acuerdo cómo se llamaba, se iba a quedar allí, al lado de la muerta, rezando por su alma. Yo iba regresando a mi casa, cruzando el basural. Con las manos espantaba a los mosquitos y a las moscas, y con los pies a las ratas y a las cucarachas. El maldito basural. No había otra manera de volver a Puerto Eten que cruzando ese asqueroso descampado, que olía a todas las mugres del mundo. Entonces fue cuando lo oí. Muy bajito. ¿Era o no era? Sí, era el llanto de un recién nacido. Por supuesto, por supuesto.

—Hablaba muy bien el castellano —dijo Pedro Caballero—. Pero, oyéndolo, uno se daba cuenta de inmediato que era italiano. Porque no parecía que hablara sino que cantara las palabras. ¡Salud, amigo!

Toño Azpilcueta chocó su vaso de cerveza con el de Caballero: ¡salud, pues!

—¿Quiere decir que la madre lo abandonó ahí, en medio del basural? ¿Para que se lo comieran las ratas? ¡Qué me está contando usted, padre Molfino! —exclamó Pedro Caballero, espantado.

—Llevo muchos años soñando con aquella noche —dijo el padre Molfino—. Veintidós años, sin contarle a nadie lo ocurrido. Tú eres el primero que lo escucha de mi boca. Salvo al juez de paz que me dio la delegación de cuidar a ese niño. A él sí se lo conté y su pregunta fue la misma que me hice yo: ¿y cómo no se lo habían comido las ratas todavía? Probablemente, por el llanto, que las espantaba. Las ratas tienen unos oídos muy delicados. Era un llanto bajito, pero lo escuché. Tenía muy buenos oídos todavía entonces, creo. Los ojos y los oídos me fallan ahora, con los años. Pero, al cruzar el basural, lo oí. ¿Qué era eso? El llanto de un niño. ¿Me iba a ir, a seguir mi camino? ¿Sabiendo que habían abandonado ahí en el basural a un recién nacido? No, claro está, no faltaba más. Y haciendo de tripas corazón, comencé a buscar, a oscuras, pateando a las ratas y a las cucarachas, de dónde venía ese llanto bajito, casi sin fuerzas.

—Quiere decir que la madre no se atrevió a matarlo —balbuceó Pedro Caballero—. Lo abandonó ahí en el basural. ¿Averiguó usted quién era ella?

—No, nunca —dijo el padre Molfino, negando con la cabeza—. Una mujer desesperada, sin duda, por la pobreza. Uno de esos seres destrozados, como tantos que hay aquí. Y el hambre le había roído los sentimientos, también. Pobrecita. Hay que tener coraje, después de todo, para abandonar a un recién nacido, sin atreverse a matarlo, para que lo hicieran los roedores más bien.

—¿Y al fin encontró usted al niño?

—Al fin —confirmó el padre Molfino; le temblaba de nuevo la voz, recordando aquello—. Después de mucho rato, claro. Después de estar pateando a derecha y a izquierda para asustar a las ratas y a las infectas cucarachas y a los miles de bichos que en las noches salen a los basurales a recolectar comida. No sé cuánto tiempo estuve ahí, y de pronto lo encontré. Envuelto en una frazadita. Lo levanté y todavía lloraba. Pedía la teta, por supuesto. La teta de su madre. Era un esqueletito, pobre niño. Lo recuerdo muy bien: todos sus huesos los sentían mis dedos. Cuando salí del basural, con el niñito a cuestas, se me saltaban las lágrimas. Yo creía que me había olvidado de llorar. Pero no. Ahí supe que todavía podía.

—¿Él lo supo? —preguntó Toño Azpilcueta, dejando un momento de escribir.

Esta bendita historia de ratas lo hermanaba más todavía con Lalo Molfino. ¿Soñaría con ella muchas veces en el futuro?

—Claro que no —dijo el padre Molfino, con energía—. Yo nunca se lo dije.

—¿Supo que su madre lo había abandonado, recién nacido, en ese basural de las afueras? —insistió Toño Azpilcueta.

—No lo sé —dijo Pedro Caballero—. Aquella conversación ocurrió cuando Lalo, ya hombre grande, en uno de esos arranques intempestivos que solía tener, se había ido de la noche a la mañana, o a Chiclayo o a Piura, sin despedirse de nadie, ni siquiera del padre Molfino, que lo había salvado, y adoptado, y que lo hizo estudiar en la escuelita que entonces teníamos aquí. Santa Margarita se llamaba, donde estudié yo mismo. La bautizó así por una Virgen de allá, de Italia, de la que era muy devoto. Nunca me enteré si Lalo supo alguna vez que el curita italiano, vaya usted a saber cómo llegó aquí, lo recogió en un basural. En la escuelita se corría la voz, pero nadie se atrevía a decírselo a él. Al menos, yo creo eso.

—¿Vive todavía aquí ese curita italiano? —preguntó Toño Azpilcueta a Pedro Caballero, dejando de escribir y tomando un traguito de la cerveza que, para entonces, ya no estaba helada.

—No, no, cuando sintió que se iba a morir se regresó a Italia —dijo Pedro Caballero—. Puerto Eten le hizo una gran despedida y hasta el alcalde le puso una medalla en el pecho. Qué habrá sido de él. Del padre Molfino, quiero decir. Ya se habrá muerto, seguro.

—¿Cuánto tiempo hace de todo esto? —preguntó Toño Azpilcueta. Tenía muy mal sabor en la boca y veía ratas y cucarachas por todas partes.

—Un chuchonal de años, por supuesto —dijo Pedro Caballero—. Por supuesto. O sea que, si el padre no se lo dijo nunca a Lalo, yo debo ser la única persona en esta ciudad que sabe que la madre, o el abuelo, quién sabe quién, abandonó a Lalo Molfino recién nacido en uno de los basurales de Puerto Eten, para que se lo comieran las cucarachas y las ratas.

A los dos se les había quitado el apetito y no aceptaron las papas rellenas que les ofreció el mozo de El Rincón del Norte. Otro par de cervezas, en cambio, se hacían inevitables para sobrevivir a una conversación en la que se hablaba de basurales y roedores.

—Cuando yo nací, el padre Molfino ya estaba aquí, pues, según me decía mi madre, a mí me bautizó —siguió Pedro Caballero—. A Lalo lo adoptó y le dio su apellido. Un buen hombre, el curita. Fundó Santa Margarita, que funcionaba como una escuelita fiscal en el pueblo, siendo privada. Es decir, nadie pagaba ni un centavo, creo. O, al menos, muy pocos pagarían la mensualidad. En ella estudiamos muchos muchachos y muchachas de Puerto Eten. Un pionero en eso. Andábamos mezclados hembritas y varones. Pero Lalo ya no fue a hacer la secundaria en el Colegio Nacional, donde nos matriculamos la mayoría de los exalumnos, porque había descubierto la guitarra. Y, a partir de entonces, para él ese instrumento fue su vida.

—¿Su vida? —se asombró Toño Azpilcueta, mientras paladeaba la segunda cerveza que puso el mozo sobre la mesa. Estaba fría, felizmente, pero se calentaría rápido.

—No sé dónde la encontró. En alguno de los basurales de Puerto Eten, seguro. Era una guitarra vieja y sin cuerdas, que alguien había desechado. Sin cuerdas, le digo. Él la recogió y la resucitó. Y desde ese momento su vida fue esa guitarra. No exagero nada. Le repuso las cuerdas, las llaves, la pintó de nuevo. Mejor dicho, la aceitó. A partir de entonces, no tuvo otra preocupación que ese instrumento musical. Se pasaba la vida con ella a cuestas. Y creo que hasta aprendió solito a tocarla. Solito, sí. Que yo sepa, nadie le enseñó. Pero, por dedicarse día y noche a la guitarra, dejó el colegio también. El padre Molfino se desesperaba. Quería hacerlo entrar al Colegio Nacional para que terminara la secundaria, pero Lalo no le hacía caso. Como le digo, ya no hubo otra cosa en la vida para él. Y, para qué, tocaba superbién.

—Superbién —le hizo eco Toño Azpilcueta—. Nunca olvidaré la noche que lo oí. Por eso estoy aquí. Pero no cambiemos de tema. ¿Cómo era la relación entre Lalo y el padre Molfino?

—Rara —dijo Pedro Caballero—. Todo era raro en esa relación, como tantas cosas en la vida de Lalo Molfino. Nunca lo trató como papá, más bien como un padre de la Iglesia. Lo respetaba, pero no sé si llegó a quererlo.

—¿Y con los otros alumnos de la escuelita? —preguntó Toño Azpilcueta—. ¿Tuvo algún otro amigo? ¿Alguna noviecita?

—Pa su macho, no —gesticuló Pedro Caballero—. La relación con los otros niños fue bastante mala. Por la manera de ser de él, que era huraño y desconfiado. Y porque se decía que eso de vivir con un curita era anormal. Nos parecía raro. Pero no lo fregaban, porque, a la primera insinuación, Lalo les aventaba un cabezazo. Era trompeador, no aguantaba pulgas pese a ser tan flaquito. A mí me costó mucho trabajo ser su amigo, por ejemplo. Me dio mucha cólera cuando supe que se había ido a Chiclayo, o a Piura, sin despedirse de mí. Y me imagino que al padre Molfino le sentaría todavía peor. Lalo era de lo más raro, le digo.

—Pero alguien tuvo que enseñarle a tocar la guitarra —insistió Toño Azpilcueta—. Porque nadie aprende solo. Y menos como tocaba él.

—¿Y quién le iba a dar lecciones aquí? —exclamó Pedro Caballero—. Aquí, en Puerto Eten, no hay profesores de guitarra que yo sepa. Y, además, Lalo era el ser más antipático del mundo. Sólo hablaba conmigo. Que yo recuerde, no era compinche de nadie más.

—O sea que, cuando salió de la escuelita del padre Molfino, ya no estudió —dijo Toño Azpilcueta.

—Creo que no —dijo Caballero—. Ya lo vi poco desde entonces, por culpa de esa maldita guitarra. ¿Para qué iba a estudiar más si sólo quería ser guitarrista? No tenía sentido que siguiera en el colegio, ¿no? Usted debe saber mucho de estas cosas. ¿Era Lalo de verdad un gran guitarrista?

—Ya le dije, el mejor que he oído en mi vida —respondió Toño Azpilcueta—. Y, sí, yo le aseguro que sé de esas cosas. Créame, debo de haber oído a centenares de guitarristas, tanto peruanos como extranjeros.

—Yo lo oí muchas veces, pero nunca me imaginé que fuera eso que dice usted —dijo Pedro Caballero—. Es decir, que Lalo Molfino era excepcional cuando tocaba esa guitarra.

—Era más que genial —afirmó Toño Azpilcueta—. Era divino, sublime, todo lo que usted quiera.

—Las cosas que usted dice de mi amigo me asombran, de verdad —dijo Pedro Caballero, rascándose la cabeza—. O sea que está usted escribiendo un libro sobre él. Espero que me meta a mí en esas páginas. Después de todo, yo le di los datos sobre Lalo. ¿No, don?

Toño Azpilcueta se quedó en Puerto Eten tres días más de lo que había previsto, es decir, cinco. Había contado sólo dos para hacer la investigación. En esos tres días sobrantes, acompañado mañana, tarde y noche por el muy servicial Pedro Caballero, tomó cervezas en el barcito de El Rincón del Norte con decenas de amigos de éste que habían estado con Lalo Molfino en Santa Margarita. Toño advirtió que muchos de esos amigos de Pedro Caballero recordaban apenas a Lalo, o que incluso no lo recordaban para nada y se inventaban que sí sólo para darse pisto ante ese limeño que se imponía el trabajo de escribir un libro sobre el zambito de Puerto Eten al que calificaba de genio.

El más importante aporte que consiguió en aquellos tres días para su búsqueda fue el de un abogado, Juan Quiroga, que no había estado en la escuelita ni conocido en absoluto a Lalo Molfino y que le trajo nada menos que la declaración a la policía que había hecho el padre Molfino de haber encontrado a aquel niño vivo en uno de los basurales y su intención de adoptarlo si nadie lo reclamaba. Era un documento precioso que el abogado tuvo la amabilidad de fotocopiar y entregarle. Toño lo guardó cuidadosamente en su maletín de mano.

Se pasó toda una noche pensando en esos sonidos torpes que debieron ser los primeros que el niño Lalo Molfino arrancó de esa guitarra resucitada, y cómo tuvieron que sonar en la noche de Puerto Eten. Sintió que se le salían las lágrimas en la soledad de su cuartito de la pensión, hasta el cual llegaba el ruido de las olas del mar cuando había viento y la corriente marina se agitaba. Con los cincuenta años se había vuelto algo llorón. ¿Por qué gimoteaba tanto a solas recordando al zambito de Puerto Eten que había tocado esa música magistral? Ambos habían sido criados por padres italianos, así el suyo tuviera apellido vasco. Los dos habían nacido con esa tara, por llamarla de alguna forma, con esa pequeña desconexión con el Perú que, sin embargo, habían logrado remediar entregándose a la más peruana de las artes, la música criolla. Los valsecitos habían llenado cualquier vacío, cualquier carencia. Ahora que investigaba el caso de Lalo Molfino, Toño reconocía que por momentos había sentido el mismo pánico, el de haber sido recogido de la calle, quizás de algún basural, ¿por qué no?, y haber acabado viviendo con un padre extranjero, igual que Lalo. Esa duda lo horrorizaba, no tener certezas sobre su origen, ser un desarraigado. El ser humano no era un átomo, se decía, no estaba hecho para navegar por la vida en solitario, necesitaba formar parte de algo más grande, de una comunidad, de una patria que le diera sentido y lo protegiera. Sin esa tribu, ¿qué era acaso el hombre? Poco más que un niño abandonado en un basural a merced de las ratas. Toño se secó las lágrimas con los dedos y, después, sin importarle el calor, se cubrió por completo con la sábana. Temía que algún ratón, por pequeño que fuera, hubiera dado con la manera de colarse por entre los tablones de su cuartito. Sólo lo calmó una idea, a la que se aferró hasta conciliar el sueño. Había encontrado algo a lo que entregar su vida: escribiría el libro sobre Lalo Molfino, tenía cosas importantes que decir.

X

El vals peruano es una institución social: no se ha creado para ser interpretado o escuchado en soledad, como otras músicas. Nada de eso. El vals requiere un conjunto de tres, cuatro o más personas para ser tocado y animado; por eso, desde el principio, allá en el siglo XIX cuando nació y en las primeras décadas del siglo XX, se conformaron varios grupos. Algunos de los más célebres fueron Los Morochucos, por supuesto, integrado por Óscar Avilés, Augusto Ego-Aguirre y Alejandro Cortez, el legendario dúo de Montes y Manrique, y el Trío Abancay, de César Santa Cruz, José Moreno y Pablo Casas. Dice César Santa Cruz Gamarra que José Moreno fue muy amigo de Felipe Pinglo Alva y que lo acompañó de manera abnegada «hasta su último momento».

En estos grupos había siempre un cantante y varios músicos, generalmente guitarristas, aunque, a medida que embarcaban los distintos sectores de la sociedad, se fueron incorporando instrumentos diversos para acompañar a las guitarras, como los pianos o los violines de la clase alta, u otros más humildes, como los laúdes, los cajones, las castañuelas, las bocinas, los rondines y hasta las matracas, de muy reciente aparición. Y desde luego hay que agradecer a Eduardo Montes y César Augusto Manrique que, en una época en la que todavía no se grababan discos en el Perú, a principios del siglo xx, llevaran a Nueva York ciento ochenta y dos piezas peruanas que se transformaron en noventa y un discos, y que, según los autores de quienes tomo estos datos, José Antonio Lloréns Amico y Rodrigo Chocano Paredes, demuestran que en 1911 «ya se había constituido un repertorio criollo de considerable volumen y aceptación popular» en el país.

Por otra parte, comienzan a aparecer los primeros cancioneros y centros musicales dedicados a exaltar a compositores y artistas famosos. El primero que se funda es el Carlos A. Saco y, a la muerte de Felipe Pinglo Alva, el consagrado a su memoria. Ambos centros se convirtieron en peñas, donde se celebraba a los artistas nacionales, y eso contribuyó a la divulgación de la música peruana. Jesús Vásquez, por ejemplo, así como La Limeñita y Ascoy, formado por los hermanos Ascoy, eran grandes partidarios del centro dedicado a la memoria de Carlos A. Saco, en tanto que el Centro Felipe Pinglo Alva tenía una sola luminaria: María Jesús Jiménez, y muchos socios.

Siempre he sentido una gran admiración por esos grupos que nacieron con el vals. Eran algo más que un conjunto musical; sus integrantes se hacían muy amigos y compartían muchas cosas, además de su amor por la música criolla. Surgía en ellos, con el entusiasmo por las melodías nacionales, una conciencia de colectividad, la idea de que pertenecían a un mismo país, del que debían sentirse orgullosos. Lástima que nadie recuerde a los más antiguos, esos conjuntos pioneros y esas voces, entre las que destacaban las de gran cantidad de mujeres, por supuesto.

En esa época ni siquiera existían cancioneros, por eso no recordamos a los conjuntos más antiguos, pese a los estudiosos que en sus memorias siempre los mencionan, entre ellos un francés, Gérard Borras, con su espléndida investigación sobre el vals peruano. Habría que reunirlos y escucharlos y guardar esos relatos que son la verdadera historia del Perú.

Pero no hay duda que el vals, a medida que se fue enraizando en nuestro país, fue estimulando la creación de grupos que lo tocaban, entre la gente más humilde al principio, y luego, escalando posiciones en la sociedad, la clase media y hasta la aristocracia, como ocurre ahora, que el vals llega a todas las familias peruanas sin excepción. Recuerdo una crónica de Ruperto Castillo, en la revista *Folklore Nacional*, donde contaba su sorpresa al visitar un pueblecito perdido de la Amazonía, al que él creía que no había llegado todavía la civilización, y escuchar un vals peruano cantado por los indígenas de allá en su propia lengua. O sea que también a la Amazonía había arribado esa música, verdaderamente nacional.

Cuando digo que el vals inspira la sociabilidad, digo la verdad más estricta. ¿Quién toca o tocaba el vals peruano solo? Con la excepción de Lalo Molfino, nadie. Pero su caso era absolutamente excepcional y disculpable. Había que tocar la guitarra como él para detestar toda otra compañía sobre un escenario. Los conjuntos siempre han brotado para un mundo colectivo y amical. Son un remedio al individualismo y a toda inclinación egoísta, incompatible con la diversión que sólo se consigue en grupo o en la catarsis del baile o la jarana, tan populares entre nosotros. Cientos, miles de bandas han nacido en la capital y en las provincias gracias al valsecito peruano, que ha propiciado la amistad, esas fiestas que sellan las buenas relaciones entre grupos humanos y de las que el Perú es tan magnífico ejemplo. El vals además ha prohijado la constitución de muchas parejas, y sin duda de innumerables matrimonios.

No digo con esto que seamos un país muy alegre, como el Brasil, por ejemplo, donde la gente danza en las calles en los famosos carnavales medio desnuda, pero sí que somos un país en el que la amistad es frecuente e indispensable, para reír, festejar los cumpleaños o aunque sea para llorar juntos los duelos. ¿Qué cosa es la compadrería, si no? Otra manera de relacionarse y tender puentes de parentesco con los demás. Y el vals peruano, cuando no exalta la nostalgia por el pasado, favorece la amistad, el compañerismo y, por supuesto, el amor.

Y, si me aprietan mucho, les digo que también fomenta el erotismo. Y aquí viene otra vez esa pareja de los dos extremos de la sociedad peruana: Toni Lagarde, el pituquito miraflorino, y Lala Solórzano, la guapa y pícara negrita de aquel callejón de Morones. ¿Qué los ha mantenido unidos tanto tiempo? ¡Qué iba a ser sino el erotismo! Pese a sus años, sus noches deben de estar todavía llenas de goce, aventuras, exploraciones y felicidad. Y no sigo por respeto a las damas que me leen.

Hay que hablar con mucha delicadeza del erotismo, para que no se ofendan las ancianas ni los curas. Pero yo soy un convencido de que, oyendo los valsecitos peruanos, y sobre todo bailándolos, la pasión aparece tarde o temprano, se impone y llega a alcanzar incluso en muchos casos su punto de hervor.

Las parejas que convoca y que bailan juntas acaban excitándose y deseándose. De ahí que se vayan a la cama o se abstengan de hacerlo, depende de ellas. Pero el vals ha cumplido su misión y, en ese sentido, el matrimonio de Toni Lagarde y Lala Solórzano ha sido un gran éxito, porque no se vive tantos años juntos sino por obra del amor. (Iba a añadir «y la cama», pero me callo por respeto a la santa madre Iglesia). Con la Iglesia, el valsecito tuvo malos encuentros en el siglo XIX, cuando los obispos lo condenaron como algo reñido con la moral y la decencia. Al parecer, les disgustaba que el dedo del hombre rozara la espalda de la mujer —así se bailaba entonces, a esa distancia— y por ello estuvieron a punto de prohibirlo. Yo he estudiado este asunto y mantengo lo dicho. Sólo que, como la Iglesia católica, tan astuta y sabida, advirtió que el vals se había convertido en la canción y el baile más solicitado por todos los sectores del país, levantó la prohibición de que los peruanos lo bailaran.

No todas las músicas tienen el efecto social que produce el vals criollo. No ocurre con el yaraví, por ejemplo, ni con los tristes norteños, músicas melancólicas y entrañables y de cantantes solitarios, como el arequipeño Mariano Melgar, aunque algunos de sus autores hayan tratado de darle al yaraví una orientación más risueña y colectiva. Pero eso a mí me tiene sin cuidado. En especial cuando estoy melancólico, me gusta el yaraví, sobre todo los de Mariano Melgar, nuestro héroe y romántico compositor que murió luchando por la independencia del Perú en el ejército del general Pumacahua, en la sublevación de ese caudillo. El vals alegra todos los momentos de la vida y yo los oigo así: de amanecer, entre bostezos; al mediodía, almorzando; de tarde y de noche, trabajando, por supuesto, porque el vals también inspira y empuja a la acción.

¿Quién no ha advertido que la música de un vals criollo despierta una secreta animación sexual tanto en los varones como en las damas? Y nos da «malas ideas». A medida que bailamos y en el curso del baile los cuerpos se atraen y se rozan, o, en tanto que transcurre la noche, favorece las confianzas y secretos entre las personas. Los cuerpos se van acercando y tentando mutuamente al extremo de despertar codicias, digámoslo así para referirnos a esos malos pensamientos que resultan de la atracción mutua, de la que la música y las letras de nuestro vals suelen ser inspiradoras irresistibles. Cuando me refería al vals como una institución social que fomenta la amistad y el deseo que favorece el amor, quería decir eso mismo, aunque de manera algo más cruda.

¿Ocurre con toda la música que se baila? De ningún modo. ¿Quién se atrevería a decir lo mismo de un zapateo argentino o de la popular samba, por ejemplo? El zapateo se baila solo, si se trata de un hombre, o sola, si la danzante es una mujer. Aquí la pareja no existe, y si existe, los bailarines bailan separados, concentrados cada uno en los pasos que dan en función de la música, esa música que aísla y distancia a la gente en lugar de acercarla e inflamarla como suele hacer el valsecito. El zapateo se ha hecho para contemplarlo desde lejos y el vals, para vivirlo en carne propia.

Por eso ha tenido tanta aceptación en nuestro país y ha servido para acercar a la gente y combatir los prejuicios y el racismo. Entre las virtudes del vals peruano conviene no olvidar estas cosas, que también forman parte de su embrujo.

XI

Toño Azpilcueta se levantó pensando en Lucha Reyes. Era, creía, la cantante que más se parecía a Lalo Molfino por lo desgraciada que había sido en su vida y lo joven que murió. Recordaba las palabras del autor de un documental sobre ella, explicando que Lucha, gracias a su carácter empeñoso, había sobrevivido a esas cuatro maldiciones que se alzaban contra ella: ser mujer, ser negra, ser cantante y ser fea.

Había nacido en 1936 en una familia enorme, una población de negros, negritas y negritos, en los Barrios Bajos, donde nacían los más pobres de los pobres en el Perú, y había estado varios años metida en un convento, seguramente con la idea de ser monjita, una manera de sobrevivir en el Perú si se era mujer, negra y fea. Pero Lucha Reyes había superado muchas desgracias más que la de morirse de hambre. Por fortuna conoció al Negro Ferrando, que la llevó a cantar a ese programa que hacía en Radio América mientras transmitía las carreras de caballos en el hipódromo. Aunque el zambo Ferrando era sobre todo un hípico, a Toño Azpilcueta le constaba cuánto había hecho por la música criolla, a cuántos cantantes había descubierto, entre ellos a Cecilia Barraza, permitiéndoles cantar, tocar la guitarra, el güiro o el cajón y haciéndolos famosos. Una de ellas fue Lucha Reyes.

Toño Azpilcueta recordaba las pelucas rubias o pelirrojas o blancas que se ponía Lucha Reyes para cantar, con esa voz tan enorme que tenía, esos valses criollos que eran el santo y seña de la humildad y la pobreza del Perú. Y de la huachafería, por supuesto, con sus historias apasionadas y sangrientas, su sentimentalismo exacerbado y sus cursilerías infinitas, que ella modelaba y eternizaba añadiendo al vals peruano un acento especial, un vigor y una fuerza desconocidos hasta entonces. Ese vals, que era bajito, afeminadito, educadito, ella lo había convertido en un estruendo y en algo a la vez muy refinado. Toño lo había dicho en innumerables artículos, siempre elogiosos, sobre la cantante.

Qué lástima que el zambo Ferrando no hubiera descubierto al zambito Lalo Molfino, porque él seguro lo habría hecho famoso y popular. Lo hubiera bautizado como la Guitarra del Perú, en contra de Óscar Avilés, y le habría grabado discos y lo hubiera llevado por todo el país para que las masas de peruanos lo conocieran y aplaudieran. Ese destino era el que se merecía Lalo Molfino. Quizás le correspondería a él, ya que el zambo Ferrando no lo había hecho, darle una gloria póstuma con su libro.

Toño evocaba a Lucha Reyes para no pensar en la última misión que debía cumplir en Puerto Eten antes de regresar a Lima. No quería, le repugnaba, se le erizaba la piel sólo de pensarlo, pero sabía que para escribir su libro debía visitar Reque, ese mar de basuras que se prolongaba hasta donde la vista se extendía y donde el padre Molfino había hallado al pequeño Lalo.

Antes de desayunar, alquiló un taxi y le explicó al conductor que, para un libro que estaba escribiendo, necesitaba ver el terrible basural. El taxista lo entendió muy bien y le abrió las puertas de su auto. Media hora después, Toño Azpilcueta había cruzado el puente y se encontraba frente al gigantesco mar de desechos, que se perdía de vista y atraía infinidad de moscas que asaltaron su rostro, sus manos y sus brazos apenas abandonó el viejo taxi. Tapándose a ratos la nariz, se internó en ese muladar gigantesco que no tenía límites y fue viendo las bolsas de basura que depositaban los camiones a media mañana, luego de recoger las inmundicias de los pueblos vecinos.

Lo increíble era que, en el centro de aquellos basurales repelentes, había una cabaña construida con retazos de papeles, telas, maderas, pedazos de hierro, y un hombre, seguramente anciano, que vivía en ella. Mientras se acercaba a él con la intención de entrevistarlo, lo vio sumergir medio cuerpo entre la basura, como si buscara un tesoro, y reaparecer sacudiéndose del cuello y la cabeza algún bicho que se le había trepado. Lo hizo con una naturalidad que aumentó el desagrado de Toño. Ya no pudo evitar rascarse. Notó las patitas húmedas y asquerosas por todo el cuerpo, la irritación de la piel. Mientras el anciano apartaba a palazos un gallinazo que le robaba algún tesoro hallado entre los desechos, Toño sintió que se mareaba. Trató de figurarse lo que pudo sentir Lalo Molfino allí, abandonado, rodeado de esos olores nauseabundos, de esos bichos pegajosos que se le subían por el cuerpo, y no pudo soportarlo más. Todo aquello era demasiado sucio, tan lleno, estaba seguro, de ratas y ratones, que sintió un gran asco de sí mismo. Perseguido por halos de moscas y olores, corrió de regreso al taxi. Al chofer lo encontró golpeándose la cara para espantar a los zancudos. «¿Ya vio lo que quería?», se burló de él. Toño, sacudiéndose el cuerpo entero, le pidió que se alejaran de ahí inmediatamente.

Llegó a darse un largo baño en la pensión. Se cambió de calzoncillo y de pantalón, e incluso estuvo tentado a abandonar en la habitación la muda que había llevado al basural. Después lo pensó mejor y recordó que no le sobraba la ropa, de modo que la guardó toda en la maleta grande y se aseguró de que en la otra estuvieran todos sus cuadernos y libretas. Fue a pagar la cuenta, arrastrando los dos bultos, y a la entrada del establecimiento se encontró con un hombre que lo estaba esperando. Tardó en reconocerlo. Era alto y torcido y vestía, como mucha gente en Puerto Eten, un overol y una camisita deportiva y zapatillas de tenis.

—Menos mal que lo encontré antes de que partiera —le dijo, dándole la mano—. Yo soy Jacobo Machado. Estuvimos ayer juntos, pero éramos tantos que usted ni se acordará de mí.

—Me acuerdo muy bien —dijo Toño Azpilcueta—. Claro que sí. Un amigo de Pedrito Caballero, ¿no?

—Eso mismo —confirmó Machado—. He venido porque ayer me pasé con el pisquito y mi memoria se puso en blanco. A veces ocurre. Lalo no era mi amigo, pero por azar me enteré de algo que puede serle de ayuda. El señor que se lo llevó a Chiclayo, quizás también a Lima, para que tocara en un grupo criollo, se llamaba Abanto.

—¿Luis Abanto Morales? —preguntó Toño Azpilcueta, sorprendido—. Iba a buscar dónde desayunar. ¿Por qué no me acompaña? Yo lo invito. O sea que Abanto Morales...

—No sé si Morales —dijo Machado, con un respingo de su ancha nariz—. Pero se llamaba Abanto, me acuerdo clarito. Lo conocí en Chiclayo, creo que él nunca estuvo en Puerto Eten. Recuerdo incluso que nos tomamos unas cervezas juntos, que él invitó.

Fueron a tomar desayuno a una cafetería que estaba junto a la pensión. Pidieron café con leche con tostadas y mantequilla y conversaron un buen rato. Jacobo Machado era en ese entonces camionero y llevaba carga de Puerto Eten a Chiclayo y al resto del Perú, a veces como chofer y a veces como ayudante, en un camión flamante bautizado como El Rascador.

Había tenido ese trabajo, bastante bien pagado, por dos o tres años. Y una noche, en Chiclayo, tomando unas cervezas con un señor que venía de Lima y que se llamaba Abanto, hablaron de Puerto Eten. «De allí es la mejor guitarra del Perú, Lalo Molfino», dijo él, y después presumió de haberlo contratado para que tocara en un grupo.

—¿Está seguro que era Abanto Morales? —preguntó Toño Azpilcueta.

—Ya le dije que no sé si Morales. Pero Abanto, sí. Un nombre tan raro.

—Es un buen cantante. Sí, señor —dijo Toño—. Lo frecuenté mucho hace unos años. Si Lalo Molfino hubiera tocado con él, yo lo sabría. Me extraña mucho.

—No sé si tocó con él —dijo Jacobo Machado—. De lo único que estoy seguro es que ese señor se llamaba Abanto. Era bastante grueso y con unos añitos encima. Llevaba corbata, un gran reloj en la muñeca, y venía de Lima. Un señor elegante. No sé qué hacía en Chiclayo, sólo que cuando nombró a Lalo Molfino yo salté de la silla y le conté a todo el grupo que habíamos estudiado juntos, en Puerto Eten, en la escuela de Santa Margarita.

—Pero ¿le dijo qué fue de él, de Lalo, en Chiclayo o en Lima?

—No, porque cambiamos de tema ahí mismo —dijo Machado—. Nadie lo conocía a Lalo en esa mesa, salvo el señor Abanto y yo. Creo recordar que pasamos a hablar de fútbol.

Más tarde, ya en el ómnibus que lo llevaba de Puerto Eten a Chiclayo, Toño Azpilcueta seguía pensando en Abanto Morales. Según le habían dicho, estaba enfermo. Lo averiguaría en Lima. Tendría un pretexto para volver a citarse con Cecilia Barraza en el Bransa, porque seguro ella podía decirle cómo encontrar al compositor. No tenía para qué quedarse en Chiclayo haciendo más averiguaciones. Era mejor tomar el ómnibus de la Roggero de Chiclayo a Lima ese mismo día, aunque se quedara sin probar el famoso arroz con pato chiclayano.

Toño, que no podía dormir —esta vez viajaba de noche y no tendría ocasión de ver los desiertos solitarios y, de tanto en tanto, el mar y sus olas rugientes—, se dedicó a pensar en su libro. Su visita a Puerto Eten no había sido tan útil como imaginó, pero al menos había obtenido unos datos importantes que le permitirían sumergirse en la psicología de Lalo Molfino. Había muchos huecos que tendría que llenar investigando e interrogando a más personas, empezando por Abanto Morales. ¿O se inventaría todo lo que no sabía sobre Lalo Molfino? Si se lo inventaba, su libro sería algo más parecido a una novela, una fantasía sobre la supuesta vida de Lalo Molfino, pero no, no quería eso. Quería que su libro estuviera edificado sobre una investigación rigurosa, donde sólo figuraran cosas ciertas y comprobadas por él. Un libro sobre la huachafería, sobre el vals criollo y sobre esa figura desconocida que había decidido por sí mismo armar y tocar esa guitarra, ese gran instrumento del valsecito que había venido a personificar la música peruana. Un libro en el que explicaría que el vals peruano no había existido durante los tres siglos coloniales, una época en la que los peruanos blancos y de buena sociedad tenían su propia música, importada de España, y los peruanos humildes, empezando por los esclavos, tenían también la suya y sus propios bailes, de origen africano, muy distintos de los de los blancos. En realidad, la fusión musical de esos mundos apartados sólo se había producido en el siglo XIX, muchos años después de la independencia, cuando surgieron los valsecitos.

¿Qué había pasado en la última década para que el Perú hubiera entrado en esa guerra fratricida que cada día dejaba un montonón de muertos? ¿Por qué Sendero Luminoso se tomaba los pueblitos perdidos en las montañas o hacía estallar bombas en las ciudades de la sierra, o incluso en Lima, si todas sus víctimas eran peruanas? ¿En qué momento el país se había fracturado y roto por completo, separando la sierra de la costa y a un hermano de otro hermano? ¿No se necesitaba ahora, más que nunca, un libro que uniera de nuevo al Perú? ¿Podría escribir ese libro sobre el alma peruana, en el que cada uno de sus compatriotas pudiera reconocerse y recordar qué era lo que los unía? En la oscuridad del ómnibus, Toño Azpilcueta sonrió, apenado de sí mismo, y recordó esa costumbre tan peruana de creer que las cosas pensadas eran ya cosas realizadas. ¿Le ocurriría a él eso mismo? ¿Se conformaría con el sueño, con la fantasía, o plasmaría todas sus ideas en una obra capaz de revitalizar a la patria? ¡No!, se dijo. Toño estaba seguro que este libro sobre Lalo Molfino lo escribiría. Tenía la voluntad de hacerlo. Y su amigo, compadre y vecino el chino Collau le había prestado esos cinco mil soles para que lo hiciera. No podía defraudarlo.

XII

Me gustaría hablarles ahora de Gérard Borras, un joven foráneo aunque docto en asuntos de nuestra tierra, y al que ya me he referido, que ha publicado un estudio titulado *Lima, el vals y la canción criolla (1900-1936)*. Este autor, que pertenece al Instituto Francés de Estudios Andinos, ha dado un tratamiento rigurosamente académico a su estudio, que, como deja entrever en su literal título, abarca apenas treinta y seis años, los de los cancioneros, que él ha estudiado muy a fondo. Gracias a los cancioneros que se publicaban en Lima y a la revista *Variedades*, que ha revisado con curiosidad de erudito, su investigación nos da una percepción muy detallada de la influencia del vals peruano en esos años en que fue alcanzando una gran difusión entre la clase media y baja. Tanto la prensa como la colectividad limeña se sirvieron del vals (o de la música peruana en general) para recordar hechos periodísticos, políticos o criminales que concentraban la atención popular. El ensayo nos muestra, por ejemplo, la sensación que provocó en Lima la muerte de dos destacados aviadores, llamados Octavio Espinosa y Walter Pack (norteamericano el segundo), que chocaron en pleno vuelo por accidente, viniéndose abajo los dos, muertos, igual que sus ayudantes. Este suceso provocó una gran conmoción, y, por supuesto, dio origen a una serie de

valses y canciones criollas que celebraban el aconte-
cimiento (llorándolo, quiero decir). Estos comienzos de la aviación peruana, que el investigador señala con precisión, trajeron los nombres de Carlos
Tenaud, Juan Bielovucic y Octavio Espinosa a la
atención del público, y gozaron de una pasajera
publicidad. Pero, como digo —como dice el estudio—, la muerte de Octavio Espinosa y de Walter
Pack conmovió a la ciudad y surgieron varios valses
en honor a ellos, lo cual quiere decir que el vals peruano era no sólo música, sino también transmi-
sión de noticias.

El vals criollo avanzaba, iba ganando espacio en
la atención de los peruanos, pues no era un fenómeno limitado a Lima, sino que ocurría también
en las provincias, y no hay duda que se trataba de
una música nacional y profundamente popular.
Por la filiación de sus cultores, ante todo: gentes
humildes, a veces pobrísimas, obreros, marmolistas,
albañiles, limpiadores de calles, encendedores de la
luz pública, picapedreros, que ahorraban y se com-
praban su guitarra, o se la regalaban entre ellos. En
esta difusión del vals peruano desempeñó un papel
principalísimo Felipe Pinglo Alva, y su muerte, ocu-
rrida en 1936, dejó un vacío que miles de peruanos,
a lo largo y ancho del territorio nacional, trataron
de llenar. Ninguno lo consiguió, por supuesto; él siguió siendo el astro de la música peruana. Pero el
vals y otras canciones nacionales —como las polcas
y los tonderos— se fueron extendiendo y avanzando en todas direcciones, hasta cubrir todos los es-
pacios, desde los más humildes a los más prósperos,
y constituir, por primera vez, una música nacional

en la que todos los peruanos, por muy diverso que fuera su origen, coincidían. De ahí su popularidad, que aprovechó la prensa. Hasta se compusieron canciones de humor macabro e incluso masoquista, como *El ratón*: «Yo tengo mucho miedo / a la cucaracha y al ratón / porque son unos animalitos / que se meten dentro del colchón». Y esta otra: «De Lambayeque a Chiclayo / mataron a un huerequeque / y del buche le sacaron, paisana, / un cholo de Lambayeque».

A la muerte de Felipe Pinglo Alva, surgió una bella cantante de magnífica voz: Jesús Vásquez. Tenía una linda concepción de los valses y con ella contribuyó como nadie a expandir la música criolla en sectores sociales que le eran todavía írritos. Muchos jóvenes le llevaban sus canciones y ella, a través de la radio y de las primeras películas peruanas, ayudaba a divulgarlas. Jesús Vásquez viajó por el mundo entero y en todas partes tuvo mucho éxito. Era natural del Rímac, y fue una de las grandes cultoras de la música nacional. Es verdad que, en esta época, surgieron muchas voces femeninas y cantoras en el medio artístico, como Serafina Quinteras, Amparo Baluarte, Alicia Lizárraga, Estela Alva, la Limeñita y muchas más. Pero sólo Chabuca Granda consiguió derrotar a todas las otras cantoras e imponerse internacionalmente, llevando la música peruana más allá de nuestras fronteras y dándole una audiencia universal.

Decenas, cientos y acaso miles de compositores surgieron en aquellos años que siguieron a la muerte de Felipe Pinglo Alva, e hicieron célebres a algunas cantantes, como la mentada Jesús Vásquez, la preferida, que se multiplicó por la radio y el cine, contribuyendo de manera decisiva a darle al vals criollo la representación nacional.

En una ocasión, por ejemplo, la revista *Variedades* narró la lucha a muerte entre dos bandoleros, Tirifilo y Carita, que ganó este último. No sólo el artículo en cuestión contó de manera heroica y caballeresca el suceso, sino que se compusieron muchos valses que conmemoraron ese encuentro. En el vals aparecen también asuntos políticos, como las campañas para que las siempre añoradas Tacna y Arica volvieran al Perú, y el triste caso de la guerra con Colombia, allá en la selva amazónica, hechos históricos que dieron lugar a gran número de composiciones musicales, impregnadas del más noble patriotismo, que el estudioso francés reseña cuidadosamente, aunque él no habla, porque no tuvo ocasión de oírlo, de Lalo Molfino y de otros grandes intérpretes de la música criolla.

XIII

Al volver a Lima, Toño Azpilcueta sintió la necesidad de visitar a sus amigos Toni Lagarde y Lala Solórzano para tomar lonche con ellos y hablarles de su proyecto. Cada tarde solían dar un paseo por las calles de su barrio. Ya eran bastante creciditos, debían de andar por los noventa, pero no perdían las buenas costumbres.

Toni era un lector consumado, aún más desde que se había jubilado, y se interesaba sobre todo por la historia del Perú. Se había devorado los libros de grandes historiadores como Porras Barrenechea, Jorge Basadre y Luis E. Valcárcel, con lo que se había armado un memorable lío en su cabeza, pues no se decidía todavía entre los «hispanistas» y los «indigenistas». Cuando leía a José de la Riva Agüero, encantado con su prosa finisecular, se volvía hispanista, pero cuando leía a los cusqueños, sobre todo a Uriel García, se transformaba en un indigenista sin remedio. Con estos cambios de ideología él se divertía mucho y enervaba a todos los demás.

Mientras comían un lonche con mermelada de membrillo, Toño les contó del préstamo increíble que le había concedido su amigo Collau, y les relató el viaje que había hecho a Chiclayo y a Puerto Eten. Estaba decidido a escribir ese libro sobre Lalo Molfino y a defender sobre el papel sus ideas acerca de la huachafería. Sus amigos se reían, como si no se acabaran de tomar en serio sus palabras. Sin darse por aludido, Toño entraba en materia. Quería preguntarles por los sobrevivientes de La Palizada, si es que aún quedaba alguno vivo. Toni y Lala hacía mucho que no veían a ninguno, y ni siquiera sabían quién seguía vivo y quién no. Le confesaron que ya no oían tanta música peruana por la radio. Se habían hecho afectos a las radionovelas, y cuando estaban en casa, si no tenían un libro entre las manos, se juntaban frente al aparato a sufrir y gozar con viejas historias rocambolescas y truculentas que una emisora había vuelto a emitir. Si Toño iba a escribir sobre la huachafería, le dijo Lala, no podía dejar por fuera esos relatos tan entretenidos, que les recordaban su propia historia de amor. Toño se ofuscó. Dudaba que el radioteatro fuera un producto estrictamente peruano, y además le parecía ofensivo comparar el genio de Felipe Pinglo o de Lalo Molfino, su habilidad para auscultar el alma, con las ocurrencias que imaginaban escribidores que de seguro producían a destajo, sin saber nada del Perú ni de la sensibilidad de su gente.

Toni soltó una de sus carcajadas y le dijo que esos asuntos, independientemente de quién los escribiera, daban buena cuenta de la realidad peruana. Sin ir más lejos, añadió, ahí estaba el tema de su herencia. Hacía ya años que se había resuelto la cuestión y Toni había dejado muy impresionados a sus hermanos cuando, en la reunión que convocó el notario, les dijo que no tocaría ni un centavo de aquélla, pese a que la ley lo amparaba, porque él respetaba la decisión de sus padres de haberlo desheredado cuando se ennovió con Lala Solórzano. Sus hermanos protestaron y dijeron que se habían puesto de acuerdo entre ellos para no respetar la voluntad de los padres e incorporarlo en la herencia, pero él, que era muy porfiado, insistió en que no había nada que hacer, que él respetaría la decisión de sus padres de desheredarlo por casarse con una mujer negra y pobre, y que podían repartirse su parte entre ellos, así que tan amigos como antes. (La verdad es que nunca se veían, o sólo a la muerte de un obispo). Finalmente, el notario había arreglado las cosas para que, en apariencia, se respetara la ley, y, en la práctica, los hermanos se repartieran la parte que le tocaba a Toni. Terminaron la reunión abrazándose, por supuesto.

—Ése sería un buen tema para un vals, no para un radioteatro —dijo Toño Azpilcueta, con aire doctoral.

Toni tenía tres hermanos, uno de ellos, el mayor, había sido abogado, el otro banquero y su hermana se había casado en segundas nupcias con un rico chileno avecindado en el Perú; tenía haciendas, parece, aunque parte de ellas se las había quitado el general Velasco mediante la ley de reforma agraria. Hasta hace poco los invitaban a él y a Lala, a veces, y ellos asistían para no quedar mal, pero, la verdad, se aburrían bastante con esos señorones y señoronas que hablaban mucho de negocios y no se interesaban casi nada, o nada, por la historia del Perú. Para demostrar que no tenían prejuicios raciales (lo cierto era que sí los tenían), acariñaban mucho, demasiado, a Lala, y unos años atrás incluso le proponían asociarla a sus clubes de música, o de lecturas, o de baile, y ella asentía, cordialísima, aunque sabía que después de aquella fiesta todos se olvidarían de lo acordado. La verdad es que se llevaban bien con esos parientes, pero sólo de lejitos.

En cambio, parecía que Carmencita Carlota se llevaba requetebién con sus primas, o sobrinas, y que era muy amiga de una de ellas, a la que solía traer a tomar el excelente lonche de chancays con mermelada de membrillo de su madre. Ella y Toni formaban una pareja que Toño envidiaba. ¿Cómo lo habían conseguido? Seguramente, pensaba Toño, gracias a las muchas dificultades que tuvieron de jóvenes. Su testarudez los salvó. Se defendieron queriéndose y queriendo mucho a Carmencita Carlota. Toño se comparaba con ellos y se entristecía. Él y Matilde, que venían del mismo barrio, La Perla, y que se habían juntado sin despertar las malquerencias ni las habladurías de nadie, mucho menos el rechazo de sus familias, se distanciaban cada vez más. Entre ellos se interponían esas pequeñas miserias que acababan agrietando las relaciones. Sus amigos, en cambio, a pesar de venir de mundos tan distintos, habían encontrado en la música criolla el aglutinante que borraba todas las diferencias sociales y raciales. Y ahí estaban, viejecitos y contentos, acompañándose el uno al otro. Lala y Toni eran un modelo. No había entre ellos esos odios que se incuban entre la gente que ha vivido junta mucho tiempo, y que condenaban a la amargura. Bastaba mirar alrededor para darse cuenta de que la mayoría de las personas eran infelices, siempre luchando por algo que nunca alcanzarían —la felicidad o la fortuna—, a diferencia de Toni y Lala, que parecían contentos con su suerte aunque su pobreza les hubiera impedido viajar por el mundo, o incluso por el mismo Perú. Se quejaban de que no conocían el Cusco, por ejemplo, porque nunca habían tenido el dinero suficiente para ir allá de vacaciones. Pero no vivían amargados por eso, ya que había otras cosas que las compensaban. Su gran amor era una de ellas, lo que les permitía gozar juntos con un libro, o con una película, o con los programas de radio y hasta con los novelones que, decían ellos, así Toño se molestara, los emocionaban y les daban ilusiones para seguir viviendo a sus noventa años. También, por supuesto, con la música. En la cama, excitados por los valses y las marineras, debían entenderse muy bien, estaba seguro Toño. Sin duda mejor que Matilde y él. ¿Hacía cuánto no se solazaban fornicando? La respuesta lo dejaba devastado. Meses, quizás años, ya había perdido la cuenta. Quién como Toni y Lala.

Creía que sus amigos eran la prueba evidente de que sus ideas eran correctas. En sus vidas el vals había causado una revolución que debía replicarse a lo largo y ancho de la sociedad peruana, unificándola, venciendo los prejuicios, los abismos sociales. Ésa iba a ser la tesis central de su libro, les confesó Toño. Solía pensarse que eran la religión, la lengua o las guerras las que iban constituyendo un país, creando una sociedad, pero nunca a nadie se le había ocurrido que una canción, una música, hiciera las veces de la religión, de la lengua o de las batallas. Era la música, bastaba pensar un poco en ello para darse cuenta, la expresión artística que tenía el poder para despertar la fraternidad, acaso el erotismo, entre personas diferentes. Toño los señalaba. Ahí se hallaba la prueba, frente a él, nada podía desmentirlo. El entusiasmo lo hacía perorar en voz alta, casi gritando. Gesticulaba con tanta energía que el asiento de madera en el que estaba sentado crujía como si se fuera a romper.

Toni y Lala se miraban de reojo, algo sorprendidos por la vehemencia de su amigo. En un momento dado, Toni se atrevió a decir que no todo era tan perfecto en sus vidas como parecía, pero Toño apretó las mandíbulas y lo corrigió en el acto.

—Nada de eso, amigo mío —replicó, negando con el dedo—. Ustedes son un ejemplo para mí y para el Perú entero.

Acabaron los chancays con mermelada de membrillo y Toño se despidió prometiéndoles una copia de su libro. «A dos almas que el vals juntó, ejemplo y orgullo de esta tierra mestiza, mi Perú», diría la dedicatoria.

XIV

El cajón es la gran invención de la música peruana cuyo origen se pierde en la noche de los siglos, aunque probablemente nació en tiempos de la conquista, pues con los españoles llegaron muchos negros y mulatos —esclavos o libres—. Hay un gran silencio en las historias sobre esta población de morenos que acompañó a los conquistadores —empezando por Cristóbal Colón— desde fines del siglo xv y que participó activamente en la toma del Tahuantinsuyo. Los negros y mulatos llegaron a ser, a veces, la tercera parte de los miembros de las expediciones españolas al Perú en aquellos remotos comienzos. Y muchos esclavos eran recompensados por su valentía y servicios durante la conquista con la manumisión. El historiador Porras Barrenechea señala que, pese a las prohibiciones de la Inquisición, muchas músicas, canciones y bailes africanos se filtraron entre la población desde entonces, en esos promisorios albores del Perú en los que la población morena venida de España prestó un importante papel. Muchos de aquellos negros o mulatos eran musulmanes que se habían convertido al catolicismo en la madre patria, de modo que también el islamismo puso una gota en las intensas mezclas raciales de las que nacieron los peruanos. En nuestras más antiguas fotografías hay conjuntos musicales en los que, en lugar destacado, aparecen el cajón y el cajonista.

El cajón es inseparable de la pobreza y el ingenio de quienes no tenían un puñado de dinero para comprarse un rondín, una vihuela y mucho menos una guitarra. Entonces inventaron este instrumento musical que acompaña como su sombra a la marinera, los valses, el huainito y, en general, a todas las músicas que se crearon a lo ancho y largo del país, desde que la independencia vino a culminar todas las conspiraciones de los peruanos para emanciparse de la tutela extranjera y el ejército del general San Martín llegó de Chile a consagrarla.

Así nació el cajón como instrumento musical peruano. ¿Quién lo inventó? Los historiadores dan nombres de los más antiguos conjuntos musicales que se formaron —señalan a los negros—, entre los que se utilizaba ya el cajón. Pero, aunque ofrecen muchos nombres, nadie lo sabe con seguridad. Y a mí me parece que, en la duda, hay que señalar al cajón como lo que de verdad es: un símbolo de lo que son capaces los peruanos más necesitados y amantes de la música, que, debido a su falta de recursos, recurrieron al cajón como instrumento de percusión para acompañar a los cantantes de la música criolla.

El cajón es cualquier cajón, por supuesto. Pero, de preferencia, aquel de maderas duras y añosas —el cedro del bosque, aunque también los hay de algarrobo—, que es el que resuena mejor, obediente a la mano y al ritmo. Más tarde, ya en la actualidad, las tiendas de música se han inventado los «cajones de fábrica», que, como se figurará usted, lector, no suelen ser los mejores, y a menudo son peores que los otros, los callejeros. Su sonido hechiza. Les ocurrió a unos cantantes españoles que, llegados a Lima desde Andalucía, se enamoraron de él y se lo llevaron a España, donde al parecer, según me cuentan los músicos más internacionales, se ha convertido en un instrumento musical característico, sobre todo en el sur del país, junto con las castañuelas y la guitarra, elementos sustanciales del flamenco.

Para ser un buen cajoneador hay que tener unas manos endurecidas y con callos y buen oído, nada más. Y una voz que no desentone demasiado. Ahora también se enseña a tocarlo en las escuelas de música y en los conservatorios, pero siempre se afirma que los mejores cajoneadores son los percusionistas de la calle, los que aprendieron a tocar de oídas y que nunca se equivocan. Y es una maravilla para los ojos y para los oídos —yo sé por qué lo digo— ver la manera como esos músicos callejeros, a veces analfabetos, expertos en tocar el cajón, sacan los sonidos que escuchamos y que sueltan con los dedos y la palma de la mano en las canciones del vals. Por eso se dice que los cantores de valses y marineras exigen que haya siempre un cajonista en los conjuntos musicales que los acompañan. Es cierto que los mejores cajoneadores y practicantes de ese instrumento, generalmente adosados a la batería, son hombres, pero ya hay algunas mujeres que lo tocan, en especial entre las andaluzas y las limeñas, y lo hacen con la misma elegancia y buen oído que los hombres. Sería por gusto dar algunos ejemplos de célebres cajonistas en Lima; todos los que tocan en conjuntos musicales más o menos conocidos lo son.

Se dice por ejemplo que el papá de la famosa Lala Solórzano, el señor Juanito Solórzano, era un gran cajoneador y que, hasta que murió de pura vejez, pues estaba por cumplir cien años, era la estrella tocando ese instrumento en el callejón de Morones, donde vivía con su marabunta de nietos y bisnietos y arrejuntados.

Ahora se ha repartido por el mundo entero y muchos países se atribuyen el haberlo descubierto. Pero lo cierto es que es peruano. Aquí nació, para orgullo de nuestra música. Y aquí tenemos a los mejores cajoneadores, para orgullo nuestro. No sólo en Lima, por supuesto. Los hay en todas las provincias de la costa y de la sierra. Y hasta en la Amazonía. La música peruana no sería lo que ella es sin el cajón. Su sonido tiene un saborcito especial, un alma de madera. Nuestra marinera, nuestras polcas, nuestros valses no serían lo mismo sin ese perfume de los árboles y plantas de nuestros bosques, y, sobre todo, los de la Amazonía. Eso se lo dan los cajones. Y mientras más viejos, mejor. Por eso, nuestros cajoneadores guardan los suyos hasta que se les deshacen literalmente.

¿Ustedes han oído alguna vez al Cojo Lañas tocarlo? El Cojo Lañas no ha querido nunca asociarse a un grupo musical, pese a las muchas ofertas que ha recibido. Cae de vez en cuando en los escenarios o en las boîtes, con la irregularidad de los bohemios, cuando sabe que hay allí un grupo que él valoriza. Y empieza a tocar.

Dios mío, vaya oído y vaya manos. Es un hombrecito insignificante, hasta tuvo de niño una poliomielitis, pero cuando toca el cajón crece y engorda, y hasta parecería que se levantara. Es una especie de Lalo Molfino con el cajón. Y ya nadie trata de contratarlo. Ya se cansaron. Ahora todos los grupos esperan simplemente que aparezca y los acompañe. Hay muchos y magníficos cajoneadores. Otro de ellos es el que acompañaba a Chabuca Granda en sus giras internacionales: Carlos *Caitro* Soto, majestuoso con su célebre cajón.

En su interesante libro sobre el vals peruano (se titula *El Waltz y el valse criollo*), César Santa Cruz Gamarra, hermano de Victoria, la ilustre folclorista, dice que en los años cincuenta había tres grandes cajoneadores en el Perú: Francisco Monserrate, Víctor Arciniega, el Gancho, y Juan Manuel Córdova, apodado el Pibe Piurano, especialista en tonderos, sobre todo. Y que estos «bateristas» solían intervenir en los programas de radio, al final, pues casi siempre terminaban con alguna marinera o tondero norteño. Y que fue Yolanda Vigil, apodada con el más lindo remoquete, la Peruana, en su show del Embassy, la que introdujo la música criolla en Lima en el gran espacio nacional, y que lo hizo con el salero y la picardía propios de la mujer costeña. Según él, sólo a partir de entonces la música criolla rompió el caparazón que la reducía a los callejones y se extendió a lo largo y ancho del territorio.

Sin menoscabar la sapiencia del ilustre Cruz Gamarra, yo pienso que fue un poco antes que la música criolla comenzó a ganar terreno y fue imponiéndose en todos los sectores del país, de modo que los distintos colectivos sociales adoptaron el cajón y a los cajoneadores como un hecho esencial de la música criolla, inseparable de ella, como luego se iría reconociendo.

Por otra parte, esa expansión de la música criolla debida a los programas de radio, en los años cincuenta, a César Santa Cruz Gamarra no le parece completamente favorable. Más bien muestra su disgusto con ella, como si el vals al extenderse a todos los sectores sociales hubiera perdido algo de su calidad, de su originalidad, y más bien se hubiera empobrecido. Yo no estoy de acuerdo con él, por supuesto. Para mí, aquella ruptura del pequeño círculo en el que la música peruana estaba encerrada hasta entonces fue lo mejor que nos ocurrió como país. Gran mérito de aquella música, con la que al fin nacían unas canciones que los peruanos, de cualquier clase social, reconocían como propias.

César Santa Cruz Gamarra llegó a tener mucha figuración en nuestra patria, al principio como intérprete y compositor de canciones, luego como «decimero», es decir, como autor de décimas, que improvisaba con enorme facilidad ante diversos auditorios, retomando una muy antigua tradición nacional cuyo origen se pierde en los años coloniales. Él resucitó esta tradición y se convirtió en alguien muy popular, pese a los prejuicios que marginaban a los negros en el Perú de entonces. Aunque era un negro chillo, no pertenecía a los sectores más pobres del Perú. Había nacido en la clase media, pasado la infancia en el barrio de La Victoria, en Lima, y varios de sus parientes —sobre todo su hermana Victoria— contribuyeron con mucho talento a enriquecer el folclore nacional, tanto por sus informaciones distribuidas en artículos, conferencias y libros, como por la práctica del canto y el baile, en que todos los miembros de aquella familia alcanzaron la fama. Pero fue César Santa Cruz Gamarra, con sus décimas, quien se hizo célebre en todo el ámbito nacional. Luego viajó a España, donde, probablemente con menos éxito del que había alcanzado en el Perú, difundió la música criolla y llegó a ser bastante conocido. Creo que murió allá, donde, sin duda, habrá dejado buen número de admiradores.

Como decimero era insustituible, y fue muy querido y respetado. Es verdad que muchas de las décimas que él recitaba ya las tenía aprendidas de memoria y las aplicaba a distintas circunstancias, pero en otras ocasiones improvisaba de verdad, en función de los estímulos que iba recibiendo, y lo hacía maravillosamente. Yo tuve la oportunidad de verlo varias veces, en actuaciones públicas o en programas de radio, y hay que reconocer que lo hacía con extraordinaria facilidad, de una manera inolvidable, muy personal, que arrancaba formidables aplausos. Se trataba de una figura muy popular en todos los ambientes peruanos, y tal vez su viaje a España lo perjudicó, pues allá en Madrid perdió el rumor de la patria y no llegó nunca a gozar de la enorme celebridad que tuvo en el Perú. Ese liderazgo no lo alcanzaría nunca César Santa Cruz Gamarra, lamentablemente, entre los españoles.

XV

Toda la semana Toño Azpilcueta estuvo trabajando en su libro. Salvo un par de clases de Dibujo y Música que había tenido que impartir en el colegio del Pilar, no había hecho otra cosa que ordenar la información que había encontrado sobre Lalo Molfino y tratar de averiguar el paradero del maestro Abanto Morales.

Cecilia Barraza lo sacó de dudas: el señor Abanto que le mencionó Jacobo Machado no tenía nada que ver con el hijo ilustre de Cajabamba, salvo la coincidencia de nombres. Era verdad, el tal Abanto —en este caso era nombre, no apellido— había oído por casualidad la guitarra de Lalo y en su cabeza afloró la fantasía de ganar un dinerito montando un grupo de música criolla. Abanto era un empresario, no un músico o un experto en criollismo, que invertía donde olía un buen negocio, no importaba cuál. Toño lo localizó en el Callao, porque ahora estaba metido con la pesca de la misma forma en que antes había transportado mercancías por la zona de Chiclayo, en el norte.

—Lo he buscado varios días seguidos —le dijo Toño, cuando finalmente Abanto lo recibió en una pequeña oficina que tenía cerca del puerto—. Se preguntará por qué insistí tanto en hablar con usted. Resulta que tuvo usted la fortuna de conocer a la más excelsa guitarra del Perú, Lalo Molfino, a quien pretendo hacer justicia en un libro que estoy escribiendo. Me gustaría que me diera algunos datos sobre él. Todo lo que recuerde, por favor.

El señor Abanto lo miró con decepción. Seguramente creyó que lo buscaban para proponerle un buen negocio, desde luego no para recordarle a ese músico con el que perdió tantos solcitos.

—Maldita la hora en la que me metí en aquel negocio de la música criolla —exclamó, contrito—. No llegamos a actuar nunca por culpa de ese tal Lalo. Un infeliz, un malnacido lleno de escrúpulos y obsesiones. No quería actuar en grupo, exigía tocar solo. Por culpa de él me renunciaban todos los músicos que contactaba. Les pagaba los ensayos, los engreía y hasta los sobornaba para que le hicieran buena cara a Lalo, y al final todos tiraban la toalla. Una rata, un concha de su madre ese Lalo Molfino.

Aquel testimonio le rasgó el corazón a Toño. Estuvo a punto de devolverle el insulto, como si el agraviado hubiera sido él, pero entonces recordó que era la segunda vez que le decían lo mismo. Le costaba creerlo. Es más, se negaba a creerlo por una sencilla razón: porque no podía ser. El cultor de la música más fraterna y amorosa no podía ser un individualista, y mucho menos un narciso egoísta que despreciaba a los otros músicos hasta el punto de negarse a tocar con ellos. Él había visto el efecto mágico de su guitarra, lo había sentido. Aquella noche en Bajo el Puente había querido abrazar a la concurrencia, habría besado a todos los asistentes, les habría dado todo lo que tenía porque la guitarra de Lalo Molfino los había hecho hermanos. Su música era desprendida y generosa, era el oro y la plata del Perú lanzados al auditorio a manotadas llenas. Lo que le decía Abanto debía tener una explicación.

Advirtiendo que había sido un error buscarlo, Toño dijo que mejor se iba. Fue entonces cuando el empresario dejó caer una frase que cambió todo el panorama.

—La única persona que se lo bancaba era la enamorada que tenía. Una mujer muy flaquita, bastante joven, que venía a buscarlo por las tardes. Ya no me acuerdo de su nombre. Algo así como Maluenda.

—¿Lalo tenía una enamorada? —preguntó Toño, sorprendido—. ¿Una flaquita, dijo usted?

—La pobre, sí —confirmó el señor Abanto—. Se iban de la mano por las tardes, le digo. Ella venía cuando él terminaba los ensayos. Pregúntele a Miguelito, que él seguro se acuerda mejor de ella. Era el cajonista del grupo. Antes ayudaba conduciendo El Rascador, y ahora es uno de mis empleados en la fábrica de harina de pescado. Un buen trabajador.

Esta noticia dejó en ascuas a Toño Azpilcueta. Tomó los datos del tal Miguelito y se marchó a seguir escribiendo su ensayo en la Biblioteca Nacional. Por un lado, estaba contento porque había averiguado algo importante sobre Molfino, pero, por otro, seguía perturbado por la manera soez y provocadora con la que Abanto había hablado de él. No podía ser, la gente se equivocaba con Lalo. Él mismo se había equivocado en el pasado al juzgar a grandes artistas, lo reconocía. Había sido injusto, a veces, porque la falta de perspectiva llevaba a emitir juicios tajantes y desinformados. ¿No le había pasado eso con la gran Chabuca Granda?

Contrariamente a lo que ella creyó, Toño se alegraba mucho de que Chabuca fuera tan querida y admirada en tantas ciudades importantes del mundo. Pero cuando empezó a oír sus valses y pasillos, dejó por escrito, en varios de sus artículos, que sus letras no expresaban una realidad del pasado colonial de Lima, sino una fantasía. ¿Había existido alguna vez esa Lima elegante, medio andaluza y medio árabe, donde los caballeros, jinetes de ponchos de finísimo lino y señoras jóvenes, muy guapas y distinguidas, paseaban por el puente de los Suspiros o el paseo de Aguas, al otro lado del río, o iban a la pampa de Amancaes a bañarse de flores amarillas, sus bellas figuras, que despedían aromas exquisitos? ¿O era todo aquello una absoluta invención que, como ciertas tradiciones de Ricardo Palma, ocultaba y transformaba la realidad peruana en lugar de describirla?

Tenía esa antigua historia con ella, que, felizmente, no había trascendido al gran público a través de las revistas de dimes y diretes. Cuando Chabuca Granda sedujo a una enorme audiencia que desbordaba las fronteras del Perú, y de la Argentina a México ganaba partidarios entusiastas para el vals peruano, Toño Azpilcueta se había atrevido a exponer sus objeciones a aquella visión del pasado criollo de Lima que se dibujaba en sus canciones. ¡Ojalá el gran Felipe Pinglo Alva hubiera tenido semejante difusión!, dijo en una peña, causando un revuelo tremendo y un debate interminable.

Era muy respetuoso Toño Azpilcueta en sus artículos, y también lo había sido verbalmente con Chabuca Granda. Se había cuidado mucho de no despreciar ni insultar a alguien que —¡por fin!— obtenía un éxito enorme no sólo ante el público peruano, sino fuera del Perú; en Chile, Ecuador, Colombia, Argentina, México —hasta Brasil—, conmovido de que sus compases y sus letras sedujeran a personas tan diferentes. Él se permitía dudar y se preguntaba si aquellas emocionantes visitas a la pampa de Amancaes de los valses de Chabuca Granda hubieran sido posibles, o si, más bien, en lugar de jóvenes apuestos y bellas muchachas de la sociedad limeña, no era un pueblo más humilde, el pueblo sin zapatos, sin perfumes, el que había adoptado el vals al principio. En origen, defendía Toño, el vals había tenido un aire menos aristocrático y había sido más bien popular, es decir, miserable, hambriento. De los callejones múltiples, a lo largo de muchos años, había ido subiendo de categoría, conquistando poco a poco un público más elevado, donde la clase media le había abierto las puertas de sus modestos salones, hasta que al fin, al cabo de los años, fue abriéndose paso en los de la gente pudiente y aristocrática.

Muchas semanas después de publicar aquel artículo se la presentaron a Toño Azpilcueta en una exhibición de Chabuca Granda en Radio América. Le hizo una pregunta sobre el tema que a ella le molestó y, mirándolo muy seria, se negó a contestarle. Toño Azpilcueta sufrió una de las grandes vergüenzas de su vida. Más adelante, a medida que el prestigio y la popularidad de la cantante crecían, Toño cambió de opinión. ¿Qué importaba que aquella Lima medio andaluza y medio árabe no hubiera existido nunca? Ahora, gracias a Chabuca, ya existía. ¿Por qué tendrían los autores y compositores que ser fieles a la historia real? ¿Acaso los grandes músicos habían sido fieles al pasado? No, muchos de los autores de ópera, empezando por Mozart y Wagner, se habían inventado un pasado mitológico mucho más irreal que la Lima colonial de Chabuca Granda, y habían impuesto estos temas gracias a su originalidad y a la fuerza de su talento.

En vez de criticar a Chabuca, había que elogiarla. Inventándose ese pasado, ella había sido una verdadera creadora de historia que ahora no era ficticia sino real, pues estaba en la memoria de cientos, de millares y acaso millones de gentes en el mundo, que conocían al Perú por sus valses y pasillos, en los que Chabuca describía aquella Lima imaginada por sus fantasías, sueños y prejuicios.

Aunque Toño Azpilcueta también se había retractado por escrito, Chabuca no lo había perdonado, y cada vez que se habían vuelto a ver en alguna peña o festival su saludo había sido siempre seco, hasta glacial. Errar era humano, y él había errado con Chabuca, y por eso también era posible que Abanto y José Durand Flores y hasta Cecilia Barraza hubieran malinterpretado el comportamiento de Lalo Molfino. Tan virtuoso guitarrista no podía ser ese ejemplo de malacrianza, egoísmo e insolidaridad que todos describían, porque su música era lo contrario. En su libro lo iba a demostrar, pero para eso tenía que dar con esa flaquita, que seguramente era paisana de Lalo, chiclayana, que había sabido leer bien su corazón.

XVI

La muerte de Carlos Gardel, en 1935, en un accidente de aviación en Colombia, tuvo un efecto catastrófico en el mundo entero, y por supuesto también en el Perú. Ocurrió en un momento en el que el tango, que había dado la vuelta al mundo gracias al zorzal gaucho y a la poderosa presencia de Argentina en todo el planeta —eran otros tiempos—, se imponía incluso en París, donde se bailaba el tango apache. Y, al igual que en Francia, por todas partes se inventaban pasos que las parejas acoplaban al compás de la música.

El tango se volvió aún más popular a raíz de aquella tragedia, hasta el punto de ir desplazando, poco a poco, aquí en nuestra tierra, al vals criollo entre las preferencias populares. Por ejemplo, en Lima se puso muy de moda un texto de J. Chávez Sánchez, con el título de *La tangomanía*, que decía así:

Es de reírse que los negros de Malambo
en lugar de marinera bailan tango,
que, en vez de gracia, con gran lisura
lo han convertido en movimientos de cintura.

Nada menos que *El Cancionero de Lima* sacó un gran titular a toda página, de mal gusto según algunos limeños, que rezaba: «Carlos Gardel, que fue tan admirado, murió cantando el tango *Cuesta abajo*». Pero no hay duda que, en razón de aquella muerte, el favor de los limeños por el vals criollo fue cediendo y el tango lo fue reemplazando en la afición mayoritaria. Fue entonces que el insigne Felipe Pinglo Alva y los cantantes de la llamada Guardia Vieja reaccionaron con patriotismo para represar el andarivel charrúa por donde empezaba a rodar el gusto popular, írrito al alma neoindia que tan bien retrató ese portentoso cráneo, el cusqueño José Uriel García. Con temple y talento, nuestros músicos pusieron el tango en su lugar y reimplantaron el vals como la canción bailable más popular del Perú, una música que, nacida en los callejones y barrios más humildes, se había ido extendiendo pausadamente hasta forjar por primera vez una canción que ahora sí era nacional, pues la bailaba todo el Perú.

Ésa fue la admirable labor de Felipe Pinglo Alva y de otros muchos guitarristas y cantantes de esa extraordinaria generación, salvaguarda de la cepa y la vid de la nación, que desde entonces se ganó un lugar en la memoria de los peruanos. Todos estos hombres humildes, modestos, cholos y huachafos, entre quienes seguramente figuraban Pedro Bocanegra, Carlos Saco, Víctor Correa Márquez, Manuel Covarrubias, Filomeno Ormeño, David Suárez Gavidia, Nicolás Wetzell, Alberto Condemarín y Luis de la Cuba, no sospechaban que estaban cambiando al Perú, ni que este país nacía gracias a ellos desde el punto de vista cultural y, sobre todo, musical. Iban a los callejones de un solo caño, y a los barrios más populares y más pobres, como Mercedarios, los Barrios Altos, el Rímac, Malambo, el Chirimoyo y cien más. Bebían pisco y chicha y se pasaban tres días cantando, tocando la guitarra y bailando. Morían jóvenes, con los pulmones destrozados, víctimas de la fiebre amarilla, la viruela, el paludismo o la tuberculosis. Eran unos héroes y no lo sabían.

El vals peruano, en su origen una música española o austriaca, o acaso las dos, de la que habían derivado también los bailes chilenos y argentinos, se había popularizado gracias a ellos. Pero sólo en el Perú, y en gran parte gracias a Felipe Pinglo Alva, había aparecido la huachafería, esa gran distorsión de los sentimientos y de las palabras que, estoy convencido de ello, acabó convirtiéndose en el aporte más importante del Perú al mundo de la cultura. Una huachafería que tocaba lo mejor, como la poesía de *Los heraldos negros*, de César Vallejo; o los poemas llenos de infantes de José María Eguren, quien, al parecer, creía en las hadas nórdicas; o, la más huachafa de todas, la poesía de José Santos Chocano —tan ruidosa y publicitaria—, a quien habían coronado en la plaza de Armas de Lima como a los héroes de la antigüedad griega, en una fiesta huachafa inolvidable. Esa huachafería había unido a los blanquitos con los cholitos y hasta con los indios, pues todos los peruanos se reconocían en el valsecito, que se tocaba ahora en las fiestas, tanto en los salones elegantes como en las pulperías más humildes, esa música de la que, sin saberlo nunca, Lalo Molfino había sido la expresión eximia.

Felipe Pinglo Alva fue quien presidió ese movimiento que aseguró la preeminencia del valsecito peruano. Pese a la tuberculosis que le corroía los pulmones, el egregio bardo fue muy consciente de lo que hacía. En una de sus cartas hablaba de su «empeño en crear una música nacional». A ello se debe, tal vez, que en lugar de esas músicas superficiales y rociadas de lugares comunes emprendiera asuntos más serios, incluso algunos que arañaban el sinuoso campo de la política. Piense usted en *El plebeyo*, por ejemplo, y en los corazones desgarrados por la injusticia social.

La temática de sus composiciones volvía siempre al amor, pero no rehuía los muladares de la sociedad, describiendo a veces la miseria y la estrechez de la vida de los pobres y los atropellos de que eran objeto, la injusticia que de ello se derivaba para los humildes, y, a veces, las ilusiones de las muchachas y los jóvenes de la clase media, que aspiraban a conquistar el mundo y alcanzar la felicidad. Por eso, a Felipe Pinglo Alva se le llamó el Cantor de los Humildes. Porque como bien señalan los críticos que han estudiado los grandes aportes que el aeda trajo al vals criollo en un momento crítico, es decir entre 1924 y 1926, sus canciones no sólo hicieron alarde de una calidad artística desconocida y de innovadores juegos poéticos; también tenían un sentido social y atacaba blancos concretos con sutileza y elegancia, que es la gran característica de sus letras.

En su triste vida, tan rica y tan breve debido a esa tuberculosis que se lo llevó al otro mundo cuando todavía era muy joven, apenas treinta y siete años, alcanzó a componer tres centenares —y me quedo chico— de valses. Había sido criado por unas tías que lo engreían y mimaban, pues sus padres, don Felipe Pinglo Meneses y doña Florinda Alva Casas, murieron jóvenes. Por eso las tías Gregoria y Ventura tuvieron tanta influencia sobre él. Lo matricularon en el gran colegio popular de Lima, Nuestra Señora de Guadalupe, por supuesto, y su nombre quedó ligado para siempre a Barrios Altos, donde vivió la mayor parte del tiempo. Luego trabajó en la Dirección General de Tiro, una dependencia del Ministerio de Guerra, donde el ruido de la pólvora no ensordeció la sensibilidad de su espíritu.

Según todos los testimonios, era un hombre bajito y muy delgado, muy atento y amable, sobre todo con las damas, que solía retirarse de las peñas y tertulias a eso de las dos, o como más tarde las tres de la madrugada, porque al día siguiente tenía que ir a trabajar.

El reconocimiento de Felipe Pinglo Alva fue tardío en el Perú, y ocurrió a medias y sólo después de muerto. Alcanzó alguna popularidad gracias a la radio y al cine, pues las primeras películas que se filmaron en el Perú, como *Gallo de mi galpón*, tenían música suya. Pero la mayor parte de sus grabaciones se hicieron de manera póstuma porque en la Lima de sus días no existía la infraestructura necesaria para grabar discos.

En ocasiones, he de reconocerlo, me pregunto por qué debía achicarse tanto Felipe Pinglo, como vasallo, ante la aristócrata de las letras de sus valses. La letra de *El plebeyo* me resulta demasiado plañidera y clasista, en el mal sentido de la palabra. ¿Qué es eso de proclamar que «el plebeyo» ama a una «aristócrata»? ¿No significa, acaso, reconocer el carácter prejuicioso y racista de la sociedad peruana? ¿No significa aceptarla así como es, con todos sus prejuicios sociales? Mi parecer es que los «blanquitos», como los «indios», deben desaparecer tragados por el inmenso mestizaje. A éste hay que impulsarlo por todos los medios —y el vals, en particular, y la música criolla en general, cumplen esa función, la de crear aquel país unificado de los cholos, donde todos se mezclarán con todos y surgirá esa nación mestiza en la que los peruanos se confundirán—. El de las mescolanzas será el verdadero Perú. El Perú mestizo y cholo que está detrás del valsecito y de la música peruana, con sus guitarras, cajones, quijadas de burro, cornetas, pianos, laúdes. Ése es el Perú anunciado por su valsecito, cómo no, el de la sensiblería y la huachafería, el de las gentes sin prejuicios raciales, como el gran José Uriel García.

XVII

Estimada señorita:

Por fin he dado con usted, aunque no ha sido nada fácil. Llevo cerca de tres semanas buscándola. Sin pretender abrumarla con mis cuitas, le digo simplemente que la he localizado gracias a Miguel Cuadra, uno de los trabajadores del señor Abanto en el Callao, el que fue otrora promotor musical y descubridor de un intérprete al que tanto usted como yo somos afectos, el ínclito Lalo Molfino. No se sobresalte, se lo ruego. El señor Abanto me dijo que su empleado, Miguel Cuadra, fue amigo de Lalo Molfino y de usted. Y agregó, además, sin afán alguno de franquear el ámbito de su privacidad, que usted y el bardo se habían frecuentado de una manera más solícita, razón por la cual asumió que eran novios. Por eso la busco. Como se lo expliqué al diligente Miguel Cuadra, se lo explico ahora a usted.

Me llamo Toño Azpilcueta y soy un crítico y promulgador de la música criolla. Para algunos, un simple periodista que presta atención al discurrir del quehacer artístico del Perú, pero tengo para mí que mi función es otra: diría, más bien, que soy un sismógrafo que mide las vibraciones del alma nacional, y, créame, nunca las vi tensarse y alongarse tanto como en presencia de Lalo Molfino. Atestigüé el milagro una única vez en mi vida, un evento que bastó para sembrar en mí la gratitud y el interés perenne por su talento y su talante. En muchísimos solares he oído bruñir la guitarra, pero nunca como en aquella ocasión en una peña de Bajo el Puente, donde el protagonista de la noche fue el eximio Lalo. Mi impresión fue tan profunda que estoy escribiendo un libro sobre él. Ahí entra usted en escena, amiga mía.

Le aseguro que no quiero alarmarla. Mi intención al escribirle estas líneas es pedirle su valioso testimonio. Seguramente usted es la persona que mejor conoció a Lalo, quien más cerca estuvo de esa urna encantada, su alma, de la que brotaron sus acordes. No se preocupe. A menos que usted me indique lo contrario, su nombre no aparecerá en mi libro. Sus deseos serán rigurosamente respetados por mi persona. Escribo este ensayo porque Lalo Molfino fue un guitarrista excelso, lo más original y extraordinario que le ha ocurrido a la música peruana. Usted y yo lo sabemos, pero el pueblo no, y es para ellos que escribo. Para que conozcan a ese genio a quien Dios se llevó de forma prematura.

Me permito invitarla a tomar desayuno en el Bransa de la plaza de Armas el próximo lunes. Allí sirven unos chancays de chuparse los dedos que nunca podrá olvidar. Estaré allí también el martes y el miércoles, esperándola. Le ruego que venga, para que conversemos.

Suyo, cordialmente,

Toño Azpilcueta

¿Vendría Maluenda después de leer esta carta?, se preguntaba Toño, sentado en el Bransa con una infusión de manzanilla enfrente. En efecto, fue, pero no el lunes ni el martes. Sólo el miércoles lo hizo, y con mucha prudencia, tentando la puerta del café con los pies antes de entrar. Toño estaba ya cansado de esperarla. Pensaba con seguridad que no vendría, pero se equivocaba. Apenas apareció en la terraza su corazón se aceleró. «Es ella», se dijo.

Y en verdad era ella. Vestía tan pobremente que, creyéndola una mendiga, uno de los mozos trató de echarla del local. Toño se le adelantó. Tomándola del brazo —«La señorita está conmigo», dijo—, la condujo a la mesa que ocupaba y le acercó una silla para que se sentara. Ella llevaba un guardapolvo azul que lucía viejísimo —debía sentir mucho frío con ese vestido tan ligero— y unos zapatitos que más parecían zapatillas de levantarse que zapatos. Sus pies, hinchados de tanto caminar, con las uñas torcidas y sin pintar, quedaban expuestos. Estaba muerta de miedo. Toño le preguntó: «¿Qué le gustaría tomar? Aquí sirven unos chancays con quesito de la sierra que son muy buenos. ¿Quisiera también un cafecito con leche?».

Ella asintió, sin decir nada. Parecía muy joven, pero había en su cara algo inmemorial. Se la notaba muy nerviosa. Asentía, y a ratos miraba a su alrededor con expresión asustada. Tenía una cara bonita, si se prescindía de sus ojos, en los que había una mirada perdida.

—Le agradezco mucho que haya venido —dijo Toño Azpilcueta, sonriéndole—. Sin usted, mi libro habría quedado muy flojo, como se puede imaginar. No sabía ni sospechaba que Lalo Molfino hubiera tenido un amor acá en Lima.

Ella asintió, sin sonreír. Y entonces Toño oyó su voz por primera vez:

—No sé por qué he venido, señor. No sé qué hago aquí.

Sus ojos no miraban de frente a Toño Azpilcueta, sino de pasada.

Toño pidió por ella el manjar anticipado, y sólo después de llenar el estómago y de comprobar que Toño estaba dispuesto a seguir ordenando toda la comida que hiciera falta, Maluenda bajó la guardia.

—No sé si Lalo me quiso, en realidad —dijo, atrapando con la yema del dedo las migajas del chancay.

Su relación había empezado sin romanticismo. La cosa fue más directa y espontánea. Lalo la veía salir de la cafetería en la que trabajaba, muy cerca del local donde él, Miguel Cuadra y otros dos hombres ensayaban, hasta que un día se atrevió a hablarle. A la tercera vez, la tomó del brazo, simplemente, y la arrastró consigo pese a las protestas de ella, que lo golpeaba y amenazaba con llamar a la policía. Lalo la besó. Después la soltó. Maluenda se alejó corriendo, pero a los pocos pasos se detuvo y siguió caminando. Lalo la alcanzó y, en completo silencio, la escoltó hasta su casa, en la avenida Sáenz Peña. A la hora de despedirse la volvió a besar, pero esta vez sin resistencia. Fue un beso en la boca, un beso mojado. Ella sintió la lengua de él sobre sus labios, frotándose contra ellos, que eran delgaditos y tímidos. El miedo inicial que sintió se diluyó al advertir una fuerte inhibición en Lalo. Sus siguientes encuentros fueron similares. De entrada, Lalo se mostraba impetuoso, agresivo, pero después de un beso atropellado bajaba la mirada y se ensimismaba. Era incapaz de expresar afecto, y a la larga era Maluenda la que tenía que animarlo para que la abrazara, le hiciera cariñito, le diera besitos en el cuello.

—Nunca pasó de allí —siguió ella—. Tal vez no me quería lo suficiente, o no le gustaba.

—¿Me está diciendo que besitos y ya? —preguntó, con mucha prudencia, Toño.

Lalo se pasaba largas horas sin hablarle, afinando su guitarra, con la cabeza agachada sobre las cuerdas, como si ellas le hablaran a él en voz bajísima y le transmitieran sus secretos. Vivía en un cuarto de ese callejón que está en La Perla, un cuarto que nadie barría y donde Lalo tenía apenas un puñadito de ropa, además, por supuesto, de su guitarra, a la que cuidaba como otros cuidan un perro o un gatito. Esa tarde en que la llevó al lugar donde vivía, pensó que finalmente se acostarían. Ella estaba dispuesta, hasta el punto de insinuarle que era suya, que podía hacerle lo que quisiera. Pero Lalo no hizo nada. Le habló de Puerto Eten, del padre Molfino, del basural donde encontró su guitarra, sólo eso.

—La gente que se quiere hace cosas —reflexionó Maluenda, masticando su segundo chancay con quesito de la sierra.

La siguiente vez que estuvieron a solas en su cuarto, se besaron con pasión, se tocaron y Maluenda notó que Lalo estaba excitado. Se acostó en la cama y se subió el vestido. Luego, arqueando el cuerpo, se bajó los calzones y juntó sus brazos al pecho, expectante, nerviosa. Pero Lalo se levantó del lecho y le dio la espalda.

—Tenía una especie de freno, no sé qué, algo parecido a morirse de miedo. Estaba contento y de pronto, como que se acordaba de algo, de alguien, se apartaba de mi cuerpo, casi con asco. Nunca lo entendí. Ya no volví a insinuarle nada. Pensé que él tomaría la iniciativa ahora, pero fue igual. Besitos, arrumacos, y ya. Hasta ahí llegaba.

A Toño esta información inesperada lo sorprendió primero, luego le resultó de enorme interés. Lalo era la persona más sola que había conocido, nadie lo soportaba, era poco probable que esa flaquita no hubiera despertado su cariño. Debía ser algo más profundo, una inhibición severa producida por los padecimientos de su infancia.

—¿Y cómo rompieron? —preguntó.

—De la manera más facilona —dijo Maluenda. Y por primera vez en esa mañana su cara echó una sonrisa—. Un día fui al ensayo a buscarlo, como todas las tardes, y el señor Abanto me dijo que había tenido que despedirlo porque Lalo no se llevaba bien con el resto de la compañía. Fui a su cuartito, en La Perla, y ya no estaba. Nunca más lo vi, hasta que recibí esa carta de usted. Me la leyeron, porque yo no sé leer. Mejor dicho, me cuesta mucho trabajo, mucho esfuerzo. O sea, que leo poco. Estuve dudando sobre si aceptar su invitación a tomar desayuno. Espero que no me arrepienta.

—No se arrepentirá —le aseguró Toño Azpilcueta—. Sólo pondré en mi libro lo que usted me autorice. No la nombraré para nada, si no lo desea. Además, ni sé su apellido ni quiero saberlo, si eso la tranquiliza.

Cuando terminaron de hablar, Toño la acompañó hasta la puerta del Bransa y la vio alejarse entre los autos y camiones estacionados en la plaza de Armas de Lima. La imaginó pasando frente a la catedral, donde estaban los supuestos restos de Francisco Pizarro, entre los que se habían encontrado huesos de llama y de vicuña. La historia de Lalo Molfino era tan compleja y misteriosa que quizás a él le tocaría hacer lo mismo. Mezclar esos retazos de vida que le habían dado Pedro Caballero, Abanto y Maluenda con huesos de algún animal andino.

XVIII

En el folclore peruano hay algo único, por lo menos así lo creo: un vals, titulado *Ódiame*, en el que un galán pide a su amada que lo deteste, que lo odie, porque piensa que «tan sólo se odia lo querido». Compuso su música hace muchos años Rafael Otero, y es probable que nadie hubiera sabido de quién era la jugosa letra hasta que Eduardo Mazzini reveló que el autor era nada menos que el gran poeta tacneño Federico Barreto (1862-1929), famoso por los recios artículos y feroces poemas contra la ocupación chilena que escribió en esa tierra querida, Tacna, que sufrió la presencia del ejército extranjero por muchos años luego de la guerra del Pacífico.

Nadie recibió más contento que yo esa revelación, porque el poemario que contenía esos versos figuraba entre los pocos cachivaches que conservaba mi familia materna. Estaba dedicado a una amiga de mi abuelita, que era tacneña, y que recibió con el libro una cartita de amor del poeta cuando todavía era una chiquilla.

Diversos investigadores establecen de manera decisiva que el poema original de Federico Barreto fue cortado y alterado por el propio Rafael Otero, o por los supuestos autores de la letra, para que se ajustara mejor a su música, algo en lo que se equivocaron garrafalmente, pues, como lo demuestran estos eruditos, el texto hubiera quedado mucho mejor sin aquellos tijeretazos. Pero, antes que nada, recordemos las letras con que siempre se ha oído y ha sido cantado este célebre vals:

Ódiame por piedad, yo te lo pido,
ódiame sin medida ni clemencia,
odio quiero más que indiferencia
porque el rencor hiere menos que el olvido.

Si tú me odias quedaré yo convencido
de que me amaste, mujer, con insistencia,
porque ten presente, de acuerdo a la experiencia,
que tan sólo se odia lo querido.

Que vale más, yo niño, tú orgullosa,
o vale más tu débil hermosura,
piensa que en el fondo de la fosa
llevaremos la misma vestidura.

Federico Barreto incluyó este poema en su libro *Algo mío*, y como el poemario circuló muy poco eso explica que hasta años después nadie se hubiera percatado de aquellos recortes. Son muy escasos, en verdad. En la primera estrofa cambian el primer verso y el último, y en el verso final el autor (o quienes pusieron la letra) transforma un endecasílabo en un «arrítmico dodecasílabo». (Parece que así le dicen los expertos).

Pero lo que quiero contarles en estas líneas es que una amiga de mi abuela había recibido aquel poemario de Federico Barreto, a quien entonces estudiábamos en la escuela y que, por lo visto, estaba enamorado de esa amiga de mi abuelita. Una niña muy bella, según los retratos de esa época. Mejor dicho, cuadros, pues apenas existía la fotografía en ese tiempo. Yo no conocí a mi abuelita, porque ella murió en el año mismo en que nací, pero no hay duda de que ella y su amiga fueron unas bellezas. Eso explica que hubieran seducido a Federico Barreto, un gran poeta —aunque los vates actuales traten de olvidarlo y relegarlo—, lleno de coraje ante los chilenos, quienes, al final, lo obligaron a irse de Tacna, donde había ejercido una militancia igualmente heroica como periodista. Se fue a Francia y falleció en Marsella, en el año 1929. Allá estará enterrado sin que nadie vaya a poner flores en su tumba en el día de los muertos.

Paso a hablarles de otro tema capital, que me apasiona, y que ya no tiene tanto que ver con la letra de este entrañable vals sino con su contenido, llamémoslo, filosófico. El texto es un poema de amor, sin duda. Pero lo desconcertante, de entrada, es que el amante ruegue a la mujer a la que ama y que le pida que lo odie. En su retorcida mentalidad el odio es el rezago de un amor exhausto, al que se aferra porque en esas cenizas amargas encuentra un triste consuelo. Aunque «triste» —en el fondo los peruanos lo somos— es un consuelo: «Sólo se odia lo querido». Estamos delante de un filósofo.

Ésta es una prueba —hay decenas y acaso cientos más— de que en nuestro vals existe una línea filosófica, nutrida por jerarcas del pensamiento que estudiaron al ser humano en profundidad y cuyos aciertos, como en este caso, quedaron contenidos en la letra de un vals. *Ódiame* desmiente a quienes creen que el criollismo es sólo alegría y divertimento. También es sustrato metafísico, una música en la que hay tristeza y dolor, amargura y pensamientos medulares. Una muestra más de esa maravilla que es nuestro vals criollo.

Quizás en esto se lleva la palma otro vals que se encara con la muerte, la hace suya, y que transcurre en el cementerio y termina de la manera más dramática que se puede concebir. Me refiero a *El guardián*, que dice así:

Yo te pido, guardián, que cuando muera
borres los rastros de mi humilde fosa;
no permitas que nazca enredadera
ni que coloquen funeraria losa.

Una vez muerto échenme al olvido,
pues mi existencia queda terminada.
Es por eso, guardián, que yo te pido
que sobre mi tumba no permitas nada.

Deshierba mi sepulcro cada día,
y arroja lejos el montón de tierra:
y si viene a llorar la amada mía,
hazla salir del cementerio... ¡y cierra!

Lo más interesante en este terrible poema es el último verso, la exclamación final, que también es una orden: «¡y cierra!». Aquí conducen todas aquellas tremendas lamentaciones del texto, del amor a la muerte como culminación de una existencia. A eso me refiero con las entrañables meditaciones mortuorias que aparecen en algunos valses. El historiador y crítico de la música peruana citado en estas páginas, Eduardo Mazzini, revela que la letra de este vals, un ejemplo mayor de lo que he llamado «inclinaciones profundas y filosóficas» de algunas composiciones, fue obra del poeta colombiano Julio Flórez (1867-1923). Aunque foráneo el autor, poco o nada importa pues probablemente en Colombia este poema no dice gran cosa a sus connacionales, en tanto que en el Perú ha sido adoptado y es todavía muy popular. La letra de este vals se integra íntimamente a un sentimiento nacional un tanto masoquista y tanático, específico del Perú entre los otros pueblos de América Latina, sobre el que volveré en páginas postreras.

XIX

Esa noche, Toño durmió apenas. Una idea le había quedado rondando la mente, al principio como una intuición, luego como una certeza: Lalo Molfino tuvo que haber sabido que fue abandonado en uno de los basurales de Puerto Eten. Esta noticia, como un cuervo, le debió devorar el alma. Todo se explicaba después de eso. Que no quisiera reproducirse, que tuviera horror al sexo, pues éste lo tendría asociado a la gestación de esos niños cuyas madres, horrorizadas con el embarazo, echaban luego el engendro a los basurales para que lo devoraran las ratas. Resultaba doloroso pensar que en un lugar tan chiquitito como Puerto Eten podía guardarse ese secreto. La noticia habría corrido por todo el pueblo cuando la gente vio al cura, el padre Molfino, con aquel hijo súbito. Las malas voces dirían que era hijo de él. Y todos comentarían, luego de atar cabos, que lo había recogido en un basural donde sus padres, o su madre sola, lo habían abandonado. Era probable que en la misma escuela de Santa Margarita los otros chicos se lo hicieran saber a Lalo, durante un partido de fútbol, crueles como suelen ser los niños: «A ti te recogieron en un basural, Lalito, mejor que lo sepas de una vez». Y, por supuesto, a Lalo Molfino le habían creado una repulsión a los embarazos que le contenía la pichula cada vez que iba a meterla en una vagina. Esta idea le dio vueltas sin cesar toda la noche, y Toño Azpilcueta volvió a tener pesadillas plagadas de ratas pestilentes.

Por la mañana continuaba obsesionado con las mismas ideas. Era imposible que no lo supiera, y eso explicaría muchas cosas, como su afán de destacar sobre los demás para redimirse de sus trágicos orígenes. Pobre muchacho. Toño tenía ya varias páginas, pero los últimos hallazgos lo hacían dudar de lo escrito. Durante los siguientes días, cada vez que se sentaba a escribir, algo lo paralizaba. Se decía que no tenía información suficiente, que debía proseguir investigando para conocer con detalle la vida secreta que había llevado Lalo Molfino. Seguramente su mal carácter, esas exigencias de que le dieran números exclusivos para él, con las que había irritado por lo menos a los tres empresarios que lo contrataron, tenían que ver con ese nacimiento absurdo, en un basural, y con haber sido rescatado por un curita italiano. Pensaba al mismo tiempo en su propia vida y se imaginó que en el futuro, ya convertido en un autor famoso, alguien podría interesarse por ella y, rastreando en su biografía, descubrir un secreto que ni él mismo conocía. Que ese migrante italiano de apellido vasco, por ejemplo, no era su padre biológico, sino que también lo había adoptado, o, peor aún, recogido de algún callejón de Lima o de alguno de sus basurales. Entre risas nerviosas y una desazón que le subía por todo el cuerpo, tenía que dejar de escribir y salir a la calle a tomar aire.

En las noches, sabiendo que no podría dormir, prefería quedarse hablando con su compadre Collau.

Éste no le preguntaba nunca cómo iba su libro, pero escuchaba en silencio todas las explicaciones que Toño le daba a él, a veces también a Matilde, cuando se reunían bajo el poste de luz de la cuadra. La noche que les contó que Lalo Molfino no podía hacer el amor pese a tener erecciones, el chino Collau coincidió con él en que el músico sabía que lo habían abandonado en aquel basural.

—¡Chucha! Se asustaba, pues —dijo Collau, cuando recién Toño le contó—. Si preñaba a esa flaquita, todo le volvía de regreso. Así quién va a poder, compadre.

—Seguro tocaba tan bonito por eso —dijo Matilde—. Toda su atención se iba para la guitarra.

El chino Collau soltó una carcajada.

—Se contentaba con atender al instrumento —dijo, mientras reía y negaba con la cabeza.

Toño se despertó al día siguiente asqueado con los sueños obscenos que había tenido en la noche. Cuando Matilde le dijo que el desayuno estaba listo, Toño llevaba ya un par de horas escribiendo; no las había sentido, no había tenido ni un momento de duda, los lápices habían corrido sin parar sobre el cuaderno, en el que había llenado muchas páginas. Tomando su infusión de las mañanas —hoy no tenía los dolores acostumbrados en el estómago que le molestaban sobre todo al despertar—, revisó lo escrito, corrigió algunas cosas y lo encontró todo bastante aceptable. Se lavó rápido, sin hablar una palabra, y cuando llegó la hora fue a la Biblioteca Nacional luego de dejar a sus dos hijas en el colegio del Pilar y de darle un beso a cada una. Allí seguiría escribiendo toda la mañana, hasta la hora del sándwich que hacía las veces del almuerzo; Matilde se lo preparaba todos los días y se lo envolvía en una servilleta. Los mozos del Bransa le permitían comérselo en una de las mesas.

En la biblioteca ya le tenían separados los cancioneros de hacía medio siglo, aunque esa mañana pasaba las páginas sin leerlos o leyéndolos apenas, pues su cabeza seguía atormentada con las revelaciones de Maluenda de que Lalo Molfino era incapaz de vaciarse, luego de los tocamientos y besos y abrazos iniciales. Sintió entonces que todo lo que había escrito había seguido una pista falsa. Ahora lo entendía, Matilde tenía razón: el talento de Lalo era una compensación por todos sus sufrimientos. La historia tenía que empezar entonces con aquella noche en que el padre Molfino fue a dar la extremaunción a una moribunda y oyó ese llanto que lo guio y lo hizo descubrir a tiempo a Lalo, recién nacido, antes de que se lo comieran los bichos. Así comenzaría su libro, con un capítulo algo truculento. Y luego retrocedería hasta empalmar con el otro gran tema del ensayo: la huachafería. ¿Cómo emparentarlos a los dos? No lo haría al principio. Como los buenos escritores, dejaría pasar muchas páginas antes de fundir a Lalo Molfino y la huachafería en un abrazo maravilloso e inseparable, que sería lo esencial de su libro, para el que era indispensable que encontrara un título, aunque fuera algo provisional, que luego cambiaría, cuando pensara el definitivo, cosa que —sospechaba— sólo ocurriría cuando le pusiera el punto final. Veía los capítulos con facilidad, uno tras otro.

Esa semana terminó el borrador de la primera parte, titulada «El aprendizaje». Allá, en Puerto Eten, Lalo Molfino había aprendido a tocar esa vieja guitarra ahora remozada, y acababa de escuchar su primer vals, un valsecito de Chabuca Granda, por supuesto, *José Antonio*, que comenzaba a estar de moda. Ya más tarde comprobaría si los tiempos casaban y no había entre una cosa y otra muchas contradicciones.

Aquella noche les contó a Collau y a Matilde que había llenado todo un cuaderno con el prólogo y varios capítulos. Se sentía contento y sus amigos se lo confirmaron, haciéndole saber que nunca lo habían visto tan eufórico. Estuvo así, escribiendo mañana y tarde, durante toda esa semana. El siguiente domingo se dedicó a leer todo lo que había hecho en esos días. Y luego rompió minuciosamente esos cuadernos, haciéndolos tiras, sintiéndose bien y muy satisfecho. Ahora tendría que cambiarlo todo. El libro comenzaría en el colegio de Santa Margarita, de manera anodina, con chiquillos que juegan, una pelota de fútbol que corre por el pasto y se levanta a veces gracias a los cabezazos de los dos equipos, entre los que destacaba por su viveza y simpatía Lalo Molfino. Súbitamente, otro de los chiquillos le revelaba su origen. La historia retrocedía hasta aquella noche de la extremaunción a la señora Domitila por parte del padre Molfino.

Trabajó un par de días en la nueva versión y aquella noche anunció a Collau y a su mujer que por fin su libro había despegado y tomaba una buena dirección. Lo notaron sobreexcitado, más contento que nunca de sí mismo. Al día siguiente volvió a romper todo en pedacitos y echó a la basura lo que había escrito. El texto empezaría en esta nueva versión con el diálogo que sostuvo en el Bransa de la plaza de Armas con Maluenda. Iniciaría explicando que Lalo Molfino tenía un trauma sexual. Era una buena manera de atraer la atención de los lectores, con semejante revelación. Todo iría desplegándose a partir de ahí, la guitarra, las historias del Santa Margarita, y sólo en las últimas páginas se narraría, con lujo de detalles, la historia de aquel basural.

Cada noche, Collau y Matilde descubrían a un Toño Azpilcueta fascinado con lo que escribía. Muy respetuosos, asentían a todo lo que él les decía en estado eufórico, aunque puede que no entendieran que rompiera tantos cuadernos ya escritos y recomenzara su trabajo tantas veces. Pero, en cambio, Toño lo comprendía muy bien. Era una búsqueda, una manera de iniciar ese libro tan importante, que sería el primero y el último que escribiría, porque tenía la seguridad de que, después de trabajar en su redacción a lo largo de algunos años, al terminarlo se moriría, agotado y de cáncer al estómago, y les dejaría aquellas páginas perfectas a Matilde y Collau para que las publicaran. La obra aparecería póstumamente, cuando a él los gusanos ya empezaran a comérselo, si es que no se hacía incinerar —¿cuánto costaría eso?, porque tampoco quería dejarle a Matilde un encarguito demasiado caro—, y, por supuesto, tendría mucho éxito. Un éxito que no vendría de repente, que se edificaría poco a poco, entre los «intelectuales» sobre todo, que irían reconociendo en Toño Azpilcueta un gran talento, ideas originales, su revolucionaria teoría sobre el origen de lo peruano, la importancia de los cholos en la historia del Perú, la solidez del mestizaje. Y todo aquello contado a través de los compases de la música de Lalo Molfino, el aeda, el involuntario, el casual y extraordinario guitarrista que, sin comerlo ni beberlo, encabezaría este proceso. Toño Azpilcueta estaba feliz.

Cuando, una semana después, releyó una vez más lo que había escrito, seguía muy contento, más dichoso que nunca, pero aun así volvió a romper en pedacitos lo que llevaba redactado. Había decidido ahora que los primeros capítulos de su libro serían sobre lo que él pensaba del Perú, del vals y de la huachafería. Comenzaría haciendo una descripción de esa Lima pequeñita y casi desaparecida con la guerra del Pacífico, las brutalidades de los cuerpos militares de ocupación, los saqueos y la ferocidad con que redujeron, a golpes de látigo, esta ciudad inhóspita, los libros que se robaron de la Biblioteca Nacional y que luego el tradicionista Ricardo Palma iría recuperando por el mundo, escribiendo cartas sin cesar. Y las luchas del general Cáceres desde la sierra con su ejército improvisado de serranitos y de cholos contra el ocupante. Y cómo, mientras ocurrían esas cosas, iba naciendo el verdadero Perú, el de los valses, el de la huachafería, en los barrios más pobres de Lima, en el Chirimoyo, en los callejones de Malambo, en las andanzas de La Palizada, en los paseos al campo o a la pampa de Amancaes, en esas jaranas que duraban dos o tres días, y en las que aquellos guitarristas impenitentes iban dejando poco a poco la vida, como Felipe Pinglo

Alva, destrozados por el asma, los resfríos, las intoxicaciones y la tuberculosis.

Decidió leerles a Matilde y Collau algunas páginas de la nueva versión, pero, apenas empezó la lectura, esa noche, bajo ese solitario poste de luz desfalleciente, se arrepintió. Ahora tenía ideas distintas, y dejó a su mujer y al pobre chino Collau desconcertados cuando interrumpió la lectura y les dijo que todo estaba por comenzar en ese libro que escribía. Los meses que llevaba trabajando no habían sido inútiles, pues ahora tenía la seguridad de que lo que hacía estaba bien, y lo que haría estaría todavía mejor. Toño Azpilcueta lo decía y lo creía.

Al día siguiente volvió a escribir de nuevo, desde el principio, con ideas bastante más claras sobre lo que sería la composición de esa historia en la que contaría la vida fugaz de Lalo Molfino y el gran ensayo sobre la cultura y las costumbres del Perú. Trabajó una semana más, despreocupado por completo del dinero. Matilde hacía verdaderas maravillas para darles de comer a él y a Azucena y María con lo poco que ganaba —había multiplicado los lavados y planchados de ropa—. Porque, desde que escribía su libro, Toño Azpilcueta había abandonado aquellos articulitos por los que le daban algunos soles. Y lo que recibía por las clases en el colegio era insignificante.

—¿Por qué rompes tantos cuadernos, compadre? —le preguntó una noche Collau—. ¿No te gusta lo que escribes?

—Sí que me gusta mucho. Te equivocas —replicó él—. Cada día escribo mejor que el anterior. De eso estoy seguro. Sólo que me cuesta comenzar y avanzar en este libro.

Matilde no decía nada. Nunca había visto a Toño tan concentrado en un asunto. Y lo mismo murmuraban las dos hijas. «Papá está muy contento con lo que hace», se decían entre ellas y a su mamá. «Parece otro, como si hubiera nacido de nuevo y cambiado de piel, como las serpientes. Nunca ha estado tan feliz».

Él, entre tanto, seguía intentándolo una y otra vez. Un día descubrió que llevaba un año metido día y noche en aquella obra sobre Lalo Molfino y la huachafería en el Perú. Estaba bien orientado. Su libro por fin iba en la buena dirección. Lo que leía era bonito, bello, cautivante, incluso soberbio. Se sintió orgulloso de sí mismo, y bajo ese efecto se envalentonó y llamó a Cecilia Barraza para invitarla a tomar desayuno en el Bransa. Para poder pagar la cuenta, debió pedirle prestados unos soles a Matilde, que se los dio sin hacerle preguntas.

XX

Si hay alguien a quien la canción criolla debería rendirle un homenaje es a Óscar Avilés. Dicen que Chabuca Granda afirmó una vez que «si no fuera por Óscar Avilés, la canción peruana ya estaría muerta». Sin duda, es cierto. Es un gran guitarrista y un gran cantor. Pero es, sobre todo, una persona incansable, que adora la música criolla y que levanta la moral a sus amigos y está siempre dispuesto a completarles la letra o la música de un vals, o a acompañarlos y reemplazar a aquel músico que cayó enfermo, o partió de viaje, dejando a todo el mundo en la confusión.

Chabuca Granda lo defendió siempre y, como deberían hacer todos los peruanos que tienen fe en la música que nos representa, lo idolatraba. Yo también comparto con ella este entusiasmo y tengo a Óscar Avilés por uno de los criollistas más conspicuos de nuestro tiempo. Nació en el Callao, en el barrio de Zepita, hijo mimado de José Avilés Cáceres, destacado fotógrafo y adelantado de la cinematografía en el país. Óscar, a los veinte años, se decidió a ser un profesional y desde entonces hasta ahora no dejó de tocar la guitarra, creando una música personal que él explica así: «Cuando comencé a tocar el acompañamiento a los intérpretes se solía hacer con notas graves. Yo me atreví a emplear las notas agudas. Ése es el estilo al que se ha puesto mi nombre». Que entienda lo que dice el que pueda entender.

Dicen de él que «es la primera guitarra del Perú», y yo también lo diría si no hubiera oído a Lalo Molfino. En todo caso, creo que Óscar Avilés es la persona que más ha trabajado para que la música criolla se haya convertido en una expresión genuina del pueblo peruano, un arte que lo retrata y lo enuncia. Nadie ha hecho más que él (ni mejor) para que esto sea posible, actuando en los conjuntos más destacados del Perú, desde Los Morochucos hasta Fiesta Criolla, que se fundó en el año de 1956, y también tocando con los hermanos Dávalos, Rosita y Alejandro Ascoy, el Zambo Cavero, y paro de contar porque la vida es corta y la lista sería interminable.

Tal vez el mayor mérito de Óscar Avilés sea el de haberse convertido en el más grande animador que haya tenido la música nacional. Nadie como él entusiasmó a los jóvenes a formar grupos, coros y conjuntos, y nadie los ayudó tanto a infundirles moral cuando se sentían derrotados por la indiferencia o el desdén de la mayoría. La propia Chabuca Granda dijo que si no hubiera sido por Óscar Avilés jamás hubiera grabado aquel disco, *Dialogando*, en la Argentina, en el que interpretó sus propias canciones y que contribuyó mucho a darle la fama internacional que tuvo.

No sé cuántos años tiene ahora Óscar Avilés pero, si se atiende a esa epopeya creadora que ha sido su vida, deben ser muchos. Aunque nadie lo diría cuando se lo ve actuando o preparándose para actuar. Pese a su anchura, está siempre muy bien vestido, con su bigotito, recortado milimétricamente a la misma distancia de la nariz y del labio superior, que lo hace inconfundible. Todo el mundo sabe que Óscar Avilés es el primero en llegar a los ensayos y el último en salir de ellos, así como el músico más propenso a ayudar a los jóvenes, a sus propios compañeros de generación o a los viejos que están por retirarse. Al mismo tiempo que es tan buen compañero, ha sido siempre la discreción en persona y nadie sabe más de su familia y de su vida privada que las cosas que él mismo se atreve a confesar. Por ejemplo, su cariño y admiración por Chabuca Granda: «Chabuca les cantó a las cosas que todos amamos. Aparte de su obra como compositora, ha sido una intérprete eminente». Nunca se ha cansado de decirlo.

Por estas razones, y otras que no menciono porque de todos son sabidas, proclamo que el mundo de la gente vinculada a la música criolla deberíamos rendir un homenaje a Óscar Avilés, mientras viva. Nadie se ha ganado tanto como él este homenaje que viene aplazándose ya por muchos años. Seamos generosos, o más bien justos, con él, y rindámosle ese homenaje que llenará sus ojos de lágrimas, porque —¿para qué decirlo?— se trata también de un criollo a carta cabal, es decir, de un peruano sentimental.

XXI

Cecilia Barraza entró al Bransa de la plaza de Armas a las diez en punto de la mañana, con una gran sonrisa, y dio un beso y un abrazo a Toño Azpilcueta, que estaba feliz de ver a su amiga, a su amor secreto, tan bella y elegante como siempre. Llevaba un vestido claro y un impermeable que parecía recién estrenado, unos zapatitos de tacón alto, y además estaba muy bien peinada, muy fresca y muy bonita y perfumada, con esos ojitos risueños que tenían toda la gracia del mundo.

—Andabas perdido, Toño —le dijo ella, sonriendo—. Pregunté mucho por ti a todo el mundo. Y me decían que estás metido en un libro. ¿Es el que ibas a escribir sobre Lalo Molfino?

—Lo tengo bien avanzado —asintió Toño Azpilcueta—. Me falta el título. Tengo uno en mente, *¿Un champancito, hermanito?* Le estaba contando los avances que había hecho en el libro a mi compadre Collau, cuando oímos la noticia. Los vecinos salieron a la calle a comentarla, habían agarrado a Abimael Guzmán. Mi compadre se puso tan feliz que propuso brindar por el trome que había agarrado a ese concha de su madre. Salió corriendo a su casa y volvió con una botella en la mano. «¿Un champancito, hermanito?», me dijo, y entonces lo vi. En esas tres palabras están contenidos el tema, el espíritu y el sentimiento de mi libro.

—¿Un champancito, hermanito?... No lo sé —dijo Cecilia, poniéndose muy seria—. Parece broma, ¿no?

—No lo es, al contrario —replicó Toño, también serio—. Ahí están la fraternidad, el ánimo festivo, la unidad, la expresión de una sensibilidad, una manera de ver el mundo. Ahí están los valsecitos que tanto nos gustan a los dos.

—Te estaba extrañando, Toño —dijo Cecilia, abrazándolo de nuevo, con una gran sonrisa en el rostro—. Pregunté mucho por ti a todos los amigos comunes. ¿Y sabes por qué te extrañaba? Creo que eres el único amigo que tengo. Quiero decir, un amigo de verdad, porque no hay entre nosotros nada que se parezca a la seducción o al amor.

Toño Azpilcueta sonreía, pero el corazón se le helaba en el pecho. Le parecía que Cecilia Barraza había hundido un puñal en sus entrañas. Lo que le acababa de decir, esa declaración de amistad, destruía toda la enorme felicidad que le daba estar junto a ella, todos los sueños secretos que tenía y en los que Cecilia Barraza era la reina.

—Tú también eres mi amiga más querida —dijo Toño Azpilcueta—. Me has quitado la palabra de la boca. Amigos íntimos y nada más, ése es nuestro secreto. Por eso nos queremos y nunca nos pelearemos.

—Así es, hermano —asintió Cecilia—. Pero, vamos a ver, cuéntame un poco sobre tu libro.

Toño comenzó de inmediato a contarle las cosas que ella no sabía sobre Lalo Molfino. Le habló de Maluenda y de la imposibilidad de Lalo para hacer el amor con ella, y luego le explicó las hipótesis que manejaba al respecto, el trauma de su nacimiento, el basural, la guitarra, y después, dando un salto gigantesco, le habló de la huachafería y de la tesis central de su libro: que el Perú había nacido y adquirido una personalidad gracias a la huachafería. Cecilia Barraza tardó en asimilar lo que oía.

—A mí eso no me convence nada —dijo—. ¿Los peruanos somos huachafos? Algunos sí lo son, pero no todos. A mí me parece que yo no lo soy. Y mis amigos y parientes tampoco. Y tú tampoco, Toño.

—Claro que lo soy, y a mucho honor. Es más, mi libro dirá que el gran aporte del Perú, ¡el único!, a la cultura universal ha sido ése, la huachafería —se exaltó Toño—. Cuando leas mi libro, verás que tengo razón.

—No sé, Toño, creo que te equivocas —dijo Cecilia Barraza—. Pero no te pongas así. Puede que me convenzas con tu libro.

De inmediato cambió de tema para hablarle de sus giras y presentaciones en el interior del Perú y en el extranjero. La tenían agotada, dijo, porque en este año no había parado. Las invitaciones para presentarse en festivales le llovían de todas partes de América Latina y ella respondía favorablemente en la mayoría de las ocasiones. Pero ahora que estaba muy cansada, iba a tomar un barco cuyo destino final evitaba revelar a todo el mundo —«supongo que no te importa, Toño, que tampoco te lo diga a ti»—, porque sobre todo quería descansar.

Estaba rendida de fatiga y, por ello, en las noches no podía dormir. Había perdido un par de kilos, y eso, siendo ella flaquita, se notaba.

—Es la primera vez que me pasa —le dijo, muy seria—. Porque yo he dormido siempre muy bien. Pero, ahora, por el mismo cansancio que tengo, me paso las noches en vela. Estas vacaciones me vendrán regio. Lo creo, al menos.

¿Cecilia era huachafa? Tal vez ella tenía razón, tal vez no lo era así cantara la música peruana, los valses, las polcas y los pregones, con tanta gracia y elegancia. ¿Ponía ella un obstáculo mayor a todo aquello que Toño quería demostrar en su libro sobre el Perú y los peruanos? Tenía que pensarlo todo desde el principio. Y muy bien.

Conversaron una media hora más y quedaron en verse con más frecuencia, por lo menos una vez cada semana, no volver a dejar pasar tanto tiempo. Ella se empeñó en pagar la cuenta, con el argumento de que Toño la invitaría luego de publicar su libro, que tendría muchos lectores y compradores.

Cuando Toño la vio partir, vaporosa y alegre como siempre, se sintió muy deprimido. Ahí se iba el amor de su vida, ahora que, por fin, ella había decidido que nunca habría nada entre ellos, que serían siempre buenos amigos.

Pero a los pocos minutos estaba sumido de nuevo en su libro. Era Cecilia la que se equivocaba. Claro que él sí era huachafo. Si ella no lo veía, si no entendía algo tan fundamental, era evidente que no estaban hechos el uno para el otro. Esa idea lo tranquilizó. Quizás era mejor así. Al menos no perdería un tiempo que podría dedicar a su libro fantaseando con una relación imposible.

Fue a la Biblioteca Nacional, y las horas siguientes trabajó sin parar. Llegó a su casa tarde, pero prefirió quedarse escribiendo bajo el poste de luz y pasar en blanco toda la noche, siempre alerta para espantar las ratas que lo acechaban en las zanjas y los matorrales, hasta empalmar con sus clases en el colegio del Pilar. En la noche, a pesar de estar exhausto, se empeñó en que su compadre Collau y Matilde, incluso Gertrudis, se reunieran bajo el poste a oírlo hablar de su libro. Ellos, muy respetuosos, lo escucharon sobre temas tan remotos como los virreinatos, y no supieron qué decirle. Toño les explicaba que en su libro podría haber contradicciones, y que a veces se apartaría de Lalo Molfino y de lo que representaba para extenderse sobre asuntos como la lengua española y la religión católica. Ellos asentían, desconcertados, porque ya casi no entendían lo que decía, y asumían que Toño, de tanto leer y estudiar en la biblioteca, se había vuelto mucho más inteligente que ellos.

El libro iba tomando forma, pero de manera descosida y con grandes saltos y vacíos. Lalo Molfino se empezaba a convertir en una simple excusa para hablar de cualquier cosa, o de todo, más bien, de absolutamente todos los temas de relevancia para un peruano. Uno de esos días, Matilde, que se había despertado como de costumbre más temprano que Toño para prepararle el desayuno, se acercó a él con la cara descompuesta.

—Lo siento, pero ya no puedo hacer más, Toño —le dijo—. Hasta ahora no te he molestado, aumentando la ropa que lavo y que plancho, para que entraran algunos solcitos más en nuestro presupuesto. Pero ya no puedo. Estoy muy cansada y podría enfermarme. Esto me preocupa por las dos niñas que tenemos; ¿qué pasaría con ellas si me ocurre algo?

Tienes que ponerte a escribir esos articulitos de nuevo, porque la platita que ganabas, aunque fuera poca, nos hace ahora mucha falta. Ya sé que te pagaban apenas, y a veces nada. Pero yo no puedo seguir manteniendo sola esta casa. Lo siento mucho, Toño.

Se le habían abrillantado los ojos y parecía que iba a derramar algunas lágrimas, pero se contuvo y no lloró. Toño se apresuró a darle la razón. Era el primer día que tomaba conciencia de la situación. Desde luego, volvería a escribir esos artículos tan mal pagados, aunque no por ello iba a reducir el tiempo que dedicaba a su libro. Retomaría su vieja condición de experto en criollismo quitándole horas a su sueño y descanso. Volvería a hacer entrevistas y crónicas sobre los hechos más relevantes de la vida musical, y todo lo ganado lo pondría en manos de Matilde. No le importaba. Ya tenía varias decenas de páginas, el libro empezaba a existir.

XXII

La artista que llevó el vals peruano fuera de las fronteras del Perú y lo hizo famoso en el mundo entero, Chabuca Granda, falleció en un hospital de Florida, donde los cirujanos norteamericanos no pudieron salvarle la vida. Pero, al regresar sus restos al Perú, sus compatriotas le rendimos el homenaje que se le debía y acompañamos sus despojos mortales, masivamente, envueltos en llanto, con la admiración y el respeto que siempre se le tuvo por ser la maestra compositora y gran cantante que tanta felicidad nos dio a todos quienes amamos nuestra música como ella la amó.

Millares de personas visitaron el velorio y luego el camposanto donde reposa, entregadas ya a la veneración, ya al dolor de pensar en una existencia sin su estampa. Una estatua recuerda a esa extraordinaria compositora, la autora de *El puente y la alameda*, de *José Antonio*, de *La flor de la canela* y centenares de otras piezas de la música peruana que se escuchan ahora de Tokio a París y de Buenos Aires a Nueva York.

En esta crónica no quiero olvidar que ella fue una compositora inusitada, ya que, a diferencia de tantos cultores del vals, las polcas, las marineras y la riquísima gama de canciones que honran nuestra música, Chabuca no pertenecía a la clase modesta de la peruanidad, sino más bien a la élite, es decir, a una familia encopetada, que sin embargo no se avergonzaba como otras de su estima por la música peruana. Educada en el amor a la guitarra y a las melodías populares, apenas una chiquilla con talentos prometedores, Chabuca floreció de repente para convertirse en una compositora fuera de serie. El Perú le debe a ella que la música popular se celebre en todas las plazas y fiestas del mundo, pues su voz reclutó fieles y adeptos en los cinco continentes de nuestro azul orbe. Nadie ha hecho tanto por divulgar nuestro folclore en el extranjero como Chabuca Granda. Y nadie como ella ha visitado y se ha amistado con las familias más humildes, para que le revelaran los secretos del valsecito peruano.

Ella, que se haría famosa como limeña, había nacido en la sierra, en Cotabambas, Apurímac, allá por los años veinte. Hay fotos de Chabuca pequeñita a orillas de la laguna Cochasayhuas, con sus padres, en los años 1922 o 1923. Tuvo tres hijos, a los que dedicó muchas canciones: Eduardo, Teresa y Carlos, el menor. El apellido de ellos era Fuller Granda.

Y aquí yo debo confesar una falta de la que me arrepiento cada día. Fui y sigo siendo un admirador de ella, por supuesto, pero en una ocasión —estábamos en Radio América con motivo de un premio que se le daba— me atreví a preguntarle de dónde había sacado esas historias que aparecían en sus valses y tonderos, en las que bellas muchachas de sociedad caminan por el paseo de Aguas durante los siglos coloniales, rodeadas de caballeros de las mejores familias, cuando, en realidad, el valsecito y demás música peruana había sido, primero y antes que nada, la típica melodía de la clase popular, es decir, la de los cholos y humildes, y, más bien, las clases altas habían repudiado esas músicas, tratándolas con el desprecio que les merecía toda la música criolla.

Aquella observación no le gustó nada a Chabuca Granda y lamenté mucho habérsela hecho. Era bastante estúpida, por lo demás. Lo peor fue que hasta escribí un prescindible artículo con estas críticas. ¿Quién dice que una música popular debe ser rechazada por la élite? Chabuca hizo muy bien en incorporar a sus valses y marineras a las clases más altas de la sociedad peruana y llenar sus canciones de caballeros elegantes, que, con sus monturas de paso y sus sombreros de paja fina, enamoraban a las muchachas casaderas, con los preciosos textos que ella escribía y que, en el antiguo paseo de Aguas, al otro lado del río Rímac, despertaban la admiración de las jóvenes adolescentes. Por supuesto que Chabuca Granda podía idealizar en sus valses esa colonia de trescientos años, y aprovechar sus imágenes para realzar el encanto y la belleza de nuestras canciones. No hay que tener prejuicio alguno respecto a la música. Esa lección me la dio Chabuca Granda, a quien debemos que la burguesía peruana se apropiara el folclore nacional. Los libros de canciones no son libros de historia y sus autores pueden añadir o restar lo que quieran —eso lo entendí por fin—, pues esos textos vivirán por lo que cuentan, aunque todo sea pura fantasía.

Lamento de veras haber hecho esas consideraciones estúpidas, y de muy mal gusto, ante la propia Chabuca Granda. Lo digo y lo repito en este texto, que sólo quiere manifestar mi admiración por los logros de una mujer gracias a la cual nuestros valses se escuchan por fin en todo el mundo. Aunque vivió pocos años y se marchitó pronto, como les ocurre a los grandes artistas, mientras el vals peruano exista existirá Chabuca Granda. Por eso ahora grito, como todo el Perú: ¡que viva Chabuca Granda, la grande!

XXIII

Toño Azpilcueta se levantó muy temprano, oscuro todavía, y con las últimas estrellas y las primeras luces del alba se sentó bajo el solitario foco de luz y comenzó a revisar su largo manuscrito. Se sorprendió mucho mientras leía. Allí estaba todo lo que quería decir sobre Lalo Molfino y la transformación del Perú gracias a la música criolla. Estudió atentamente lo que contaba sobre ese guitarrista eximio de Puerto Eten y confirmó que no podía decir más sobre él porque no sabía más.

Lo que se refería al Perú ocupaba tres cuartas partes de su libro y estaba —le pareció— bien sintetizado, desde el Imperio inca hasta los dramas políticos de la actualidad. Allí figuraban los periodos de surgimiento y eminencia del Tahuantinsuyo, su decadencia y división por culpa de los hermanos enemigos, Atahualpa y Huáscar, y la llegada de los conquistadores españoles, que lo habían cambiado todo, provocando una rebelión sistemática de los pueblos conquistados por el Incario e imponiendo una capa de seres supuestamente blancos y superiores en el gobierno del Perú desde entonces. Y allí estaba también el maravilloso español —el idioma de Cervantes—, que, despacio se va lejos, había alterado el destino de los pueblos de América Latina, haciendo que todos se entendieran luego de mil años de encontronazos y contiendas debido a los muchos idiomas y jergas que se hablaban a lo largo y ancho del continente.

Venían después las guerras civiles y el larguísimo bostezo de tres siglos de la vida colonial: allí estaban santa Rosa y san Martín de Porres, todos los santos y las infinitas procesiones, el Tribunal de la Inquisición y la fundación del Virreinato, y de San Marcos, de los conventos y seminarios, de las interminables iglesias, y las luchas entre los propios conquistadores. La colonia terminaba y comenzaba la República con sus golpes militares y sus caudillos, uno tras otro, hasta dejar al Perú convertido en lo que era ahora: un país disminuido y agobiado por las enormes divisiones determinadas por la riqueza y las distancias entre los que hablaban español y quechua, y los demás idiomas regionales, entre los que eran pobres y los que eran más prósperos o hasta ricos y riquísimos (muy pocos, en verdad).

Después nacían los superhombres de la Guardia Vieja, también Felipe Pinglo Alva, para revolucionar este decadente país, ponerlo en orden, poco a poco, gracias a esa música que por fin interpelaba a todos los peruanos y, quién lo hubiera dicho, transformaba a la sociedad, creando en ella a seres pujantes, creativos, todos mezclados, que iban levantando paso a paso el Perú en decadencia, animándolo, transformándolo, convirtiéndolo —¡por fin!— en un país activo y moderno, un lujo en América Latina.

Entonces Toño Azpilcueta se dio cuenta de que el libro estaba terminado. Ese día y todo el resto de la semana estuvo leyendo sus más de doscientas páginas en la Biblioteca Nacional y, por más que corregía algunas cosas, no encontraba nada esencial que cambiar. Una y otra vez se dijo que por fin había concluido su libro y que en él estaba todo lo que había querido y debido poner. Mareado, con algo de vértigo, tuvo que reconocerlo: el libro sobre Lalo Molfino y el Perú estaba allí, acabado. Sentía algo agridulce en el cuerpo, una sensación que no era la felicidad ni mucho menos, sino un gran cansancio, una infinita fatiga. Recordó que en el tiempo que llevaba trabajando en el libro nunca había pensado que alguna vez llegaría a revisarlo, como en estos días.

Estaba escrito a mano y si quería encontrarle un editor tenía que pasarlo a máquina. En voz baja, avergonzado de sí mismo, habló con Matilde y le pidió plata prestada para llevar el manuscrito a una dactilógrafa. Pocas semanas después tenía dos copias completas, y con ellas regresó a la biblioteca para leerlo de nuevo. A pesar de que hizo unas pocas correcciones a mano, lo encontró todavía mejor que la primera vez. Lo había titulado *Lalo Molfino y la revolución silenciosa*. Aunque el título no le gustaba demasiado —prefería el antiguo—, le pareció que, salvo que surgiera alguno mejor, ese nombre le convenía porque las ideas centrales que le habían hecho escribirlo se hallaban resumidas allí.

Habló con su compadre y amigo Collau y le contó que, ¡al fin!, había terminado su libro. Collau se alegró mucho y, espíritu práctico, le dijo: «Ahora, Toño, hay que encontrarle un editor».

El asunto fue más largo de lo que Collau y Toño Azpilcueta supusieron. Escribieron primero a las dos mejores editoriales que había en el Perú, Planeta y Alfaguara, y ambas contestaron luego de una semana, hablando maravillas del libro, elogiándolo sin cesar, pero disculpándose pues el ensayo no encajaba con sus planes editoriales; dada su curiosa naturaleza, no tendría probablemente una salida suficiente que justificara la edición. Así que ambas empresas aconsejaban a Toño Azpilcueta que se buscara otra editorial.

Pero la verdad es que en Lima no había más que un par de editores y Toño sufrió entonces su primera frustración. Se dijo que tanto Planeta como Alfaguara, así como otras editoriales peruanas, no habían entendido los alcances de su libro y que, luego de que triunfara, se arrepentirían de aquellos rechazos. Comenzó a buscar libreros-editores, y aunque contactó a varios, todos ellos, después de leer el manuscrito, le mandaron un afectuoso abrazo y, eso sí, llenándolo de elogios, le explicaron que su libro se apartaba por completo de lo que estaba de moda entre los lectores del país, y que por lo mismo no se vendería mucho. Eso explicaba que no quisieran publicarlo, al menos por el momento, esperando que viniera una ocasión mejor y los lectores cambiaran de gusto.

Toño Azpilcueta no se esperaba un rechazo tan unánime. Sin decir nada a Matilde ni a Collau, guardó el par de copias en su gran maleta y decidió que no haría más gestiones por ahora. Estaba cansado y harto y hasta disgustado por haber trabajado tanto en un libro que nadie quería publicar.

Y entonces sucedió aquel milagro. Recibió una cartita dirigida a él y enviada a la Biblioteca Nacional —que las empleadas le entregaron puntualmente— en la que el señor Antenor Cabada le decía que había oído hablar de su «interesante libro» y que él, que tenía aspiraciones de convertirse en editor después de haber sido librero toda su vida, estaba dispuesto a publicarlo si lo convencía su lectura. Que le mandara una copia, por favor. Toño se quedó mudo, sin soltar aquella cartita milagrosa. Llamó por teléfono de inmediato al señor Antenor Cabada y éste, saludándolo de manera efusiva, le confirmó en el aparato todo lo que le decía en su carta. Toño le envió sin más tardanza el manuscrito y el exlibrero, luego de leerlo, le reiteró lo que le había dicho en el teléfono: estaba dispuesto a publicarlo.

Discutieron muchas horas sobre la carátula y el señor Cabada aceptó contratar a un buen dibujante de Lima que diseñara una ilustración para la portada, y después decidieron el tipo de letras que usaría la imprenta. Antes de un mes recibió los primeros ejemplares. Toño Azpilcueta, acariciando esos tomos de papel un tanto burdo, se sorprendió al advertir que el libro al que tantos esfuerzos había dedicado no lo exaltaba ni alegraba; más bien le transmitía una especie de resignación. La tensión y la expectativa habían desaparecido, como si el fin de la única misión que tenía en su vida lo hubiera dejado por completo vacío. Se sentía más triste que alegre. Se pasaba horas contemplando su obra; parecía mentira que hubiera trabajado tanto en ella.

El señor Antenor Cabada le dijo que el libro se estaba distribuyendo en las escasas librerías que había en Lima y en el resto del Perú. Que se diera una vueltecita y lo vería expuesto en las vitrinas. Toño lo hizo, pero no lo encontró en ninguna de las librerías que exhibían las novedades en los escaparates. No se le ocurrió pensar que su ausencia se debía a que ya se estaba leyendo y vendiendo. Ni siquiera se alegró cuando Antenor Cabada le comunicó que en el Ministerio de Educación le habían dicho que su salón de actos solía estar vacío y que la presentación podía ser allí, sin costo alguno. Toño dijo que él hablaría, que no era necesario buscar a ninguno de los intelectuales de la élite para que lo hiciera por él. Finalmente el señor Cabada convocó a Rigoberto Puértolas, un hombre algo mayor pero bastante lúcido, que había sido presidente de los profesores de primera y segunda enseñanza del Perú años atrás y se había mantenido, luego de su jubilación, muy activo, siempre cerca de los sindicatos de maestros y sus campañas de reivindicación. Toño insistió mucho en que él mismo haría la presentación de su libro, de modo que el señor Rigoberto Puértolas sólo tenía que presentarlo a él.

En esas dos semanas de espera, Toño no recibió eco alguno de los lectores ni de los críticos, que, según el señor Antenor Cabada, estaban leyéndolo y discutiendo sus propuestas y afirmaciones sobre el Perú. Con todo, la noche de la presentación llegó a las ocho menos cuarto —el acto estaba programado para las ocho— al auditorio del Ministerio de Educación, después de afeitarse y ducharse y vestido con un terno y una corbata muy bien planchados. En aquel inmenso y desolado auditorio no había más de catorce o quince personas, muchas de las cuales eran viejecitos que parecían haberse refugiado allí para guarecerse del frío, que, a estas horas, más ahora que estábamos en pleno invierno, solía extenderse y recrudecer por Lima. En la primera fila se sentaron Collau, Gertrudis y Matilde, que se había regalado a sí misma un vestido nuevo para la ocasión. Emocionados, lo vieron subir al escenario y sentarse en el centro de una mesa en la que estaban también el editor del libro y don Rigoberto Puértolas. Este último era todavía más viejo de lo que decía y mostraba no haberse enterado aún de lo que iba a decir.

Aunque Toño Azpilcueta se sintió algo frustrado viendo la poquísima gente que había acudido a la presentación de *Lalo Molfino y la revolución silenciosa*, había preparado un buen texto y quería leerlo con entusiasmo, aunque fuera para esas pocas personas. El señor Puértolas, que le había dado una mano distraída y no parecía saber dónde estaba ni a quién tenía enfrente, leyó con dificultad un papelito que se llevaba muy cerca de los ojos, como si no confiara en su vista. Pronunció en su media voz el nombre de Toño Azpilcueta y dijo de él que era un gran promotor de la canción criolla y que los lectores peruanos lo conocían sin duda por los muchos artículos que escribía en las revistas que promocionaban el folclore peruano. Ahora había publicado un libro, y balbuceó algo antes de leer el título, *Lalo Molfino y la revolución silenciosa*, que estaba provocando intensas discusiones en Lima y en el resto del Perú, por las audaces tesis que defendía sobre nuestro país y en el que revelaba la existencia de un eximio guitarrista peruano, por desgracia ya fallecido, Lalo Molfino, que había muerto muy joven, dejando una estela preciosa entre los músicos de filiación criolla. Cuando terminó no hubo aplausos, y, ante la sorpresa de Toño y el señor Cabada, Puértolas abandonó el auditorio, caminando despacito con su bastón, que producía un ruido extraño en las filas de aquel teatro semivacío.

Toño Azpilcueta esperó que su presentador saliera del auditorio y, sacando las fichas que había preparado, se dispuso a dirigirse a la quincena de asistentes. No vio a ninguno de los directores ni redactores de las revistas en las que escribía. No se desmoralizó, diciéndose que esta presentación no valía la pena y que lo que iba a decir podía haberlo dicho allá, en Villa El Salvador, en esas noches cálidas en las que conversaba con las tres personas que estaban allí, solitarias, en la primera fila del auditorio, esperando que hablara: Gertrudis, Collau y Matilde.

Toño nunca había hablado antes ante un auditorio tan grande y tan vacío, pero lo hizo como si todas las sillas, ahora desiertas, hubieran estado repletas de gente ávida de escucharlo. Habló de su maestro, el gran puneño, el profesor Hermógenes A. Morones, y contó, sonriendo, que él había descubierto que esa *a* mayúscula con el puntito al costado significaba nada menos que Artajerjes, un nombrecito que acaso le habían impuesto sus padres por un pariente lejano, y que tal vez no le gustaba. El profesor Morones había ocupado la cátedra en San Marcos dedicada al folclore nacional peruano, ahora, por desgracia, clausurada, y recordó lo mucho que sabía aquel profesor, su maestro, las recopilaciones que había hecho por sus propios medios, sin ayuda de nadie, a lo ancho y a lo largo del Perú, dejando muchos artículos y varios libros sobre el folclore peruano, que, para quienes los habían leído, revelaban la existencia de un arte popular muy rico y muy variado que demostraba hasta el cansancio el vigor y la gran versatilidad de la música peruana.

Contó cómo él mismo, muy joven, casi un niño, pues todavía estaba en el colegio, se había interesado por aquella música, y, por su cuenta, sin que nadie le enseñara, había comenzado a leer y a escribir sobre esos artistas y compositores que no llegaban a las altas esferas de la sociedad, pero que hacían las delicias de un público muy amplio, tanto en Lima como en provincias, una música que, podía afirmarlo, aunque sólo una única noche lo había visto y oído, Lalo Molfino llevaba a su más alta expresión. Y contó también el efecto extraordinario que había hecho en él escuchar en Bajo el Puente, aquella noche, invitado por José Durand Flores, pulsar las cuerdas de su guitarra a ese muchacho chiclayano, nacido en Puerto Eten, que llevaba unos zapatitos de charol que él recordaba tan bien, casi tanto como aquel prodigioso instrumento.

Pasó entonces, con cierta prudencia, a explicar a ese auditorio vacío la gran revolución que él esperaba provocaría discretamente la música peruana, en especial el vals y la rica colección de compositores e instrumentistas que se acumulaban desde que aquel conjunto extraordinario de cantantes, guitarristas y trasnochadores de la Guardia Vieja, y el gran Felipe Pinglo Alva en persona, habían aparecido en el Perú para iniciarla. Ellos habían transformado este país desde sus mismas raíces, y lo fueron convirtiendo en una sociedad de nuevo grande, como durante el Incario, pero ahora no por sus imponentes templos y palacios y sus conquistas, sino por la manera como se mezclaban los peruanos, sin complejos ni prejuicios, estableciendo poco a poco esa sociedad integrada en la que todos tendrían derecho a una consideración y un tratamiento de personas, no de animales, y vivirían progresando y respetándose, como un país modelo para el resto de América Latina. Aunque no mencionó la huachafería, sí dijo que ahora, después de la detención de Abimael Guzmán y del declive de la violencia, se debía promover la música para fomentar las emociones fraternas que le darían, una vez más y para siempre, la unidad a la nación peruana.

Toño Azpilcueta vio que tres personas —su mujer y sus amigos de Villa El Salvador— lo aplaudían con entusiasmo y que los ancianos que estaban allí, cabeceando y protegiéndose del frío, imitándolos, lo aplaudían también, aunque con menos fervor que sus amigos. Les agradeció los aplausos y se puso de pie, al mismo tiempo que el señor Antenor Cabada, quien al felicitarlo lo abrazó. Advirtió con orgullo que en los ojos del antiguo librero había algunos brillos.

Mientras regresaban a Villa El Salvador en un taxi que el buen Collau pagó de su bolsillo, Matilde fue la única que dijo lo que todos ellos pensaban: que qué lástima que no hubiera habido más gente en ese auditorio, porque la exposición de Toño Azpilcueta sobre su libro había sido realmente espléndida. Todos coincidieron con aquellos elogios.

Al día siguiente no apareció una sola línea sobre la presentación en los periódicos. Y tampoco hubo reseñas en los posteriores en las revistitas ocasionales en las que él escribía, salvo en *Folklore Nacional*, donde hubo un articulito entusiasta, pero muy confuso, de alguien que sólo había leído el primer capítulo. No lo consoló a Toño Azpilcueta saber que lo que había ocurrido con su libro era habitual con la mayoría de las publicaciones peruanas, como le dijo su editor. La inevitable frustración atrajo a los horribles animalitos, que siguieron acosándolo en las noches, con pesadillas que lo despertaban, aterrado, hasta que volvía a dormirse tratando de no molestar a la esforzada Matilde.

XXIV

¿Qué música tocaban los incas? El Incario no debió ser un pueblo muy musical, porque fue un Imperio concentrado en extender sus fronteras y en incorporar a nuevos grupos y colectividades al Tahuantinsuyo. Sólo duró unos cien años antes de disolverse en luchas intestinas, por la estúpida pelea entre Huáscar, el cusqueño, y el quiteño Atahualpa.

Aquellos ancestros procedían con la máxima cautela, prefiriendo la persuasión a la agresión, y así consiguieron ensanchar los límites del Incario hasta la llegada de los conquistadores españoles. Pero la división del Imperio entre el Cusco y Quito, fractura que llenó de sangre y de cadáveres la cordillera de los Andes, favoreció mucho la conquista española.

Apenas percibieron la llegada de los españoles, las naciones que el Incario creía haber incorporado se insubordinaron y comenzaron a ayudar a estos últimos, entre ellos los chancas y los huancas, vecinos subyugados. Se aliaron a los nuevos invasores y esto fue fatal para los incas, que, además de la división entre Huáscar y Atahualpa, debieron enfrentar la rebeldía de las naciones y culturas sometidas, que nunca lo estuvieron del todo, sólo en la superficie.

¿Tuvo el Incario una música, unos cantos y unas danzas, en aquellos tiempos de conquista y asimilación de pueblos al Tahuantinsuyo? Seguramente. Y debieron ser una música y unos bailes militares, para que el pueblo aprendiera a obedecer; expresiones marciales, colectivas, nada estéticas; las formas artísticas que produce un pueblo guerrero y conquistador. O sea, algo que no tenía nada que ver con el Inti Raymi actual, que congrega cada año a millares de personas en el Cusco, bailando, cantando y emborrachándose.

En cuanto a los tres siglos —nada menos— que duró, la sociedad peruana de la colonia, con sus santos, misas, procesiones y ceremonias religiosas, lejos de estabilizarse e integrarse, estuvo dividida ferozmente. Tanto que la burguesía y la nobleza no sabían nada de la enorme población indígena, sobre la que se ejercía toda la autoridad colonial a través del Ejército y las pequeñas fuerzas militares locales que se creaban para doblegar a los nativos, castigándolos y sometiéndolos con el miedo y la sistemática represión. Y la Santa Inquisición, aunque no había quemado a mucha gente —sólo siete personas en tres siglos, según un historiador chileno especialista en el tema—, estaba allí recordando a los peruanos que podían ser abatidos por las llamas si se propasaban.

Al mismo tiempo, los curas y sacerdotes les inculcaban «la verdadera religión». Y, mientras tanto, los destructores de idolatrías perpetraban mutilaciones y desapariciones de miles y miles de estatuillas y objetos consagrados por los incas a sus dioses, que eran innumerables, pues los incas incorporaban a su santoral a todas las deidades de los pueblos que se afiliaban al Incario.

Era imposible que durante tres siglos no hubiera rebeliones indígenas. La más importante fue sin duda la del cacique Túpac Amaru, que consiguió levantar a los indios de todo el sur, incluidos los campesinos de Bolivia. Pero esta insurrección no fue contra el rey de España, sino contra los encomenderos y la brutalidad con que actuaban en las haciendas. Los indios suponían que el rey de España ignoraba esos abusos y apoyaba su causa. Los encomenderos también estaban contra los reyes, porque no aceptaban «las nuevas leyes» —más humanas que las existentes—, y por eso se rebelaron contra ellas, promoviendo batallas sangrientas. Pero, al fin, consiguieron que no se aplicaran y todo quedara como antes. Esto fue lo esencial, lo que hubiera convertido la conquista de América en algo menos violento, y hasta generoso. Pero ¿qué conquista lo era? La de América del Norte había sido, simplemente, el exterminio de las poblaciones indígenas.

Hubo de haber múltiples revueltas locales o de menor cuantía, aquellas que no trascendieron, que ni siquiera llegaban a las ciudades; las aplastaban, con gran ferocidad, en las localidades donde había grandes latifundios y donde sin duda centenares y millares de indios eran sacrificados en represiones que hacían correr mucha sangre nativa.

La música en esos años no reflejaba para nada una sociedad integrada. Por el contrario, la burguesía y la minúscula aristocracia peruana bailaban y escuchaban la música española, en tanto que los indígenas seguían con la suya, una música triste, de instrumentos emparentados con el charango, sin duda la corneta, acaso la guitarra, con una división muy clara entre la música de la sierra y la de la costa, entre ellas la marinera, músicas paralelas que se ignoraban mutuamente hasta que, sólo muy avanzado el siglo XIX, comenzarían a intercambiar sonidos e instrumentos.

Todo esto cambió a fines del XIX y comienzos del XX, gracias a los próceres musicales de la nación, cuya memoria he evocado en estas páginas.

XXV

Toño Azpilcueta solía salir de la Biblioteca Nacional y caminar hasta el Bransa de la plaza de Armas, donde, a la hora del almuerzo, como era ya muy conocido por los mozos y administradores, se tomaba un cafecito cortado y abría el sándwich que le preparaba Matilde. Allí almorzaba todos los días, escribiendo a veces los artículos sobre música criolla o revisando las notas que había escrito a lo largo de la mañana. Pero este día, arrastrado por la nostalgia de sus días de estudiante, caminó por la avenida Abancay hasta el Parque Universitario. La Universidad de San Marcos, donde había estudiado en la Facultad de Letras, ofrecía en ese entonces varios cursos ahí, al menos los de Derecho, Letras y Educación. Ahora todas las facultades estaban en la esquina de la avenida Universitaria o en la avenida Venezuela, donde Toño no había puesto los pies nunca. Llegó hasta el Parque Universitario, dio una ojeada a su vieja universidad, que, ahora, dedicaba estas aulas sólo a los visitantes ilustres, a las ceremonias y a los doctorados, y, por fin, como guiado por una mano invisible se dirigió, por la Colmena, hacia uno de los más viejos cafés de la avenida, el Palermo, donde había estado muchas veces como estudiante, y donde había oído que se reunían los poetas de los cincuenta, como Paco Bendezú, Pablo Guevara y Wáshington Delgado.

Apenas se había sentado en una mesita y pedido un café con leche cuando oyó su nombre en la mesa de al lado. Se volteó, pero en realidad nadie lo llamaba; eran dos clientes que conversaban. Estaban tan cerca que podía oírlos.

—Sí, sí, un tal Toño Azpilcueta —insistía un señor de ojos profundos, bastante bien vestido, con chaleco y varios anillos en los dedos, seguramente un abogado, a su acompañante, un hombre más joven, que no llevaba corbata y que lo más seguro era uno de los empleados de su estudio—. ¿No lo has leído?

—Todavía no —reconoció el más joven—. ¿Es interesante?

Toño no lo pudo creer. Había sufrido por el silencio y la indiferencia en torno a su libro, y ahora se cruzaba por casualidad con dos hombres que lo comentaban.

—Lo es, lo es. Aunque, bueno, yo creo que el autor anda un poco loquibambio. ¡Imagínate!, sostiene la tesis de que la música criolla va a integrar este país nuestro, acercando a la gente de distintas razas y colores y lenguas; es decir, el vals, la marinera, los huainitos... Que la música criolla va a tener ese papel fundamental: unir a los peruanos. Es una tesis bastante enloquecida, ¿no te parece?

—Lo tengo que leer —dijo el joven—. A mí me gustan esas locuras, no creas. ¿Que la música criolla va a unir a los peruanos? No suena mal. ¿Se llama Toño Azpilcueta? Debe ser de origen europeo, por el apellido. O tal vez sea un apodo.

—Eres joven y por eso te persuaden los disparates; a mí me divierten, más bien. La música criolla haría acercarse a todos los peruanos, a los cholos, a los serranos y a los blanquitos..., por favor. ¿Tú te casarías con una indiecita de esas que nunca se bañan y que tienen el ojete oliendo a vómitos?

—Ni de vainas —se rio el más joven—. Aunque las cholitas, a veces, están bastante bien. Tienen buenos cuerpos, créeme. En todo caso, lo voy a leer.

—La revolución que vendrá no será dictada por las fuerzas de producción como creían Marx y José Carlos Mariátegui —dijo el más viejo—, sino por los compositores y cantantes de valses y de marineras. Vaya locura. Si quieres te paso el libro. *Lalo Molfino y la revolución silenciosa*, así se llama.

—La verdad es que te debe haber impresionado mucho, viejo —comentó el más joven—. Porque a pesar de todo hablas con entusiasmo de ese Toño Azpilcueta. ¿Sabes quién es?

—Un aficionado a la literatura, por lo visto. O, mejor dicho, al periodismo.

—Toño Azpilcueta —dijo el más joven, burlándose—. Podría ser un seudónimo, sí. Pero se buscó un nombrecito que parece una caricatura.

—Un loquibambio, más bien, te lo digo yo. Pasa de la música a las ratas. Tiene una obsesión enfermiza con los roedores.

—Cada vez me da más curiosidad.

—Bueno, hay que trabajar, también —dijo el más viejo, llamando al mozo y pidiendo la cuenta—. La vida no puede ser sólo diversiones. Tengo el libro en la oficina, te lo doy.

Hubo una discusión entre los comensales por la cuenta. Los dos porfiaron por pagarla y terminaron haciéndolo a medias.

Toño Azpilcueta se quedó reflexionando, con la mirada fija en ese hombre elegante y viejo, que, poco a poco, a medida que se alejaba, ganaba rasgos familiares y aterradores. Sintió el picor subiéndole por las pantorrillas, las patitas infectas, y, para recuperar la calma, pidió otro cafecito con leche que fue tomando a sorbitos, porque estaba muy caliente. A la irritación que le causó oír a ese señor afirmar que la hipótesis de su libro era disparatada y que el autor debía estar medio loco siguió algo parecido a la satisfacción, a un inesperado sentimiento de euforia. Es verdad que lo último que hubiera querido oír era un juicio tan severo y ofensivo, pero, por otro lado, la discusión era una prueba de que su libro no dejaba indiferente. Por lo menos, ahora era seguro que alguien lo había leído y hablaba de él. ¿Cómo se habría vendido? Probablemente mal. Tendría que telefonear a Antenor Cabada, para saberlo. Lo haría esa misma tarde. Y correría a visitar a Toni Lagarde y a Lala, para contarles y para regalarles un ejemplar de su libro. ¿Todavía se decía esa palabrita, «loquibambio»? Era una expresión de los años cincuenta, más bien. Bueno, mejor era serlo que ser un don nadie. Cuando salió del Palermo ya no le picaba el cuerpo ni pensaba en los roedores. Se sentía complacido, su nombre empezaba a estar en boca de todos. Que se tratara de dos idiotas era lo de menos, su libro comenzaba a buscar su camino entre la gente, ya llegaría a manos de lectores más relevantes.

XXVI

«Huachafería» es un peruanismo que los vocabularios vinculan a una historia que probablemente no tiene nada de cierto. Pero, como está en todas
partes, vale la pena relatarla. Martha Hildebrandt,
distinguida filóloga, por ejemplo, afirma en su libro *Peruanismos*, citando a colaboradores de la revista *Actualidades*, y a Enrique Carrillo y Clemente
Palma, que «huachafita» es un peruanismo que pro-
viene del término colombiano «guachafita», que
significaba gresca o tremolina, y que fue inventado
por Jorge Miota con un sentido algo distinto. Miota fue un periodista y cuentista nacido en el siglo xix
que no publicó libros pero que colaboró con muchas revistas, entre ellas la mencionada *Actualidades*, donde algunos dicen que utilizó la palabra
«huachafo» por primera vez a comienzos del siglo xx.
Vivió un tiempo fuera del Perú, en Buenos Aires y
en París, y viajó a otros lugares. No se descarta del
todo que Miota, que también estuvo en Venezuela,
donde el término «guachafita» existía en referencia
a una fiesta bulliciosa y alegre, lo importara de allí,
convirtiéndolo en un modismo que se aplicaba a
fiestas de medio pelo y a muchachas presuntuosas y
cursis.

Sin embargo, una anécdota reforzaría, según
Martha Hildebrandt, la tesis de que el origen es
colombiano. Se la contó el catedrático Estuardo

Núñez y ella la reprodujo en su libro sobre peruanismos. Hacia 1890 llegó a Lima, al parecer, una
pareja colombiana bastante modesta que se instaló
en una calle próxima al cuartel de Santa Catalina.
Las hijas de esta pareja, unas jóvenes alegres, hacían
fiestas bulliciosas a las que acudían vecinos de la
zona y sobre todo oficiales del cuartel. La familia colombiana llamaba a esas fiestas «guachafas» y, por
asociación, la gente del vecindario, a la que se le
hacía difícil pronunciar el nombre de las anfitrio-
nas, les puso el apodo de «huachafas». Como se trataba de chicas de clase media modesta, algo presuntuosas, que trataban de aparentar tener mejor
posición social de la que en realidad tenían, la palabra pronto adquirió una connotación relacionada
con el mal gusto y la cursilería.

   ¿Será verdad esta anécdota? Estuardo Núñez le
cita a Martha Hildebrandt dos fuentes cercanas a
él: su abuela, que sufría mucho con la bulla de esas
fiestas, y su propio padre, que era un oficial y acu-
día a las jaranas de las colombianas de tanto en tanto, como otros oficiales del cuartel de Santa Catalina. En todo caso, lo que parece definitivo es que
Miota fue el primero en emplear la palabra con *h*
en lugar de *g*, y por tanto el inventor de la palabra
que designa la variante peruana de la cursilería.

   En verdad, es algo más sutil y complejo, una de
las contribuciones del Perú a la experiencia universal; quien la desdeña o malentiende queda confun-
dido respecto a lo que es este país, a la psicología y
cultura de un sector importante y acaso mayorita-
rio de los peruanos. Porque la huachafería es una
visión del mundo a la vez que una estética, una ma-

nera de sentir, pensar, gozar, expresarse y juzgar a los demás.

La cursilería es la distorsión del gusto. Una persona es cursi cuando imita algo —el refinamiento, la elegancia— que no logra alcanzar y, en su empeño, rebaja y caricaturiza los modelos estéticos. La huachafería no pervierte ningún modelo, porque es un modelo en sí misma; no desnaturaliza los patrones estéticos sino, más bien, los implanta, y es no la réplica ridícula de la elegancia y el refinamiento, sino una forma propia y distinta, peruana, de ser refinado y elegante.

En vez de intentar una definición de la huachafería —cota de malla conceptual que, inevitablemente, dejaría escapar por sus rendijas innumerables ingredientes de ese ser diseminado y protoplasmático— vale la pena mostrar con algunos ejemplos lo vasta y escurridiza que es, la multitud de campos en que se manifiesta y a los que marca y da un nombre.

Hay una huachafería aristocrática y otra proletaria, pero es probable que sea en la clase media donde ella reina y truena. A condición de no salir de la ciudad, está por todas partes. En el campo, en cambio, es inexistente. Un campesino no es jamás huachafo, a no ser que haya tenido una prolongada experiencia citadina. Además de urbana, es antirracionalista y sentimental. La comunicación huachafa entre el hombre y el mundo pasa por las emociones y los sentidos antes que por la razón; las ideas son para ella decorativas y prescindibles, un estorbo a la libre efusión de sentimientos. El vals criollo es la expresión por excelencia de la huachafería en el ámbito musical, a tal extremo que se puede establecer una ley sin excepciones: para ser bueno, un vals criollo debe ser huachafo. Todos nuestros compositores (de Felipe Pinglo Alva a Chabuca Granda) lo intuyeron así y en las letras de sus canciones, a menudo esotéricas desde el punto de vista intelectual, desarrollaron imágenes de inflamado color, sentimentalismo iridiscente, malicia erótica y otros formidables excesos retóricos que contrastaban casi siempre con la indigencia de ideas.

La huachafería puede ser genial, pero rara vez resulta inteligente; es intuitiva, verbosa, formalista, melódica, imaginativa y, por encima de todo, sensiblera.

Una mínima dosis de huachafería es indispensable para entender un vals criollo y disfrutar de él; no pasa lo mismo con el huaino —música de la sierra—, que pocas veces es huachafo, y, cuando lo es, generalmente es deficiente.

Pero sería una equivocación deducir de esto que sólo hay huachafos y huachafas en las ciudades de la costa y que las de la sierra están inmunizadas contra la huachafería. El indigenismo, explotación sentimental, literaria y política e histórica de un Perú prehispánico y romántico, es la versión serrana de la huachafería costeña; se dio sobre todo en Puno y en el Cusco, aunque se extendió por toda la sierra. El hispanismo, en cambio, es la explotación sentimental, literaria, política e histórica de un Perú hispánico estereotipado y romántico. Indigenismo e hispanismo tienen a dos historiadores como estandartes: Luis E. Valcárcel el indigenismo y José de la Riva Agüero el hispanismo. Alguien sui géneris es José Uriel García, el autor de *El nuevo indio*. Su tesis es que la montaña, es decir, la cordillera de los Andes, era un ser vivo, y opuso a los españoles una presencia que a ellos los transformó, de manera que lo español y lo indio se mezclaron de manera indisoluble, tanto que lo español se volvió algo peruano a la vez que lo indio se volvía un tanto español.

La fiesta del Inti Raymi, que resucita cada año en el Cusco con millares de extras, es una ceremonia intensamente huachafa, ni más ni menos que la procesión del Señor de los Milagros que amorata Lima (adviértase que utilizo el verbo con huachafería) el mes de octubre.

Por su naturaleza, la huachafería está más cerca de ciertos quehaceres y actividades que de otros, pero, en realidad, no hay comportamiento ni ocupación que la excluya en esencia. La oratoria sólo si es huachafa seduce al público nacional. El político que no gesticula, que prefiere la línea recta a la curva, que no abusa de las metáforas, y no ruge o canta en vez de hablar, difícilmente llegará al corazón de los oyentes. Un «gran orador» en el Perú quiere decir —es el caso de Haya de la Torre, el fundador del aprismo— alguien frondoso, florido, teatral y musical. En resumen, un encantador de serpientes.

Las ciencias exactas y naturales tienen sólo nerviosos contactos con la huachafería. La religión, en cambio, se codea con ella todo el tiempo, y hay ciencias con una irresistible predisposición huachafa, como las llamadas —huachafamente— ciencias sociales. ¿Se puede ser «científico social» o «politólogo» sin incurrir en alguna forma de huachafería? Tal vez, pero si así sucede, tenemos la sensación de un escamoteo, como cuando un torero no hace desplantes al toro.

Acaso donde mejor se pueden apreciar las infinitas variantes de la huachafería es en la literatura, porque, de manera natural, ella está sobre todo presente en el hablar y el escribir. Hay poetas que son huachafos a ratos, como César Vallejo, y otros que lo son siempre, como José Santos Chocano, y poetas que no son huachafos sólo cuando escriben en verso, como Martín Adán. En cambio, en sus ensayos se muestra excesivamente huachafo. Es insólito el caso de Julio Ramón Ribeyro, que no es huachafo jamás, lo que tratándose de un escritor peruano resulta una extravagancia. Más frecuente es el caso de aquéllos como Bryce y como Salazar Bondy en los que, pese a sus prejuicios y cobardías contra ella, la huachafería irrumpe siempre en algún momento en lo que escriben, como un incurable vicio secreto. Ejemplo notable es el de Manuel Scorza, en el que hasta las comas y los acentos parecen huachafos.

He aquí algunas muestras de huachafería de alta alcurnia: retar a duelo, la afición taurina, tener casa en Miami, el uso de la partícula «de» o la conjunción «y» en el apellido, los anglicismos y creerse blanco. De clase media: ver telenovelas y reproducirlas en la vida real, llevar tallarines en ollas familiares a las playas los días domingos y comérselos entre ola y ola; decir «pienso de que» y meter diminutivos hasta en la sopa («¿Te tomas un champancito, hermanito?») y tratar de «cholo» (en sentido peyorativo o no) al prójimo. Y proletarias: usar brillantina, mascar chicle, fumar marihuana, bailar el rock and roll y ser racista.

Los surrealistas decían que el acto surrealista prototípico era salir a la calle y pegarle un tiro al primer transeúnte con el que se cruzaran. El acto huachafo emblemático es el del boxeador que, por las pantallas de la televisión, con la cara hinchada todavía por los puñetazos que recibió, saluda a su mamacita que lo está viendo y rezando por su triunfo, o el del suicida frustrado que, al abrir los ojos, pide confesión.

Hay una huachafería tierna (la muchacha que se compra el calzoncito rojo, con blondas, para turbar al novio) y aproximaciones que, por inesperadas, la evocan: los curas marxistas, por ejemplo. La huachafería ofrece una perspectiva desde la cual observar y organizar el mundo y la cultura. Argentina y la India (si juzgamos por sus películas) parecen más cerca de ella que Finlandia. Los griegos eran huachafos y los espartanos no; y entre las religiones, el catolicismo se lleva la medalla de oro. El más huachafo de los grandes pintores es Rubens; el siglo más huachafo es el XVIII, y, entre los monumentos, nada hay tan huachafo como el Sacré Cœur, en París, y el Valle de los Caídos en España. Hay épocas históricas que parecen construidas por ella: el Imperio bizantino, Luis de Baviera, la Restauración. Hay palabras y expresiones huachafas: *prístina, societal, concientizar, mi cielo* (dicho a un hombre o a una mujer), *devenir en, aperturar, arrebol*.

Lo que más se parece en el mundo a la huachafería no es la cursilería, sino lo que en Venezuela llaman la *pava*. (Ejemplos de la *pava* le leí una vez a Salvador Garmendia: una mujer desnuda jugando billar, una cortina de lágrimas, flores de cera, peceras en los salones). Pero la *pava* tiene una connotación de mal agüero, anuncia desgracias, algo de lo que, afortunadamente, la huachafería peruana está exenta.

Quiero aclarar que he escrito estas modestas líneas sin arrogancia intelectual, sólo con calor humano y sinceridad, pensando en esa maravillosa hechura de Dios, mi congénere: ¡el hombre!

XXVII

—O sea que publicaste tu libro, compadre.
Y Lala y yo ni siquiera nos enteramos —protestó
Toni Lagarde.

—En verdad, no les avisé de la presentación
porque no quería hacerlos ir hasta el Ministerio de
Educación —dijo Toño Azpilcueta—. Prefería venir personalmente y traerles un ejemplar de regalo.
A ver qué les parece.

Estaban paseando por la avenida Arica, despacio porque Toni andaba con bastón, yendo hacia el
monumento a Bolognesi, la avenida Brasil y sus
autos y colectivos interminables. Ya hacía menos
frío y la avenida estaba llena de transeúntes, muchos paseando como ellos dos.

—Tendré una pelea con Lala a ver quién lo lee
antes —dijo Toni.

Las calles estaban recargadas de gente y tenían
que apartarse a veces para dejar pasar a esa multitud. Toni Lagarde tentaba con el bastón el suelo
que pisaba. Caminaba sin prisa, dando largos pasos, todo lo que le daban las piernas. Vestía con
mucha sencillez. Un pantalón que se notaba muy
ligero, y una camisita lavada y relavada, de mangas
cortas. Procuraba evitar los agujeros, que en esa
avenida Arica abundaban, entre las casas sencillas,
de grandes ventanas, y chocar contra la gente que
venía en sentido contrario. Toño le iba contando la

escena en el Palermo con los dos hombres que hablaban de su libro, y cómo uno de ellos había dicho que el autor de *Lalo Molfino y la revolución silenciosa* debía estar un poco loquibambio. Veía a la gente que caminaba por la avenida Arica, y se decía que todos ellos, por distintos que fueran, podían sentirse parte de una misma familia. Ésa, le insistió a Toni, sería su contribución a la historia del Perú. Estaba dejando un libro en el que demostraba que la música criolla podía doblegar prejuicios y abrir las mentes y los corazones. Si la música los había unido a él y a Lala, ¿por qué no iba a hacer lo mismo con los demás compatriotas? Podría parecer una idea excéntrica, pero desde luego no era una ocurrencia. Llevaba toda su vida pensando en ello, y estaba seguro que una vez que se empezara a leer su libro lloverían las demandas de una educación musical en las escuelas que familiarizara a los infantes, desde el inicio de su existencia, con las arterias de la nacionalidad. Se les enseñaría a tocar instrumentos, a cantar el repertorio de los temas clásicos; habría clases de bailes, marineras, valses, polcas, que reconciliaran las diferencias, los abismos sociales, e hicieran que más ricos blanquiñosos como Toni se unieran felices con negras pobretonas como Lala o viceversa, mujeres blancas y ricas cayendo en los brazos de hombres negros, cholos, indios tan pobres como el mismo Toño.

Toni lo oía en silencio, hojeando el libro que llevaba bajo el brazo cada vez que su amigo mencionaba alguna de las hipótesis que desarrollaba en sus páginas. No había querido decir nada, pero Toño le preguntaba sistemáticamente si no tenía él la razón, si no era evidente que la solución a los problemas del país, más ahora cuando parecía que acabaría la guerra contra Sendero Luminoso, pasaba por despertar ese amor por la patria compartida que expresaban los valsecitos y la música criolla en general.

—No lo sé, Toño, lo que nos pasó a Lala y a mí fue excepcional —dijo Toni por fin—. Cosas del amor, que siempre es tan misterioso. No sé si somos un ejemplo de algo. Nosotros vivimos la vida que quisimos, supongo que los demás también lo hacen.

—Los otros son esclavos de sus prejuicios —protestó Toño Azpilcueta—. Los únicos libres de verdad han sido ustedes. La música les abrió los ojos, los concientizó.

—No digo que te equivoques —dijo Toni, tratando de serenar a su amigo—. Es una teoría, como existen muchas otras. Recuerda la de los apristas. Que fuera la clase media la que unificara al Perú. Y a América del Sur. El sueño de Bolívar. Sólo que, debido a los militares, a Haya de la Torre nunca le salió redondo aquel esquema.

Toño se llevó la mano a la espalda precipitadamente, como si una mano invisible le hubiera hecho una llave, y se rascó con impaciencia. De pronto la avenida Arica le parecía un lugar hostil, lleno de escondrijos donde podrían criar sus camadas miles de ratas y ratones. Le propuso a Toni que mejor regresaran a su casa para comer unos chancays con la mermelada de membrillo de Lala.

—Apenas supimos que ibas a venir, Lala empezó a buscar membrillos —dijo Toni Lagarde, sonriendo—. En esta época es muy difícil encontrarlos. Menos mal que los consiguió. Sólo la prepara cuando vienes, la verdad.

—Ustedes son una pareja excepcional —insistió Toño Azpilcueta—. Han sido los héroes de este ensayo. Están por todas partes, en casi todas sus páginas. Son un ejemplo de lo que deberíamos ser el resto de los peruanos.

Caminaron de regreso, acelerando el paso, confiando en llegar a la casa de Toni y Lala antes de que descendiera el sol.

—¿También piensas que estoy un poco loquibambio, como el señor elegante que se burlaba de mí en el Palermo? —preguntó Toño, impaciente, rascándose las piernas.

—¿Cómo se te ocurre, Toño? Nada de loquibambio, eres un idealista, eso sí, y no tiene nada de malo.

El té ya estaba preparado en la salita que hacía también las veces de comedor. Lala acababa de disponer las tacitas —él, Toño Azpilcueta, lo tomaba siempre con unas gotitas de leche— y allí estaban los chancays, calentitos, con la mermelada de membrillo.

—Toño nos ha regalado su libro —dijo Toni a Lala—. No sabes qué bonita dedicatoria nos ha puesto. Según él, somos un ejemplo que deberían imitar el resto de los peruanos.

—¿No ves? Yo te lo digo siempre, Toni —soltó Lala, en un tono burlón, a pesar de las miradas que le lanzaba su esposo—. Somos un modelo, sólo que tú no me crees.

—Lo son —aseveró Toño, solemne—. Es muy serio lo que digo. Por la manera en que han vivido.

Siendo felices sin buscar la felicidad. Yo creo que son un ejemplo, sí. Aquí y en cualquier parte. Aunque suene un poco tonto dicho de esta forma. La verdad, nunca he conocido una pareja como ustedes. Son para mí el modelo de familia que deberían imitar todos los peruanos. Y no sólo porque se casaron desafiando a las clases sociales y los prejuicios que tenemos todos en este país, sino por la manera como han durado. Siendo felices con lo que tenían, sin aspirar a más. Un ejemplo para todos los peruanos, repito.

—Pero si tú y Matilde son mejor pareja —bromeó Lala—. Yo no me aguanto a éste.

—No, no es verdad —dijo Toño Azpilcueta, bajando la mirada, recostándose en una silla.

Y no lo era porque entre él y Matilde se había abierto ese abismo que separaba a las parejas que no disfrutaban juntos de las cosas buenas de la vida, como la música, y en cambio destinaban sus horas a luchar por una supervivencia siempre precaria. Además, ¿no se aprovechaba Toño del esfuerzo de Matilde, que se mataba lavando y zurciendo mientras él fantaseaba con Cecilia Barraza? A él y a su mujer, en lugar de unirlos, la música criolla tal vez los había separado. Mientras más trabajaba Toño en su libro y más horas pasaba en la Biblioteca Nacional, más horas tenía que dedicar Matilde a buscar con qué mantener la casa, a sus dos hijas y a él mismo. Ella se partía el lomo y él sólo acariciaba una fantasía: que su libro lo pusiera al mismo nivel de Cecilia Barraza y que su prestigio venciera esas resistencias que le impedían a ella verlo como una máscula opción de espécimen peruano, apetecible para el ayuntamiento carnal y apto para acompañarla en el camino de la vida.

Una nube ensombreció el rostro de Toño, que ya no parecía disfrutar tanto de los chancays con mermelada de membrillo.

—Lo mejor de todo —añadió con un tono entre solemne y sombrío— es que ustedes ni se percatan que son felices.

Habría querido añadir que ellos, a diferencia de él y Matilde, habían aprovechado el amor que se tenían para adaptarse a todo lo que habían enfrentado; es decir, los prejuicios de la gente, la pobreza, la vida modesta que habían tenido. Y todo lo habían sobrellevado gracias a su amor, perenne. Quizás ése era el secreto que les permitía resistir todas las pellejerías que habían tenido que soportar.

Lo confirmó a lo largo de la tarde, cuando la conversación se desvió hacia las cosas que pasaban en el Perú. Hablando de los atentados terroristas, de la pobreza en la sierra o de cualquier otra noticia, Toño Azpilcueta se daba cuenta de que aunque Toni y Lala se alarmaban, en verdad estaban defendidos contra cualquier eventualidad o sobresalto por esa solidaridad que se tenían entre ellos, gracias al amor. Sobre eso resultaba difícil legislar. No se podía exigir a nadie que se enamorara para siempre, como había ocurrido con ellos. Lo más común era que los amores fueran transitorios, que uno conociera a gente diversa, y que se fuera enamorando, cambiando de pareja. Eso era lo natural. Lo excepcional era el caso de Toni y Lala. Toño habría querido que las cosas fueran más sólidas y duraderas, incluyendo su relación con Matilde. Pensó que tal vez debía moderar el planteamiento de su libro, mostrarse menos optimista, menos convencido. Se despidió algo taciturno de Toni y Lala y cuando llegó a su casa se enteró de que el señor Cabada, su editor, lo necesitaba con urgencia.

Desde la pulpería de su compadre Collau le devolvió la llamada. Al otro lado de la línea, Cabada lo recibió exaltado. Lo había estado buscando desde hacía algunos días, incluso le había dejado mensajes en casa de su amigo Collau, pero probablemente las chiquillas se habían olvidado de dárselos.

—Pero ¿qué es lo que pasa, señor Cabada? ¿Va todo bien con el libro? —preguntó intrigado.

—Se han agotado los dos mil ejemplares que editamos. Por lo menos así parece. Necesitamos hacer una segunda edición. He recibido muchas cartas de los libreros pidiéndome más libros. Pero no hay. Editamos sólo esos dos mil, ¿no lo recuerda? Pues volaron.

El antiguo librero hablaba con entusiasmo. Toño oía todo eso y era música para sus oídos. No podía creerlo, no sabía qué decir.

—Aprovecharé para corregirlo un poco, señor Cabada. Hay muchas erratas en esta primera edición, me parece, y tal vez deba revisar alguna idea.

—Ni de a vainas —dijo el antiguo librero, que parecía muy excitado—. Vaya usted corrigiéndolo, si quiere. Pero para futuras ediciones. Esta segunda hay que sacarla de inmediato. El libro va estupendo. Libreros de provincia me han escrito, le digo. ¿Nos podemos ver pronto? Cuanto antes. Tengo un nuevo contrato preparado que me tendría que firmar. Y, además, se ganará usted unos solcitos.

¿Nos vemos el lunes a eso de las diez de la mañana en el Bransa de la plaza de Armas? Perfecto. Hasta entonces. Ah, y felicitaciones, sobre todo. Su libro está vendiéndose muy bien, mucho mejor de lo que parecía.

Cortó y Toño Azpilcueta sintió que aquellos animalitos le recorrían todo el cuerpo. Ahí estaban, pues. Debía estar exaltado y aterrado con la noticia. ¿O sea que su libro se había vendido bastante bien? ¿Que los dos mil ejemplares que editó el señor Cabada se estaban agotando? Eso es lo que había dicho el editor en el teléfono. Quiso contárselo a Cecilia Barraza, pero hablar con ella significaba escribirle una cartita a su casa y citarla en el Bransa para dentro de dos o tres días, y él necesitaba ahora mismo desfogarse con alguien, así fuera su compadre Collau, así fuera su esposa Matilde. Sí, hablaría con ellos, les contaría y seguramente su compadre sacaría otra botella y lo llenarían de cariño, pero de todas maneras le mandaría esa cartita a Cecilia Barraza y la citaría para el jueves. O mejor para el viernes, que era un día para ella con menos compromisos.

XXVIII

Había unas mil quinientas lenguas, jergas y vocabularios en América Latina, aunque algunos filólogos hacen subir este número hasta cinco mil y otros se quedan en unos dos mil o algo más. En todo caso, es claro que los americanos no se entendían entre ellos y por eso se entremataban en guerras locales o continentales. Ésa fue la América Latina con que se encontraron los primeros conquistadores españoles: una orgía de sangre por las mil batallas que soportaba.

Sobre ese piélago de lenguajes, vocabularios y jergas en distintos niveles de desarrollo, el español cayó como un rocío que los integró todos y desde entonces los americanos dejaron de matarse y empezaron a convivir, más o menos pacíficamente. Eso sí, olvidando las asonadas militares y las dictaduras del siglo XIX, que siempre fueron violentas y desastrosas para el porvenir de aquellos países, es decir, los nuestros.

Lo mejor que pudo haberle pasado a América Latina fue esa unificación de la lengua gracias al español, que ahora permite entenderse a los latinoamericanos desde México hasta la Argentina, con la excepción del Brasil, donde, sin embargo, cada día más gente lo habla. Ésta es una lengua que crece y se expande por el mundo sin que gobierno alguno, entre todos los países que hablan el español, haya hecho nada para lograr esa difusión. Ha sido el propio idioma, gracias a su sencilla compostura, a la claridad de sus estructuras y a la facilidad de su expresión oral, el que se ha ido abriendo camino y extendiendo por el mundo por obra de los inmigrantes, hasta ser cientos de millones de personas las que hablan el español hoy en día.

Luego de México, que es el primer país, los Estados Unidos serían el segundo, con más de sesenta millones que hablan o chapurrean el español. Aunque sobre esto hay discusiones; algunos precisan que los hispanohablantes que viven en los Estados Unidos pierden el idioma poco a poco y lo reemplazan por el inglés. Nada está demostrado al respecto. Entiendo que hay familias en las que el español se amarra con fuerza al linaje, como la uña a la carne, impidiendo que se pierda en las siguientes generaciones.

Es decir, que la conquista y el dominio de España sobre América Latina tuvo por lo menos un beneficio: el idioma español, que materializó la hazaña de integrar al continente, al menos en su manera de hablar y de pensar. ¿En qué otra parte del mundo se puede viajar de extremo a extremo, entendiendo todo lo que dicen las personas de esos países y haciéndose entender? ¿En África, en el Oriente? En Europa, por ejemplo, hay que aprender idiomas o quedarse mudo si uno sale de su propio país.

Otros dicen que no ha sido la lengua sino el cristianismo la mayor justificación de la conquista. Y que España ha sido la única en admitir, gracias al padre Bartolomé de las Casas y otros como él, una discusión en la Universidad de Salamanca sobre si los indios tenían alma o no la tenían y por lo tanto eran como los animales de los bosques. Aquella reunión, en gran parte debido al extraordinario De las Casas, zanjó la cuestión. Los prelados decidieron, por votación unánime, que los indios sí tenían un alma y, en consecuencia, debían ser protegidos e instruidos en la verdadera religión.

Se preguntará el lector si el autor de estas páginas es católico, y como respuesta tendré que hacer una confesión. A pesar de que algunos días en que pienso en la muerte y en las ratas que vendrán a devorar mi cadáver me empavorezco y rezo y creo en la religión en la que me instruyeron los hermanos del colegio de La Salle, muchas veces me digo que aquellas historias de la Biblia han sido concebidas para gentes incultas y que las personas leídas no pueden creerlas ciegamente. ¿En qué creo? A ratos sí y a ratos no, en Cristo y en la Virgen María, en la pasión y muerte de Cristo, aunque ahora tengo muchas dudas al respecto. No me convence para nada la forma en que la Iglesia católica ha ido creciendo y expandiéndose por el mundo, con mil y una prohibiciones. ¿No decía don Gonzalo Toledo, en su libro *Déjame que te cuente*, que la Iglesia católica estuvo a punto de excomulgar el vals peruano porque en el baile el varón rozaba con la mano la espalda de su compañera de danza?

En todo caso, es un hecho que los seres humanos viven mejor con la religión que sin ella. El cristianismo ordena toda aquella dispersión bárbara y crea un denominador común para los latinoamericanos, tan diferentes entre sí. ¿Es mejor que exista el cristianismo, pues? Sin duda, pero sin meterse con la música criolla, en un régimen de libertades en el que sean lícitos la picardía, el gracejo y la mano en la espalda. A ratos esas creencias de mi infancia y juventud lasallista vuelven a atraparme, pero tal vez en el fondo soy un ateo. No estoy nada seguro de que existan el purgatorio y el infierno, y sobre todo que Dios condene a la eternidad a ciertas gentes a quemarse y recibir las torturas de los demonios por un hecho a menudo simplísimo, como olvidar una misa. Ésas son creencias medievales que no se sostienen en pie en estos tiempos modernos.

Por otra parte, no me resigno a que para los seres humanos —tengan un alma o no— todo termine en esta vida, y luego de su muerte desaparezcan hasta convertirse en un montoncito de huesos. Pero la idea de un alma que sobreviva a los cadáveres se me hace difícil de tragar. O sea que algunos días creo y otros descreo de esas cosas que me enseñaron mi padre, que, como buen italiano, fue muy creyente, y los hermanos en el colegio de La Salle de la avenida Arica, en el centro de Lima.

¿O sea que el español y la religión católica justifican la conquista? No, no es tan fácil decidirlo, amigos míos. Si los ingleses hubieran conquistado América, la habrían despoblado luego de gigantescas matanzas, como hicieron en los Estados Unidos. Y los indios americanos serían, como los apaches y los pieles rojas, una mera supervivencia. La verdad es que España construyó iglesias, creó universidades, imprentas, tribunales; dio desde el principio de la conquista a América Latina la importancia de una duplicación idéntica a España en los territorios conquistados. Se crearon virreinatos y capitanías generales, y, por supuesto, también la siniestra Inquisición con sus fanáticos torturadores, igual que en España.

Aunque los encomenderos constituían una raza horrible y explotadora, los reyes de España y sus asesores trataron de mitigar los excesos y atropellos de aquéllos contra los indios, consiguiendo, eso sí, que los encomenderos se levantaran y desafiaran a los reyes de España, contra los que entablaron guerras feroces. ¿No había ocurrido en el Perú? Esto hizo que las leyes que guiaron la política hacia los indios se extendieran y agravaran, con lo que éstos murieron como moscas sin llegar a extinguirse. Ahora es la segunda clase desfavorecida, a la que hay que levantar y llevar al poder.

XXIX

Toño Azpilcueta se deslizó por los pasillos del Bransa de la plaza de Armas hasta la mesa que solía ocupar cuando salía de la Biblioteca Nacional. Se había puesto el mismo terno y la misma corbata que había usado en la presentación en el Ministerio de Educación. Lamentaba no haber invitado a Cecilia Barraza al acto en el que había explicado con tanta claridad y entusiasmo las ideas de su libro. De haberlo oído ella ese día, ¿habría alumbrado, así fuera en lo profundo de su mente, la posibilidad de verlo como algo más que un amigo? Cecilia Barraza lo conocía como el escritor de esas notitas efímeras que publicaba en revistas sin mayor trascendencia más allá del mundo de la música criolla, con muy poco, incluso nulo, impacto en la opinión pública. Pero ahora Toño Azpilcueta era el autor de un libro que había agotado una edición entera y que se discutía en los cafés de Lima. ¿No lo cambiaba eso todo? Cecilia Barraza ya no se iba a encontrar con ese desconocido que secretamente anhelaba convertirse en un intelectual de la élite, sino con el escritor que estaba transformando la mentalidad del Perú. Porque eso es lo que empezaría a ocurrir, estaba seguro. Sus ideas acabarían siendo tema de debate en la universidad, en la prensa, en los cafés, hasta en los clubes sociales, y su nombre no tardaría en brillar tanto como el de los más importantes músicos peruanos.

Al ver que Cecilia Barraza entraba al Bransa y lo reconocía, se puso de pie, se alisó el saco del terno y levantó coquetamente la mano para saludarla.

—¿Por qué me pediste que viniera así, a la carrera, Toño? —preguntó Cecilia, dándole un beso en la mejilla, antes de sentarse.

—Siempre celestial, Cecilita, intocada por la fealdad humana —dijo él, sonriéndole.

—Olvidaba que a ti te gustan esas huachafadas —se rio Cecilia Barraza—. Debes tener muy buenas noticias para estar tan ocurrente y elegante.

—Se ha terminado la primera edición de mi libro y el editor va a hacer una segunda —dijo Toño Azpilcueta—. Quería contártelo en persona.

Cecilia Barraza advirtió que los ojos de Toño chisporroteaban, que su voz había adquirido un tono extraño y que en sus labios se dibujaba una sonrisita igualmente extraña.

—Te veo muy contento, y me alegro —le dijo—. Pero espero que la fama no se te suba a la cabeza.

—Soy y seré el mismo siempre —afirmó Toño Azpilcueta, y estiró su mano para rozar la de Cecilia Barraza—. Si tú no quieres que cambie, nunca cambiaré.

—Pues yo te encuentro muy cambiado —dijo Cecilia Barraza, retirando la mano y escondiéndola debajo de la mesa—. Tú y yo somos sólo amigos, Toño, no lo olvides.

—Dejémonos de hipocresías. Eso era antes. Ahora que soy un intelectual de verdad puedo aspirar a mucho más.

Toño Azpilcueta se levantó de su silla, con un movimiento veloz, y trató de besar en los labios a Cecilia Barraza. Ella abrió muy grandes los ojos y retiró el rostro. Casi sin pensarlo, su mano salió de debajo de la mesa y se estrelló contra la mejilla de Toño. No fue una cachetada sonora ni fuerte, apenas lo rozó y sólo los clientes de la mesa de al lado se dieron cuenta. Toño volteó a verlos, sintiendo que el rostro se le enrojecía. El ardor empezó a bajarle por el cuello hasta convertirse en picazón. La sensación fue descendiendo por sus brazos y su torso y espalda hasta las piernas. Comenzó entonces a verlas por todas partes, gordas, bizcas, con los dientes salidos. Bajo la mesa de al lado, en el pasillo que se formaba entre las mesas del Bransa, saltando de la cabeza de Cecilia Barraza a las sillas vacías. No se aguantó las ganas y se rascó el cuerpo con vigor. Se remangó el terno y se abrió la camisa para pasarse las uñas por la piel y quitarse de encima esos animales repugnantes que ahora lo rodeaban y se le subían por las piernas.

Cecilia Barraza observaba desconcertada la actitud de Toño Azpilcueta. No entendía qué le ocurría. Ni ella ni los otros comensales del Bransa, que empezaban a inquietarse con la presencia de ese hombre que no paraba de rascarse y que pateaba el aire como si fuera Héctor Chumpitaz despejando un balón del área.

—¡Toño! —dijo Cecilia Barraza—. ¿Qué te ocurre? Cálmate, por favor.

—No las ves, ¿verdad? —dijo Toño Azpilcueta—. Están por todas partes. Yo sé que no las ves, nadie las ve, pero ahí están.

Cecilia Barraza se dio cuenta de que algo le estaba pasando a su amigo y que debía reaccionar con rapidez, antes de que todos los clientes se alarmaran y el episodio acabara en un escándalo monumental. Con mucha agilidad, tomó a Toño del brazo y lo arrastró fuera del Bransa, hasta la plaza de Armas, por debajo de unos grandes balcones de madera oscura. Lo obligó a sentarse en una de las bancas, junto a las palmeras que se elevaban en medio de la plaza, y le pidió que le explicara qué estaba sucediendo.

Toño se seguía rascando, arrugando la cara, cerrando los ojos, aunque ya con menos desesperación.

—Me ocurre desde chico —dijo—. Me pasa cada vez que estoy excitado. Como si tuviera unas ratas mordisqueándome la espalda. Tengo ganas de quitarme la camisa, el pantalón. Y rascarme hasta morir. No se lo he contado a nadie. La primera persona que lo sabe eres tú. Ya no sé qué hacer, Cecilia. Estoy angustiado. Porque esas ratas no existen, las he inventado yo mismo. Me he pasado los años así, desde niño, inventándome esos animalitos. Y desesperado por la picazón. No puedo más.

Cecilia Barraza le dijo que no se preocupara, que ella podía ayudarlo. Levantó la mano para detener un taxi y al conductor le pidió que los llevara a San Isidro. Toño seguía rascándose las piernas y la espalda. Esta última era más difícil porque las manos no le daban para alcanzarla, pero iba frotándose contra el espaldar del asiento y eso le hacía bien, por lo menos le rebajaba la picazón. Cuando, luego de una infinidad de tiempo, el taxi paró, Cecilia pagó la carrera y, volviendo a sujetar a Toño del brazo, lo arrastró hasta un edificio que parecía recién construido.

El consultorio del doctor Quispe estaba en el cuarto piso y tenía vistas sobre unos jardines, desiertos a esta hora. En medio había una fuente, de la que salía el agua por algunos tubos invisibles. Una enfermera los hizo pasar a una sala de espera, en la que se quedó acompañando a Toño mientras Cecilia entraba a la oficina a hablar con el médico. El psiquiatra llevaba un guardapolvo blanco que parecía recién planchado, besó a Cecilia en la mejilla, con una confianza que delataba una larga historia de complicidades, y cerró la puerta. Unos minutos después llamó a Toño Azpilcueta y lo invitó a sentarse en un sillón muy amplio y cómodo. Inclinándose sobre él y de manera muy seria, le dijo:

—A ver, amigo, cuénteme de esas picazones que lo torturan. Hábleme de esas ratitas que se inventa desde que era niño.

Atorándose, sintiéndose cada vez más ridículo y desesperado, Toño habló. Cecilia se había quedado a cierta distancia y los miraba con cara preocupada. Cuando Toño calló, el doctor Quispe dio unos pasos, habló con la enfermera y ésta, asintiendo, partió de inmediato. Unos segundos después volvió con unas pastillas y un vaso de agua cristalina.

—Tómese esto, que le quitará esas molestas picazones. Venga, venga por acá.

Los condujo a él y a Cecilia a una salita contigua, donde les indicó que se sentaran. Él también se sentó, frente a ellos, en unos sillones muy nuevos, de maderas relucientes y con unos almohadones de color verdoso, con figuras egipcias.

—Lo que usted tiene es una obsesión. De niño debió de haber asociado las ratas a una sensación negativa. Puede que hubiera sido el temor al fracaso, o al abandono, o a los desconocidos. A cualquier cosa. Al rechazo, quizás. Ya lo iremos desentrañando. De ahí viene esa picazón que lo turba, que lo angustia, seguramente en los momentos más difíciles para usted. —El doctor Quispe hizo una mueca despectiva con la boca—. Créame que su caso no es nada excepcional. Más bien, le diría que es bastante extendido en esta Lima donde vivimos. ¿Se siente usted mejor? Esas pastillitas eran, simplemente, para tranquilizarlo.

Toño lo escuchaba sin atreverse a mirarlo a los ojos. Asentía como un niño que acababa de recibir un regaño, y se arrepentía de haberse tomado esos atrevimientos con Cecilia.

—En esta ciudad hay muchas personas que padecen su mismo mal, no se preocupe —seguía hablando el psiquiatra—. Y en todo el mundo, no sólo en Lima. Hombres, mujeres, ancianos, niños. Con un poco de paciencia, en unas cuantas sesiones, le puedo asegurar que se curará. Puede usted estar tranquilo. No es nada grave, por lo demás.

—Yo pagaré esa cuenta. Toño Azpilcueta y yo somos muy amigos —dijo Cecilia, adelantándose—. Y, además, yo lo he traído aquí, a tu consultorio.

—Tú siempre trayéndome pacientes, Cecilia, para que no me muera de hambre —bromeó el doctor Quispe. Era un hombre suave y elegante, con una cabellera plateada y una dentadura perfecta. Sonreía todo el rato, con amabilidad. Pero había en su mirada algo penetrante que incomodaba a Toño.

Sintió que se moría de vergüenza. ¡Qué espectáculo había dado, rascándose de ese modo! Ahora que había desaparecido la picazón, se notaba un poco mareado y tenía mucho sueño. No pudo ocultar un bostezo largo, larguísimo.

—Si quiere, puede descansar unos minutitos en la sala de espera mientras yo hablo con Cecilia. Tal vez la pastilla le ha dado somnolencia, es normal que ocurra.

Toño salió cabizbajo, sin decir nada, y se resignó a esperar a que ese doctor elegante coqueteara con Cecilia delante de sus narices. La culpa por el espectáculo que había dado lo hacía sentir cada vez peor. Cerró los ojos y se recostó en el sillón, y cuando los volvió a abrir —tal vez se había quedado dormido unos minutos— ella y el doctor Quispe estaban de pie, junto a la puerta, como despidiéndose. Toño se puso de pie también, de inmediato.

—¿Se siente usted mejor? —dijo el médico, mirando su reloj.

—Sí, mucho mejor, doctor. No sabe cuánto lamento haberle causado esta molestia.

—No es nada —dijo el doctor Quispe—. Ya nos pusimos de acuerdo con Cecilia. ¿Puede usted venir los jueves por la tarde, a eso de las siete? Para acabar con esas ratas, que no existen, y que se ha inventado usted mismo.

Toño Azpilcueta no sabía dónde meterse. Pensaba: ¡qué vergüenza que Cecilia haya pagado esta cuenta! ¡Qué vergüenza, Dios mío! Y, sobre todo, que él no pudiera pagarle, porque sólo tenía en el bolsillo lo que, calculaba, sería la cuenta del Bransa. Y este doctor, tan elegante, debía cobrar carísimas las consultas.

—Bueno, le agradezco mucho, doctor. ¿El jueves, me dijo? Sí, sí, aquí estaré.

—Perfecto —dijo el doctor Quispe, tendiéndole una mano. Volvió a besar a Cecilia en la mejilla y les abrió la puerta, despidiéndolos.

—Me muero de vergüenza contigo, Cecilia —dijo Toño, mientras esperaban el ascensor—. Has pagado el taxi, has pagado también la consulta del médico. ¿Me quieres decir cuánto te debo?

—No me debes nada, Toño. Para qué están los amigos, si no. No te preocupes.

—Amigos, sí —repitió él, y se quedó en silencio un rato, mirando cómo se iban iluminando los números del ascensor—. Lo que te dije antes en el Bransa...

—No te preocupes. Cuando te pones huachafo te dejas llevar por el sentimentalismo —se rio Cecilia—. No tiene nada de malo, ya está todo aclarado.

Salieron del edificio y Cecilia, con algo de prisa, le echó una de esas deliciosas sonrisas que tenía, le hizo un adiós con la mano y subió en el primer taxi que pasó. Toño permaneció en la vereda, tratando de recordar la dirección del consultorio del doctor Quispe. Allí volvería la siguiente semana, y no porque quisiera sino porque tenía que curarse de su obsesión con las ratas. De paso, también, de su obsesión con Cecilia Barraza.

XXX

Aquí va otra de mis confesiones, paciente lector: no guardo gran simpatía por el Tahuantinsuyo, el Imperio de los incas. Aunque me siento orgulloso de su existencia y del dominio que en su
corta vida, unos cien años, impuso sobre Ecuador
y Bolivia, y parcialmente sobre Chile y Colombia,
llegando incluso hasta los alrededores de Argentina
y Brasil, hay algo en ese pasado que me molesta: el
sistema que idearon los emperadores del Cusco para
tratar a su gente díscola, a los que murmuraban
contra las instituciones del Imperio y podían ser,
más tarde, seguidores de los líderes disidentes. Ese
sistema se conoció como los *mitimaes*, que probablemente se podría traducir del quechua como ex-
patriados o desarraigados, y consistía en que a
aquellos descontentos menores los sacaban del
Cusco y los confinaban en regiones o pueblos leja-
nos, donde, como era lógico, se sentían extraños,
acaso ni hablaban el idioma local, y debían trabajar
rodeados de gente que los despreciaba, sabiendo
que aquello no tendría fin y que serían enterrados
allí, en medio de una muchedumbre desconocida.
Los historiadores y antropólogos descubrieron los
mitimaes siglos más tarde, cuando advirtieron en
Áncash o Ayacucho, a decenas de kilómetros del
Cusco, que la lengua de algunos sobrevivientes era
el quechua cusqueño o central, muy diferente del

quechua local, y así fueron estableciendo que el Tahuantinsuyo exiliaba a sus disidentes, enquistándolos en tierras lejanas, en las que apenas podían comunicarse y trabajar, hasta la hora de su muerte.

Siento una rara solidaridad con aquellos cientos o miles de hombres y mujeres desarraigados de su hábitat y condenados por el poder a vivir ejerciendo trabajos que nada tenían que ver con aquellos a los que estaban acostumbrados. Me conmueve la tristeza y melancolía que debieron de sentir aquellos hombres y mujeres, considerados a menudo injustamente disidentes del Imperio sin serlo y condenados a vivir años de años a leguas de su tierra, en mundos diferentes y a menudo hostiles. ¿Qué podía hacer un cusqueño confinado en Áncash, Tumbes o Cajamarca? Aquella soledad, aquel destierro, no debía ser muy diferente a la condición existencial de Lalo Molfino, arrojado por sus padres a un basural de Puerto Eten para que se lo comieran las alimañas. La tristeza peruana, la gran característica presente en casi todos los peruanos, tal vez proceda de aquellos exiliados del régimen que debían de vivir sólo de recuerdos.

Los incas no habían enseñado a leer a sus vasallos, temerosos de que los libros escondieran la semilla de la rebelión, porque los libros y las letras escritas son subversivos y malditos para el poder, incluso en aquellos tiempos remotos. En vez de la escritura, impusieron ese sistema administrativo de hilos y nudos, el de los quipus, para recordar cantidades en lugar de palabras, que se habían encontrado por montones en los palacios, administraciones y locales incaicos del Cusco y las principales pro-

vincias del Imperio. No eran propiamente alfabe-
tos, por más que decenas de especialistas se hubieran pasado la vida, en el Perú y el extranjero, tratando
de desentrañar aquella escritura de los quipus, que
simplemente no existía, porque el sistema de hilos
y nudos era sólo nemotécnico, para guardar en la
memoria grandes cantidades de cifras, y que usa-
ban los infinitos administradores de ese gran imperio burocrático que fue el Incario.

Todo aquello tenía que ver con un sistema ver-
tical, preservado con cuidado para que la dictadura
de los incas se prolongara en el tiempo. Pero aquello fue en vano porque estallaron las rivalidades entre el Cusco y Quito, y cuando llegaron los conquistadores el Tahuantinsuyo estaba ya partido en
dos, entre los hermanos enemigos Atahualpa y
Huáscar, que con sus respectivos ejércitos se disputaban el Imperio en batallas siempre feroces. Los
primeros españoles en llegar al Cusco habían visto
esas largas filas de cadáveres crucificados que habían dejado allí los quiteños, luego de asolar la capital del Imperio.

La conducta de Pizarro fue innoble con Atahualpa. Después de secuestrarlo, le prometió liberarlo si
sus huestes llenaban de oro las dos habitaciones y
media de Cajamarca, y cuando el inca lo hizo, in-
cumpliendo sus promesas, lo asesinó. Pero la verdad es que los líderes de los conquistadores también murieron casi todos, como el propio Pizarro,
asesinados a puñaladas por sus compañeros, a causa de su fanática obsesión con el oro —hasta Colón
había sido acusado de amar las piedras preciosas—,
que a los incas sólo les servía para rendir homenaje

a sus dioses, y seguramente no entendían la codicia desesperada de esos barbudos que se traicionaban a diario entre ellos a fin de echar mano de aquellas incomprensibles riquezas.

Tampoco los tres siglos coloniales me despiertan simpatía; ésta es la última de mis confesiones. Ese país lleno de iglesias y conventos, y procesiones y misas, donde los mayores esfuerzos de los españoles consistían en difundir la religión católica, obsesionando y fanatizando a las masas y a sí mismos, no era tan admirable. Los fieles, que eran todos los peruanos, vivían más en la muerte que en esta vida. Es cierto que había entre ellos algunas figuras admirables, y que de esa cultura mutilada y distorsionada de los siglos coloniales habían surgido algunas personas de verdad cultas, como don Pedro Peralta y Barnuevo, pero esa cultura hecha de erudición y fanatismo llegaba sólo a una pequeña minoría, en tanto que las masas vivían en la confusión y la ignorancia, de las que vendrían a salvarlas, tardíamente, el vals criollo y las muchas melodías locales, que convertirían al Perú en aquel país sensible y mezclado que todos anhelamos tener.

¿Sería también éste el sueño de Lalo Molfino? Seguramente Lalo había leído tan poco y era tan ignorante para todo lo que estaba más allá de la música que no habría pensado nunca en ello. Pero de manera intuitiva, con ese sexto sentido que sólo tienen los grandes creadores, los demiurgos que inventan eras, épocas, periodos históricos, no me cabe duda alguna de que alumbró el mismo ideal, la misma visión de aquello en lo que se convertiría su país.

¿Podía la música criolla imprimir ese rumbo histórico? ¿Hacer del Perú, de nuevo, como en el pasado, un país importante, productor de riquezas y de ideas, de historias y de músicas que llegaran a todo el resto del continente, que traspasaran los mares, que leyeran, cantaran y bailaran hombres y mujeres de todo el mundo? ¿Por qué no? El tango lo había conseguido, con Gardel y tantos músicos que ahora son famosos. Si el Perú abandonara su mentalidad de pura supervivencia y se convirtiera en una nación próspera gracias a su música, acaso iría cambiando también su situación dentro del panorama mundial, logrando infiltrarse dentro de ese grupito de países donde todo se decide, la paz y la guerra, las grandes catástrofes o las alegrías que de tanto en tanto vienen a hacer feliz a la gente. Es seguro que yo no lo veré, pero la vida y obra de Lalo Molfino, acompañada de las ideas que aquí han sido consignadas, contribuirán a que así sea. Como los *Siete ensayos* de Mariátegui, o la poesía de César Vallejo, o las tradiciones de Ricardo Palma, este libro que sujetas, lector, en tus manos de peruano amigo, será el punto de arranque de una verdadera revolución que sacará a nuestra patria de su pobreza y su tristeza y la convertirá de nuevo en un país pujante, creativo y verdaderamente igualitario, sin las enormes diferencias que hoy día lo agobian y hunden. Que así sea.

XXXI

El lunes siguiente, Toño Azpilcueta se despertó muy temprano, con las primeras luces; se lavó, se vistió y cuando llegó al Bransa de la plaza de Armas buscó a Antenor Cabada desde la entrada. No había llegado todavía. Se sentó en su mesa y pidió su mate de manzanilla, y para el momento en que apareció su editor estaba tranquilo, bebiendo de su taza a sorbitos. Por lo menos, ahora el estómago no le molestaba. Y las piernas y la espalda tampoco. Aquellas pastillas del doctor Quispe le habían hecho mucho bien. Cómo no le había pedido una receta.

—Aquí te traigo el contrato, para que lo firmes. Y unos solcitos, que nunca te caerán mal, Toño —dijo Antenor Cabada, tuteándolo por primera vez, luego de estrecharle la mano—. Nos estamos atrasando mucho con la segunda edición.

—Necesito unos días para corregir el libro, Antenor, y guárdate los solcitos —replicó él, tuteándolo también por primera vez.

Quería revisar algunos apartes para añadir argumentos que contestaran los comentarios que había oído en el café Palermo aquella tarde, y también para anticiparse a posibles críticas y reafirmarse en sus ideas con mayor determinación.

—Hay que aprovechar el momento, Toño —dijo el señor Cabada.

Era un hombre mayor; vestía muy sencillamente, con una camisita de verano, que no debía protegerlo bien del frío. Que Toño supiera, no tenía mujer ni hijos. Parecía un solitario. Estaba muy bien afeitado, y lo miraba a través de sus anteojos con cierta angustia.

—¿Qué importa que pasen unos días? —preguntó Toño, mirándolo fijamente, poco dispuesto a ceder en sus demandas.

—Esto no ocurre con tanta frecuencia, Toño —insistió el señor Cabada, moviendo los labios y la nariz—. El libro se ha agotado y de aquí a que se distribuya en provincias puede tardar semanas. Tenemos que imprimir la segunda edición. ¿No lo ves, acaso? Los libros que no se vendan ahora, ya no se venderán. Tienes mucha suerte. No ha habido publicidad y, aun así, tu libro se está moviendo. Es indispensable que saquemos la segunda edición cuanto antes, Toño. Puedes ir corrigiendo el original mientras tanto, y lo que cambies aparecerá en la tercera edición.

El exlibrero hablaba con la voz y con las manos.

—Porque habrá una tercera edición, estoy seguro. Si quieres, te lo firmo, Toño. Pero, ahora, hay que sacar la segunda cuanto antes. ¡Créeme!

—No quiero hacerme rico —dijo Toño, sin ironía ni modestia alguna—. Sólo aspiro a que mi libro se lea bien, por las ideas que contiene. Te pido una semanita al menos. Te prometo que el próximo lunes tendrás el manuscrito corregido. Y podrás sacar la segunda edición inmaculada, sin una sola grieta por donde se puedan colar las dudas de los lectores más exigentes.

Antenor Cabada no estaba muy contento, a juzgar por su cara. Su café se había enfriado. Por fin, desistió de seguir convenciendo a Toño. El Bransa se había ido llenando. Toño reconoció a muchos de los clientes; suponía que eran hombres solitarios que venían a tomar el desayuno allí antes de entrar a la oficina. Todos ellos gente de clase media; ningún indio, ni un blanquito, tampoco. Todos morenitos y con los pelos en punta o achatados por la gomina.

—Bueno, bueno, te doy una semana, entonces, Toño. Ni un día más —dijo su editor, con la cara fruncida—. No te olvides que desde que doy la orden a la imprenta pasan entre diez y quince días, a veces tres semanas, para que salga la nueva edición. Así tardan. Y si tienen trabajo los imprenteros, mucho más. Hay que hacer los paquetes, mandarlos a provincias o distribuirlos aquí en Lima. No sé si te das cuenta, Toño. Es una locura perder todo este tiempo. Pero, bueno, te hago caso. Sólo una semanita, sin falta.

Pidió otro café bien cargado, sin leche y caliente, y un chancay con mantequilla, calentito. Toño sentía hacerle pasar ese mal rato. Sin embargo, estaba empeñado en corregir su ensayo. Quería pulir algunas ideas y añadir más ejemplos, quizás algún otro asunto determinante para la cuestión peruana. Más músicos y canciones, y también la religión, era importante hablar de la fe del peruano, y de la afición taurina, y quizás del deporte, sí, del fútbol peruano, de Chumpitaz y sus viejas glorias. Una semana era suficiente, trabajaría de noche añadiendo y redondeando los temas para que cupieran todos.

—Usted siempre quiso ser editor, ¿no es cierto? —preguntó al señor Cabada.

Éste asintió.

—Sí, siempre. La librería, en la que no me fue tan mal, era un camino, nada más. De diez de la mañana a diez de la noche entre los mostradores. ¡Ay, Dios mío! Pero la verdad es que me tomó mucho tiempo poder independizarme. Es muy difícil el oficio de librero en el Perú. Hay muchos gastos, como siempre. Y el fisco se ceba en nosotros, pidiéndonos más y más plata con cualquier pretexto. En fin, júrame que tendrás el texto dentro de una semanita. Ni un día más, Toño. Por favor, por favor.

—Pero ya es usted un editor —dijo Toño—. Y, además, le ha ido bien con el primer libro que edita.

—Parece que la cosa no fuera con usted —dijo Antenor Cabada—. ¿Se olvida que se trata de su libro? Más bien, es una maravilla que se haya vendido tanto, pese a que casi no aparecieron críticas sobre él en los periódicos.

—Sin el casi —lo corrigió Toño Azpilcueta—. No apareció ninguna, que yo sepa. Ninguno de esos intelectuales, ya sabe cuáles, se dignó a señalar sus virtudes. Es un milagro que mi ensayo se haya vendido en provincias. Quiere decir que lo compraron lectores inteligentes.

—Eso mismo, se ha vendido más que muy bien. Te enseñaré algunas cartas de libreros de provincias, para halagar tu vanidad —dijo el señor Cabada, volviendo a tutearlo—. En Trujillo, en Cusco, en Arequipa, se ha vendido mejor que en Lima, me parece. Interesó mucho esa idea que tú promueves, de la música folclórica como un factor de integración en el Perú. Como si los valses, las marineras y los huainitos fueran a crear un país de gentes iguales, donde no habría prejuicios y los blanquitos se casarían con los cholitos, etcétera. ¿Crees de veras en esas cosas?

—¡A rajatabla!

—Yo pensé que lo escribió usted por provocar, a ver si prendía la idea —dijo el exlibrero, usteándolo de nuevo—. Nunca me imaginé que creyera de verdad en eso. Que la música criolla fuera un factor de unidad, en un país donde hay tantas distancias sociales y económicas. Quiero decir, prejuicios raciales, más bien.

—¿Ve por qué es indispensable que corrija mi ensayo? Con esta segunda edición despejaré toda duda en incrédulos como usted —repuso Toño, con firmeza, inclinándose sobre la mesa—. Sé que aún faltan elementos, pero no se preocupe. En una semana usted tendrá un libro que resuelva estas cuestiones.

—Muy bien, muy bien —aceptó el señor Cabada encogiéndose en la silla—. Si quiere añadir algunas páginas, adelante. Yo soy el más interesado en que su libro mejore. Sólo le pido que no me cambie el principal atractivo de su ensayo. No se olvide que lo que más ha interesado a los lectores es justamente eso: la música criolla como factor de integración social. No se le ocurra cambiar eso, por favor.

Toño se levantó y le dijo a su editor que no había tiempo que perder. Salía de ahí directo a la Biblioteca Nacional, en la avenida Abancay, que desde ese momento hasta el siguiente lunes se convertiría en su hogar, en su guarida, en su atalaya. Se despidieron dándose la mano. Antenor Cabada, con un gesto de perplejidad, lo vio marcharse a paso acelerado, dándole patadas al aire, como si estuviera apartando objetos que se cruzaban en su camino.

XXXII

Durante las dos semanas que le tomó corregir su ensayo sobre Lalo Molfino, la música criolla y otros temas que decidió incorporar para la segunda edición, Toño Azpilcueta no fue a las sesiones con el doctor Quispe y ni siquiera se acordó de ellas. De no ser porque Antenor Cabada empezó a reclamarle el texto corregido cuando se cumplió el plazo acordado, no habría vuelto a pensar en él. Pero la presión de su editor alteró sus nervios y le volvió a producir esa picazón intensa que le subía por las piernas, se apoderaba de su espalda y lo forzaba a recluirse en el baño de la Biblioteca Nacional para desvestirse y rascarse hasta sacarse sangre. Entonces recordó esas pastillas milagrosas que le había dado el psiquiatra y decidió acudir a la cita de los jueves.

La enfermera lo recibió con un gesto de amonestación por no haber asistido a las dos sesiones anteriores, y lo hizo pasar a la sala de espera donde había cabeceado la vez que estuvo allí. Toño no alcanzó a sentarse, cuando la misma voz le dijo que ya podía pasar. El doctor Quispe no se puso de pie ni lo saludó. Se limitó a indicarle con las manos que se sentara en la silla donde atendía a sus pacientes.

—Mis más sentidas excusas por no haber venido antes, doctor. La verdad es que me siento mucho mejor. Las pastillas que me dio la vez pasada son todo lo que esta mente necesita —dijo Toño, llevándose el índice derecho a la sien—. Si me da la receta, no me tendrá aquí molestándolo nunca más.

El doctor Quispe elevó el rostro para mirar al techo, con las manos entrelazadas sobre su escritorio, y se quedó unos instantes en silencio.

—Si está de regreso —dijo al fin, midiendo cada una de sus palabras—, debe ser porque le ocurrió algo. ¿Volvió a ver esas ratitas merodeando por algún lado? ¿La picazón, acaso?

—He estado de maravilla, doctor —dijo Toño, fingiendo una sonrisa—. Simplemente me gustaría tener una que otra pastilla de esas que me dio, en caso de que llegara a necesitarlas.

Daba la impresión de que el doctor Quispe no oía, o al menos no les daba importancia a las explicaciones de su paciente.

—Parece claro que son los momentos de tensión, angustia o estrés los que detonan el picor en el cuerpo y esas extrañas alucinaciones que lo asaltan, Toño —dictaminó al cabo, bajando la mirada—. La frustración y la impotencia también, quizás.

—No, no, doctor. No me ha entendido —dijo Toño Azpilcueta, incorporándose en la silla—. No he venido a eso. Le agradezco su interés, pero lo último que necesito en este momento es un galeno auscultando mi psiquis. Con las pastillas me basta y sobra.

—¿Y qué es lo que sí necesita, Toño? —preguntó el doctor Quispe.

—Ya se lo dije, una receta para las pastillas, sólo eso.

—Azpilcueta... —murmuró el doctor Quispe—. Es un apellido vasco, ¿verdad que sí?

—Italiano —respondió Toño—. Bueno, sí, es vasco, pero mi papá era italiano.

—Vasco pero italiano —repitió el doctor Quispe—. Explíqueme eso. Un experto en música criolla y en asuntos peruanos resulta ser hijo de un extranjero.

—No fue extranjero —protestó Toño Azpilcueta—. Se peruanizó como cualquiera. Desde muy niño vivió en el Perú.

Hacía mucho tiempo que Toño no pensaba en su padre, y ahora, por la repentina pregunta del doctor Quispe, no podía sacárselo de la mente. ¿De qué pueblecito de las montañas de Italia venía ese inmigrante? ¿Cómo había llegado al Perú? Recordaba sus palabras, lo que le dijo las pocas veces que habló de sí mismo. Sus padres lo habían traído al Perú muy joven, pero aún guardaba en la memoria la aldea italiana donde pasó su infancia. ¿Un pueblo en Sicilia? Toño no lo sabía, o lo había olvidado. Recordaba a su padre como un hombre severo, que se había dedicado día y noche a trabajar en los ferrocarriles a la sierra. En Chumbivilcas se había casado con su madre, una cholita que lo engreía mucho. A su padre, Toño apenas lo veía y, cuando estaban juntos, él se limitaba a preguntarle cómo le iba con las clases del colegio de La Salle. Conocía mucho a esa congregación. Cerca de su pueblo, en Italia, los hermanos habían instalado uno de sus colegios.

—Habla de él en pasado, lo cual me indica que ya murió —reflexionó el doctor Quispe—. Cuénteme, ¿cómo era su relación con él?

Toño se vio a sí mismo delante del féretro de su padre, extrañando a su madre, que había muerto quince o dieciséis años antes, y sintiéndose más solo que nunca en su vida. Lamentaba no haberse llevado mejor con él. Le hubiera hecho muchas preguntas que ahora lo dejaban en la luna. Cómo había conocido a su madre, por ejemplo, que nunca le hacía escenas de celos y que, a todas luces, se había casado con él sólo porque era italiano y buen mozo. Sabía que a su padre el éxito de su libro le habría importado muy poco. Esas cosas no lo impresionaban, salvo que se tradujeran en dinero. Toño recordaba que a un inspector de los ferrocarriles, compañero de su padre, lo habían ascendido de pronto, por contactos, a las oficinas de la compañía, con un importante sueldo, y varias semanas estuvo hablando de él con envidia y admiración. Por eso, cuando decidió entrar a San Marcos y escoger la profesión más desafortunada —cultura peruana—, y empezó a frecuentar las peñas y las tertulias para conocer y escribir sobre los cantantes y músicos que aparecían en esos programas de radio, su padre entró en cólera. Lo siguió una noche hasta Bajo el Puente, a una peña, creyendo que lo encontraría borracho y perdido, tocando una guitarra o, peor, golpeando un cajón o una quijada de burro. En realidad lo sorprendió tomando notas en uno de sus cuadernos, muy atento, lo cual no impidió que le armara un escándalo por desperdiciar su tiempo y esfuerzo en un oficio de bohemios

muertos de hambre, y para colmo de una huachafería insoportable.

—Buena buenísima —dijo Toño Azpilcueta,
como saliendo de un trance y poniéndose de pie—.
Pero no vine a hablar de eso. La receta, doctor,
deme la receta y no le hago perder más tiempo.

—¿Lo mismo hacía con su padre? —preguntó
el doctor Quispe, descruzando las piernas e inclinándose sobre su escritorio para mirarlo fijamente—. ¿Evadirlo? ¿Huir para no confrontarlo?

—No estoy huyendo ni evadiendo nada —se
molestó Toño, que seguía de pie y empezaba a dar
pasos en una dirección y en otra—. Ocurre que a
usted no le da la gana oír lo que digo.

—Siéntese, Toño, se lo ruego. Sé que quiere
unas pastillas y se las daré. Pero, primero, cuénteme, ¿su madre también evitaba confrontar a su
padre?

—¿Qué tiene que ver mi mamacita con todo
esto? —se desesperó Toño.

Se volvió a sentar e, inmediatamente, sin que
pudiera evitarlo, volvió a su cabeza la imagen de su
madre. Había muerto cuando Toño apenas era un
chiquillo, pero aun así recordó con claridad cómo
le fomentaba el amor a la música criolla. A veces
escuchaban juntos los programas en la radio que
presentaban artistas famosos. Toño podía evocar
aún los nombres de todos esos músicos. Se echaba
en los brazos de su madre y la oía susurrar valsecitos, también huainitos y marineras. Durante esos
instantes se fundía con ella, sentía que era parte de
algo más grande, algo que lo protegía de las cóleras
frías de su padre.

—Me pregunto si esa obsesión, esa fobia que le producen las ratas, no tendrá que ver con el miedo que sintió de pequeño hacia algo —explicó el doctor Quispe, entonando con suavidad, volviendo a cuidar cada palabra.

—Perdóneme lo que le voy a decir, doctor, antes que nada las buenas maneras, lo sé, pero no me deja alternativa: lo que usted me dice es una soberana cojudez —dijo Toño Azpilcueta, enrojeciendo de la rabia.

—No se lo tome así, Toño, sólo hago mi trabajo.

—Yo no vine a que usted se metiera en mi cabeza ni a que jugara con mis recuerdos —levantó la voz Toño—. No le he dado permiso. No lo necesito y no me gusta.

—Lo que le ocurre es normal, se llama negación —explicó el doctor Quispe.

—No me importa cómo se llama. Yo no quiero que me toque nada aquí adentro —dijo Toño, volviendo a señalarse la sien derecha—. No me voy a exponer a que usted mate las obsesiones que han iluminado mi vida y que me han servido para escribir mi libro. Yo atravesé la ciudad entera sólo por unas pastillas, y, como veo que no me las va a dar, pues me voy. Me da igual. No diré que ha sido un gusto. Es usted un confianzudo y un arrogante. ¡Y no tiene ninguna opción con Cecilia Barraza!

Toño Azpilcueta salió del consultorio dando un portazo y no se quedó esperando el ascensor. Bajó por las escaleras, a paso acelerado, y en la calle tampoco se detuvo a esperar un micro o un colectivo que lo llevara de vuelta a Villa El Salvador. Estaba dispuesto a caminar hasta que el cansancio lo venciera. Sólo entonces intentaría descifrar dónde estaba y cómo haría para regresar a su casa.

XXXIII

La segunda edición de *Lalo Molfino y la revolución silenciosa* fue un gran éxito para Toño Azpilcueta. El señor Antenor Cabada tiró cuatro mil ejemplares y aparecieron por lo menos siete reseñas en los periódicos y revistas de Lima, todas favorables. Y lo curioso es que tanto la izquierda como la derecha lo aplaudían. Eso de que la música criolla sirviera para unir a los peruanos les gustaba a todos.

Pero el éxito no sólo eran aquellas reseñas. Toño había tenido una charla con el rector de San Marcos, a pedido de este último, en la que aquel vejestorio que fumaba todo el tiempo le había dicho que el cuerpo de profesores estaba considerando resucitar la cátedra de Quehaceres Peruanos. De sopetón le soltó esa pregunta que lo había tenido despierto varias noches:

—¿Podría usted hacerse cargo de esa cátedra? Tendrá que doctorarse, primero, con esa tesis que arrastra desde hace tantos años sobre *Los pregones de Lima*, que, creo, nunca presentó. Ése era el tema de su tesis, ¿no?

Asintió, sintiendo que su cuerpo subía hasta las nubes. Tendría que revisar aquella tesis, terminarla, presentarla con algunos catedráticos amigos para que la aprobaran, acaso con una promesa de publicación, pues éstas eran las tesis más aplaudidas. Ya se veía dando clases en San Marcos. ¿No era maravilloso lo que le estaba sucediendo? Se había puesto de moda en el Perú. No lo decía él, sino los diarios. Le hacían entrevistas, lo llevaron a la radio, a un programa de televisión temprano en la mañana. Él contestaba las preguntas sobre la uniformidad de sentimientos de los peruanos dándose ínfulas, tocándose la barbilla como si meditara mucho antes de contestar, aunque tenía claras las respuestas. Los periodistas le mostraban simpatía, decían que era muy sencillo pese a su enorme talento.

—Talento, Matilde, eso dicen que tengo. A ratos creo que me voy a despertar y descubrir que todo esto era sólo un sueño.

—No, esto que te está ocurriendo es de verdad. Bueno o malo ya ni sé, pero es de verdad.

El Comercio lo contrató para que escribiera cuatro artículos, resumiendo su libro, por lo que le pagaron cerca de mil soles. Le dijo entonces a Matilde, bromeando, que si las cosas seguían así se cambiarían de casa: ¿le gustaba la idea del compadre Collau de irse a San Miguel? Matilde atendía a los periodistas que llegaban hasta Villa El Salvador con algo de desconfianza. Toño no podía creer que todo aquello estuviera ocurriendo gracias a su ensayo y Antenor Cabada tampoco. Se habían vendido ya cerca de cuatro mil ejemplares de *Lalo Molfino y la revolución silenciosa* y no era imposible, decía el editor, que tiraran una tercera, una cuarta y hasta una quinta edición.

Toño se puso a revisar todo lo que llevaba escrito sobre *Los pregones de Lima* y no encontró el borrador de su tesis doctoral tan desorganizado como temía. Sólo se le habían perdido algunas fichas, que podría rescatar con un poco de paciencia. Ahora, su trabajo en la Biblioteca Nacional, donde seguía yendo, tenía que ver con su tesis. A los pocos meses redondeó esas correcciones y la presentó en San Marcos. ¡Menos mal que no la había roto en pedacitos con el malhumor que le produjo la información del doctor Morones de que San Marcos suprimiría aquella cátedra por falta de alumnos! Habló con algunos amigos en la universidad y consiguió que el decano de la Facultad de Letras nombrara un jurado que lo conocía y lo había leído, de modo que aprobaron su tesis con el calificativo de «excelente» y recomendaron su publicación. Si se decidían a restaurar aquella cátedra, nadie estaba tan bien preparado como Toño Azpilcueta para dirigirla. Se lo dijo aquel rector de San Marcos, que llevaba chaleco y fumaba todo el tiempo y tenía los dedos de la mano derecha manchados de nicotina. También él había asistido, en la Facultad de Letras, a ese doctorado que el jurado había aprobado con la máxima calificación.

A fin de año, el Consejo de la Universidad repuso la cátedra de Quehaceres Peruanos y, por supuesto, se la ofrecieron a Toño Azpilcueta. Éste la aceptó de inmediato y se quedó sorprendido del buen sueldo —muy decente, en todo caso— que le otorgaron por dirigirla. Tenía derecho a un ayudante, además. Toda vez que recibía un pago, Toño Azpilcueta le entregaba a Matilde hasta el último centavo.

La familia comenzaba a prosperar y las monjitas del colegio del Pilar le dijeron un día: «Se está volviendo usted famoso, señor Azpilcueta. ¿No lo nota?». Sí, lo notaba. Porque recibió una carta de una universidad de Chile, la Adolfo Ibáñez, en la que le ofrecían mil dólares y todo el viaje y el hotel pagados por dar una conferencia. Preguntó si podría llevar a Matilde, su esposa, y le respondieron que por supuesto, que su señora sería bienvenida. Aquella invitación lo aterró. Nunca había salido del país y jamás había pensado que pisaría el suelo chileno, y sin embargo unos profesores le ofrecían la oportunidad de hacerlo, interesados en saber si su teoría tendría alcance latinoamericano. Pero verse a sí mismo delante de un público chileno le parecía tan improbable, tan absurdo, que se volvió a angustiar. Las pantorrillas empezaron a arderle, el picor le subió por las piernas y por un momento temió perder los nervios una vez más y empezar a ver ratas por todas partes. Respiró hondo, cerró los ojos para prevenir cualquier alucinación y se recostó un rato. Cuando supo que podía mantener el control, salió de su casa en Villa El Salvador hacia San Isidro, dispuesto a que el doctor Quispe le diera, esta vez sí, como fuera, la receta de esas pastillas que tanto bien le habían hecho. Si tenía que disculparse por haberlo llamado cojudo, se disculparía. Era lo de menos. Para viajar a Chile necesitaba esa receta, no había duda al respecto, no podía exponerse a que los nervios le jugaran una mala pasada en un territorio hostil.

Llegó cuando ya había anochecido, después de dos horas en colectivos, y temió no encontrar al doctor Quispe en su consultorio. Corrió para no arriesgarse, y, cuando estuvo a media cuadra del elegante edificio, se detuvo para tomar aire y asegurarse de que su terno no estuviera arrugado. Entró al edificio con una pareja con la que se cruzó a la entrada y así evitó ser anunciado. Subió hasta el consultorio por las escaleras, y el timbre sorprendió a la enfermera. Le abrió la puerta desconcertada. Ya no llevaba puesto el uniforme y estaba a punto de tomar su bolso y apagar las luces para salir. Reconoció a Toño y por eso lo dejó pasar, advirtiéndole sin embargo que el doctor Quispe se acababa de ir. No recordaba que hubiera pedido cita con él para ese día. Toño le dijo que no importaba, incluso era mejor que el doctor ya se hubiera ido. Sólo quería una cosa, una receta de las pastillas que le había dado aquella vez —¿las recordaba, azulitas, pequeñitas?— que tan bien le habían sentado. Con el nombre del medicamento se conformaba. La enfermera le dijo que no sabía de qué medicamento le estaba hablando, y le aclaró, además, que ella no tenía permiso para expedir ninguna receta. Toño se quedó pensando.

—Creo que podría reconocer el frasco de donde las sacó —dijo—. Permítame entrar al consultorio del doctor y yo mismo lo identifico.

Sin esperar la autorización de la enfermera, Toño entró a la oficina del doctor Quispe. Ella le dijo que no podía pasar y trató de retenerlo, pero Toño la esquivó y se encerró en la oficina del psiquiatra.

—No se preocupe, tan pronto encuentre el frasco salgo —aseguró mientras se acercaba al escritorio del doctor Quispe. Miró a su alrededor, y supuso que en alguno de los cajones debía tener los tran-

quilizantes que les daba a los pacientes que llegaban alterados a su consulta.

—¡Salga de inmediato! Usted no puede entrar
ahí —le gritó la enfermera, tocando la puerta con
la palma abierta.

—Ya voy, no se ponga así, señorita —dijo Toño
Azpilcueta abriendo el primer cajón.

No encontró lo que estaba buscando, pero sí
otra cosa que le hizo olvidar las pastillas que tanto
anhelaba. En el cajón había una copia de *Lalo Molfino y la revolución silenciosa*, con signos de haber
sido leída de principio a fin. Toño la tomó y la
abrió al azar. Lo sorprendieron las anotaciones que,
como ejércitos de hormigas, cubrían los márgenes
de las páginas. No sólo de esas dos. Todo el libro
estaba subrayado y comentado y las hojas en blanco del final se hallaban profusamente anotadas con
un comentario o un análisis general de la obra. Sin
pensarlo, Toño ocultó el libro bajo la chaqueta del
terno y salió del consultorio. La enfermera se asus-
tó al ver que la puerta se abría. Dio dos pasos hacia
atrás y dejó que Toño saliera.

—Discúlpeme, señorita, lamento haberla asus-
tado —dijo él, haciendo una pequeña reverencia—.
Ya me voy, ya me voy, lo de las pastillas no tiene importancia. Tiene usted razón, volveré cuando el doctor esté presente y se las pediré a él sin armar tanto
alboroto. Le reitero mis más sentidas disculpas.

—El doctor Quispe se va a enterar de esto. Mejor no vuelva nunca más —replicó la enfermera,
sin poder ocultar su temor.

Toño se dirigió a la puerta y, haciendo otra reverencia, la cerró a sus espaldas y corrió por las es-

caleras previendo que la enfermera pudiera llamar y decirle algo al portero del edificio. Afuera, en la calle, se acercó al primer poste de la luz y se recostó a leer las anotaciones y comentarios que había hecho el doctor Quispe. Le costó descifrar la letra minúscula y apresurada que, acompañada de subrayados, signos de interrogación y de exclamación, se esparcía por los márgenes de la edición baratita que había podido costear el señor Cabada. Esforzó la vista hasta que los garabatos se convirtieron en signos legibles. Diez minutos después cerraba el libro de golpe y lo arrojaba a la calle, como si fuera un artefacto explosivo, peligroso al menos. Las notas que comentaban su ensayo lo habían enfurecido y las piernas, el pecho, los brazos le volvían a arder. Oyó ruidos y supo que no tardarían en salir de las alcantarillas, de los tachos de la basura, de las grietas del asfalto hordas de ratas, miles, cientos de miles. Salió corriendo y no paró hasta que pudo detener el primero de los dos o tres micros que tenía que tomar para llegar a Villa El Salvador.

¿Qué había escrito el doctor Quispe en los márgenes de su libro? No quería recordarlo, prefería olvidarlo para siempre, pero por mucho que lo intentaba, las frases volvían a su mente. «Es otro cuentanazo que se les dice a los peruanos. ¿De veras cree el autor que gracias a la música criolla nos querremos más? ¿Se cree de veras esas cosas?». «Un cuentanazo», repetía Toño, y negaba. No, no lo era. En otro de los márgenes, enmarcado con signos de exclamación, una nota decía que su planteamiento central era un disparate que no reflejaba las necesidades del Perú, sino las de un pobre hombre atormentado que no toleraba el conflicto y la contradicción. Pero lo que más le molestó fue que se refiriera a los asuntos que abordaba, todos de máxima urgencia e importancia, como «una suma innecesaria e incoherente de temas a medio tratar». La historia y el devenir del ser nacional no era un asunto innecesario ni incoherente. El doctor Quispe podía despreciarlo a él, pero que no se burlara de la materia prima de la peruanidad, de los elementos históricos, sociológicos y culturales que en mágica composición habían alumbrado el alma de la nación. Si al doctor Quispe le parecía que su libro era una receta a medio preparar, con ingredientes azarosos y poco trabajados, pues ya vería. Toño Azpilcueta no tenía inconveniente alguno en volver a corregirlo, ampliar los temas en donde hubiera dejado alguna idea sin desarrollar y sumar más tesis y argumentos, más ejemplos y rasgos de la peruanidad, hasta escribir un libro perfecto y total, sin una sola grieta por donde ningún doctor Quispe u otro intelectual de la élite pudiera colar dudas o comentarios despreciativos.

Toño Azpilcueta aprovechó la invitación a Chile para pensar en las correcciones que haría. Trabajó día y noche, y en la víspera, mientras Matilde hacía la maleta, leyó por última vez las cincuenta páginas que había escrito. Había preparado esa conferencia con muchos escrúpulos de conciencia, no sólo por todo lo que le pagaban y porque quería impresionar muy bien a los chilenos, sino porque todas esas páginas irían a engrosar *Lalo Molfino y la revolución silenciosa* cuando Antenor Cabada le dijera que necesitaban sacar una tercera edición. En Santiago lo recibieron en el aeropuerto unos profesores de la Adolfo Ibáñez que los llevaron a un hotel elegantísimo. Los invitaron a cenar a un restaurante, y dijeron que los vendrían a recoger mañana por la mañana, a eso de las diez. Durmieron en una cama suntuosa y se bañaron y arreglaron en un baño que parecía construido para millonarios.

La conferencia tuvo mucho éxito, pues aplaudieron a Toño largamente. La tesis de que la música popular uniría más a la sociedad y que gracias a ella se irían disolviendo los conflictos sociales nacidos de los prejuicios y del racismo les resultó novedosa. En la charla, un profesor le preguntó si aquello que iba a pasar en el Perú podría también ocurrir en Chile y en el resto de América Latina. Toño respondió con mucha cautela. Sí, no era imposible que ocurriera, sobre todo en aquellas sociedades en que la música popular había penetrado en todos los sectores sociales, tendiendo un puente entre pobres y ricos, es decir, entre las clases adineradas y las de ingresos medios y los proletarios. Pero dependía mucho de la misma música, de su atractivo, de su inmersión en los grupos sociales, de las raíces que ofrecía a los distintos sectores. Por la tarde de ese día inolvidable, luego de una entrevista en un periódico local importante —*La Tercera*—, a Toño Azpilcueta y a su esposa Matilde aquellos profesores los invitaron a cenar y la conversación fue magnífica, de una elevada significación, con muchas referencias culturales que dejaban a Toño en la luna, en la que sólo pensaba en la pregunta que le habían hecho en la tarde. Eso era lo que le faltaba a su libro, darle una dimensión americana, señalar que todos los conflictos continentales —la rivalidad con los chilenos, por ejemplo— podrían solucionarse gracias a la música popular latinoamericana. Y si eso era válido para América Latina, ¿no lo sería para el mundo entero, para la humanidad en su conjunto?

Cuando volvieron a Lima, Toño trabajó con más vehemencia que nunca. Su compadre Collau lo veía salir muy temprano, con sus dos hijas, y volver muy tarde en la noche, solo, cargando la maleta donde solía archivar sus cuadernos, notas, libros y papeles. Ya no se reunían debajo del poste de luz a contarse lo que había ocurrido en el día. La explicación que les daba Toño era que su editor, el señor Cabada, le había dicho que se publicaría una tercera edición, y que esta vez iba a empeñar todos sus ahorros para imprimir quince mil ejemplares de un solo golpe. Por eso estaba trabajando dieciséis horas diarias, además del tiempo que dedicaba a preparar e impartir sus clases en San Marcos y a escribir para *El Comercio*. Lo único que le dijo sobre su viaje a Chile, por el que Collau sentía mucha curiosidad, era que aquel país magnífico le había dado las claves para perfeccionar del todo su ensayo sobre Lalo Molfino. Lo notaba tan seguro y convencido de lo que hacía, que Collau se alegraba por él y por el barrio, que ahora tenía un gran intelectual del cual sentirse orgulloso.

Toño interrumpió su ardua rutina sólo cuando le llegó una cartita de Cecilia Barraza que le entregaron los empleados de la Biblioteca Nacional. Decía que no se habían visto hacía mucho tiempo y que lo invitaba a tomar desayuno en el Bransa de la plaza de Armas, por ejemplo el viernes o el sábado de la próxima semana. Toño forzó la máquina para terminar las correcciones.

XXXIV

Mientras corregía una vez más su ensayo, Toño tuvo una sensación extraña. Tenían razón esas voces críticas, se dijo. El libro había tomado forma, por supuesto, pero de manera descosida y con grandes saltos y vacíos. Comenzaba con la vida de Lalo Molfino y todo aquello estaba bien contado, con una prosa ajustada al drama humano de aquel portento de los compases, que fluía con naturalidad, sin dramatismos innecesarios. Recreaba de modo escueto la noche en que el padre Molfino rescató a Lalo en el gran descampado de basuras donde lo habían abandonado su madre o sus padres para que se lo comieran las ratas, y cómo lo había adoptado y matriculado más tarde en la escuelita de Puerto Eten. Le gustaron mucho esas páginas sobre el fútbol que jugaban los chiquillos luego de las clases, esa imagen de la pelota en el aire y los chicos esperándola, que leyó varias veces.

Venía después el encuentro con su guitarra en otro basural, o acaso en el mismo en que fue recogido por el padre Molfino, la lenta y solitaria familiarización con el instrumento, y luego su adolescencia y sus aventuras lejos de Puerto Eten. La prosa fluía bien, sin interrupciones, a buen ritmo, con bastante precisión, metiéndose en los rincones chiclayanos, tan coloridos y fragantes. Hablaba de aquella serenata en Bajo el Puente, y de los inolvidables zapatitos de charol que adornaban los pies de Lalo Molfino. Todo estaba muy, pero muy bien.

Esperaba con cierta angustia llegar a la explicación central, el eje del libro, que preveía el cambio social del Perú gracias a la música criolla. No le pareció demasiado atrevido. Todo estaba contado como algo natural y necesario, como algo que todos los peruanos esperaban, incluso los ricos y los pobres. Comenzando con La Palizada y las travesuras que cometían aquellos niños bien a los que dirigía el incorregible Karamanduka, terminaba con la historia de amor de Toni Lagarde y Lala Solórzano, la Guardia Vieja y el gran Felipe Pinglo Alva. Eso estaba bien, muy bien, incluso. Los vacíos los identificó en lo que seguía. Su ensayo pasaba de Lalo Molfino a reflexionar ampliamente sobre la historia y el pasado del Perú y de América Latina. Así tenía que ser, pero ese tránsito demandaba un esfuerzo mucho mayor. Para estar a la altura del tema de su libro, Lalo Molfino, y para superar a su maestro Hermógenes A. Morones, el gran puneño, y a todos los escribidores que creían haber hecho una interpretación cabal de la nación peruana, debía ser mucho más ambicioso. Eso significaba llenar las grietas, ampliar los asuntos donde se hiciera visible, palpable, ese elusivo tema de estudio que era el destino de unión y fraternidad del alma peruana. Estaba bien que hubiera hablado del español, pues al fin y al cabo los valsecitos se habían compuesto en esta lengua y además le parecía improbable que ese elemento peruano universal, la huachafería, con sus gráficos y conmovedores diminutivos, y sus imágenes de tan refinada sensibilidad y pompa, hubiera sido posible en el inglés de los sajones o en el quechua de los incas. Ese canal expresivo que conectaba las entrañas del Perú con el mundo sólo era posible gracias al español, y así debía quedar reflejado en su ensayo.

Eso lo había subrayado, enfatizado, incluso repetido varias veces. Y lo mismo ocurría con otros temas, como la importancia de la religión católica o la herencia del Tahuantinsuyo en el presente de la nación. Pero también había querido complementar todos estos asuntos con nuevos problemas que habían asomado a su conciencia después de su viaje a Chile. Los toros, por ejemplo. ¿Tendría la fiesta brava una presencia popular importante en aquella sociedad futura? Aparecía aquí uno de los grandes dilemas de Toño Azpilcueta. A él le gustaban mucho, desde niño había ido a la Plaza de Acho a las corridas, durante la Feria de Octubre, primero llevado por su padre, y ya de adulto, por su propia cuenta. A veces iba en grupo, con gente de la música criolla, que, en general, eran grandes aficionados a los toros. Allí había oído por primera vez esos silencios que conmovían a la plaza en momentos excepcionales, sobre todo cuando se creaba esa especie de complicidad secreta entre el espada y el animal, y el público podía disfrutar de unos segundos, o incluso minutos, de cierto suspenso del ánimo, como en determinados conciertos, cuando la música parecía llevarse todas las preocupaciones y angustias cotidianas, quedando únicamente esa sensación de bienestar absoluto, de máxima concentración.

Pero Toño Azpilcueta sabía que los tiempos iban cambiando y que, en esta época, el amor y el cuidado de los animales florecía, y que con esa moda habría más y más hostilidad contra las corridas de toros, que se consideraban una diversión bárbara en la que se hacía sufrir al animal para el gozo de una minoría de salvajes. Eran sobre todo las banderillas y las picas lo que objetaban los críticos, los animalistas, esas torturas que se infligían a los toros bravos para que gente como él, porque Toño debía confesar que gozaba con la belleza escultórica de las escenas taurinas, tuviera un deleite estético.

Esto era cierto, pero si Toño reivindicaba la fiesta era por su antigüedad y por los mitos entre los hombres y los toros que se hundían en la noche de los tiempos, hasta la creación de Europa. El toro, según la leyenda, había raptado a una diosa y de este modo había nacido Europa, la madre, abuela o bisabuela de los americanos. El toro de lidia, además, era el animal más privilegiado de la historia. Toño había leído artículos y libros que narraban la esmerada atención que recibían los toros bravos en las haciendas donde los criaban, incluso en el Perú; las libretas que se llevaban enumerando los cuidados que se tenía con ellos, lo que comían y la vigilancia que los veterinarios les prestaban en los cortijos donde eran criados. Uno de sus sueños, que sabía de difícil cumplimiento, era visitar aquellas haciendas, las de los toros de lidia en España o en México, por ejemplo, para comprobar el cariño con que eran tratados desde que nacían hasta que salían a las plazas a exhibir su valentía y fiereza. Todos aquellos astados desaparecerían si se prohibían las corridas. Dejarían de existir porque una cosa era el toro de lidia y otra, muy distinta, aquellos del común a quienes las tiras cómicas y las películas mostraban, muy orondos, oliendo margaritas y paseándose entre flores y jardines, moviendo la colita.

Estas cosas Toño Azpilcueta las creía, pero, sin embargo, en el fondo de su corazón y su conciencia se decía, a veces, que los animalistas tenían cierta razón, pues en la plaza el público gozaba —y a la vez sufría— con el padecimiento de ese animal ciego y elemental, que no podía saber la naturaleza del engaño que lo esperaba en el coso, y que debía padecer para que la gente se divirtiera y disfrutara. ¿Y qué decir de los millones de animales de toda índole que en los laboratorios se sacrificaban para producir las medicinas que curaban las enfermedades, y los animales innumerables que en las cocinas eran sacrificados mañana y tarde para que nos alimentáramos y gozáramos comiendo, sin que ello se supiera ni se viera?

Toño Azpilcueta seguía defendiendo las corridas, y en su libro había sido consecuente, aludiendo a las tradiciones andinas, a la Yawar Fiesta que de alguna forma simbolizaba la unión de la cultura indígena y la hispánica, y porque era allá, entre los pobres de la sierra, donde los toros se habían consubstanciado con las fiestas populares y las tradiciones nacionales. ¿Era el toreo un fenómeno ajeno a la peruanidad? No, no lo era, esa tesis también iba a entrar en la nueva versión de su ensayo para reforzar la unión —cóndor y toro— de lo indígena y lo español que subsistía en el suelo patrio.

Otra pregunta, que lo había perseguido y que no se resignaba a dejar por fuera de su libro, era cómo integrar a los brujos y brujas en la gran revolución cultural que encarnaba Lalo Molfino. Toño Azpilcueta había hablado con un excompañero de clase del colegio de La Salle, que ahora era médico: el doctor Santiago Zanelli. Se lo había encontrado en la calle y habían ido a tomar un cafecito con leche en el Bransa y a recordar los viejos tiempos, y Zanelli, horrorizado, le había mostrado una noticia, llena de estadísticas, publicada en *Última Hora*. Había tres brujas o brujos por cada médico recibido en el Perú. ¿Era posible? Impresionado con semejante desproporción, Toño se había dedicado un tiempo a estudiar y a leer sobre ellos, y así descubrió que eran una verdadera legión, un ejército secreto que dominaba Lima desde las sombras y, sobre todo, las provincias del interior. Había algunos en cada región de los que una parte de los peruanos no sabía nada. Eso quería decir que, en cuestiones de brujería, el país estaba también muy dividido.

Durante unos días estuvo horrorizado con el hecho de que tantos compatriotas acudieran a la brujería para curarse de los males, en vez de recurrir a los médicos. Lo que más lo espeluznaba era lo extendida que estaba en el Perú la creencia según la cual si una bruja o un brujo te pasaba por el cuerpo desnudo un cuy, tan parecido a las ratas aunque sin cola, éste moría en el instante que tocaba aquella parte del cuerpo en la que algún órgano estaba afectado por las infecciones. Eso quería decir que el o la paciente, desnudos, tenían que resistir un buen rato, acaso horas y días, un cuy recorriendo su piel. ¡Qué asco!

Y todo ello en cabañitas o cuartos miserables y sucios, porque los millares de brujas y brujos del Perú eran gentes humildes, que habían recibido el entrenamiento de sus padres o abuelos o bisabuelos, pues la brujería era una profesión que se heredaba en silencio, al margen de la legalidad. Y estaba esa maldición subsiguiente, las drogas, la marihuana, las píldoras, los cigarrillos cargados, tan fáciles de hacer y que los creadores de drogadictos vendían tan baratos y hasta los regalaban en las puertas de los colegios para crear futuros clientes. Toño Azpilcueta estaba por que los que quisieran se volvieran drogadictos —allá esos conchasumadres—, pero a los niños había que cuidarlos hasta que estuvieran en condiciones de tomar una decisión realista y responsable al respecto.

Se había pasado varias horas imaginando esos consultorios clandestinos, que de tanto en tanto la policía descubría en sótanos que eran, o pretendían ser, altares de satanismo. Allí había gatos y ratones decapitados, lavadores llenos de sangre humana, inscripciones diabólicas en las paredes. Se trataba de antros que servían de iglesias a los adoradores del diablo, que en el Perú eran varios millares, como en muchos países donde había cuevas subterráneas y en las que, al amparo de las brujas y los brujos, gentes ignorantes se entregaban a la adoración de Lucifer, bailaban frenéticas danzas y a veces hacían el amor al revés del común de los mortales, o sea, por el ano o la boca, y tenían agarrones colectivos, creyendo, los muy imbéciles, que de este modo honraban al demonio y sus secuaces.

¿Tal vez la brujería tenía que ver con aquella cultura escondida y marginal que era la verdadera cultura del Perú? La imagen de un cuy paseándose sobre su cuerpo desnudo llevó a Toño Azpilcueta a concluir que la huachafería no tenía que ver nada con la brujería, que ambas estaban en polos opuestos. Pero ¿qué si esas creencias y prácticas venían de muy lejos, del tiempo de los incas, y acaso antes, de la época de los aimaras, anteriores a los incas en la región de Puno y del lago Titicaca? Aunque perseguidas por los curas y los médicos, tal vez habían sobrevivido a la colonia, ocultas por esos practicantes ingenuos e ignaros, sobrevivientes de todas las persecuciones, y coexistían en la edad moderna como una de las muchas supervivencias de los tiempos primitivos.

Según esa realidad, el Perú que Toño Azpilcueta quería resucitar no podía renunciar a elementos arraigados en el humus popular de la nación, por mucho que a él lo horrorizaran. Ni a ésos ni a muchos otros, que debían hacer síntesis cada vez más abarcadoras y totales. Ése era el camino, claro, pero ¿cómo integrar el valsecito, la brujería y el satanismo? Eso era justo lo que había hecho Toño en la tercera versión de su libro, porque ahora estaba convencido de que aquello resultaba imprescindible para dar cuenta cabal y total de la peruanidad y de su importancia en la unión espiritual del género humano. Ya estaba lista. Su misión había acabado. Envió la nueva versión de su libro a su editor. Se sentía ansioso por saber cómo Cecilia veía todo aquello que le estaba ocurriendo desde que había publicado *Lalo Molfino y la revolución silenciosa*. Ahora podía reunirse el sábado con ella en el Bransa de la plaza de Armas.

XXXV

La sorpresa se la dio ella, después de los acostumbrados besos en la mejilla, diciéndole que empezaba a cansarse y que la tentaba la idea de retirarse. Toño no pudo creerlo.

—Pero si estás todavía tan joven, Cecilia. Y, no tomes a mal lo que voy a decirte, más guapa que nunca. ¿Retirarte tú de cantar y bailar como lo haces? No te lo creo, es imposible. ¿Y qué dirá toda esa legión de admiradores que tienes regados por el mundo?

—Estoy muy cansada y esto ya no me divierte como antes —dijo ella—. Quiero decir, resolver los problemas de los guitarristas, de los músicos, de los técnicos. ¿Para qué, Toño? Ya tengo suficiente dinero, una casa propia en Miraflores; con un poco de cuidado puedo vivir de mis ahorros hasta que me muera. Ahora toda esa gente me aburre. Quiero descansar, reunirme de tanto en tanto con mis buenos amigos, como tú. A conversar, sólo a conversar. E incluso a ver telenovelas, ¿por qué no? ¿Qué ha sido de tu vida? Me has tenido tan abandonada.

Toño le explicó los grandes cambios. Ella sabía de sus colaboraciones en *El Comercio*, las leía siempre, y sabía también que ahora enseñaba en San Marcos como catedrático, pero no sabía que hasta en Chile se estaban leyendo sus ideas.

—Me alegro mucho de que te vaya tan bien, Toño. A mí también me ha ido muy bien, desde el principio de mi carrera. Todas las cantantes, hasta las más famosas, me apoyaron. Pero empiezo a cansarme.

El traje sastre que vestía parecía recién estrenado y tenía las manos y la cara como si acabara de pasar por una peinadora y una manicurista. Llevaba unos anteojos de sol, y a través de ellos se veían sus ojos, grandes y risueños como siempre.

—Creí que venía a darte una sorpresa y me la has dado tú, más bien. No puedo creer que quieras retirarte, Cecilita.

—Todavía no, pero voy a hacerlo, Toño. Quiero hacerlo. Ya te lo he dicho. Quiero ver cuadros, museos. Pero, sobre todo, quiero descansar. Creo que es justo. A veces todo pierde sentido y ya no sabes por qué sigues haciendo lo que haces.

—No digo que sea injusto. Por supuesto que tienes derecho a descansar. Pienso en todos tus devotos, entre los que me cuento. ¡Qué van a hacer sin ti!

—Se buscarán a otra, a la que admirarán lo mismo o más que a mí. Pasa con todas. Si quieres, podemos echar una revisión a las cantantes famosas que ha habido en el Perú. Ya ni siquiera las recuerda la gente. Salvo a Felipe Pinglo Alva, y para de contar. Porque murió joven y tuberculoso. Sólo que sus admiradores se van muriendo poco a poco. Pero hablemos de ti. Te va muy bien, por lo que me cuentas. Aunque el éxito no es una razón para que te olvides de tus amigas.

—Claro que no, Cecilia. Es que no he tenido tiempo para nada con las cosas que me han ido pasando. Vivo como un sueño de cumpleaños. Mis ideas han llegado al corazón de la gente. Reconocen que la música criolla es más que una diversión, empiezan a verla como un ariete que destruye prejuicios. Es un milagro. Creo que en cualquier momento me voy a despertar y que todo esto se acabará y volveré a mi viejo oficio de escribir sobre cantantes y guitarristas, es decir, a morirme de hambre, o, mejor dicho, a vivir de los vestidos que zurce y lava Matilde.

—Nunca me la has presentado —dijo Cecilia, sonriendo—. ¿Podría conocerla ahora?

—Matilde se moriría de celos si te ve —sonrió Toño a su vez, examinándola de arriba abajo—. Ella no es tan bella ni elegante como tú, Cecilia. En fin, si te empeñas en conocerla te la puedo presentar. Pero no creo que congeniarían. Son muy distintas las dos.

—¿Sabes que el doctor Quispe quería casarse conmigo? Me persiguió años de años, desde que yo comencé a cantar. Me regalaba anillos, collares, me ofrecía viajes. Pero ya me cansé de él. Lo último que supe fue que no volviste a su consulta y que luego fuiste una noche buscando las pastillas que te recetó. Lo convencí de que dejara pasar ese episodio. Toño, ¿qué ocurrió ese día?, ¿estás bien?, ¿has vuelto a tener otra...?

No alcanzó a terminar la frase cuando la figura de Antenor Cabada irrumpió como un rayo en su mesa.

—Sabía que tarde o temprano lo encontraría aquí, Toño —dijo, acomodándose las gafas y tomando aire para lanzar una enérgica parrafada—. ¿Se ha vuelto usted loco? ¿Pretende que publique una nueva edición con más de cien páginas adicionales? Empezó usted hablando de un guitarrista de Puerto Eten, después del Perú, y ahora habla de los toros y de los brujos, hasta de las drogas y del destino americano y el destino de la humanidad. No entiendo nada. Su libro ha sido un éxito, pero la edición anterior ya empezaba a ser ilegible y ésta lo es por completo. ¿Busca usted mi ruina? ¿Quiere echar por el suelo todo el prestigio que ha ganado?

Toño Azpilcueta le presentó a Cecilia Barraza y lo invitó a sentarse con ellos.

—Cálmese, señor Cabada, todo va a salir bien —dijo Toño, apartando la silla de la mesa para que su editor se sentara—. Le he entregado un libro sin fisura alguna. Simplemente, me anticipé a cualquier objeción que pudiera hacérsele, de manera que nadie, ni aquí ni en ningún otro lugar del mundo, pueda poner en duda una sola de mis ideas.

—Invertí todo mi dinero en esta edición y ahora además tendré que pedir un préstamo —renegó el señor Cabada—. La imprenta me va a cobrar más por esas cien páginas, ¿no lo entiende? Ahora su ensayo es un tomo enorme, un laberinto en el que es fácil perderse. ¿Se da cuenta de eso?

—Los editores, siempre anteponiendo el parné a la gnosis —dijo Toño, mirando a Cecilia.

—El libro ha sido un éxito —intervino ella—. Y seguro que esos añadidos lo mejoran. Nadie arruina su propia obra, se lo aseguro, señor Cabada. Toño siempre sabe lo que hace. Mire dónde está ahora, el prestigio que tiene, hasta en Chile lo leen. Va a hacer la mejor inversión de su vida.

Toño estuvo a punto de besarle la mano al ver que el señor Cabada, en efecto, cambiaba el gesto hostil y se calmaba. Parecía conforme con lo que había dicho Cecilia Barraza.

—Dios la oiga. Y, por cierto, un placer conocerla. Disculpe mi falta de caballerosidad.

—No hay nadie más entregado a su pasión que Toño, es un ejemplo —insistió Cecilia Barraza—. No lo puede censurar por ser un perfeccionista; al contrario, debería alegrarse. Sería terrible que se desentendiera de su libro y no tratara de mejorarlo. La tercera edición va a ser un éxito.

—Me alegra haberla oído, tiene usted toda la razón —dijo el señor Cabada, un tanto avergonzado, queriendo tragarse sus palabras—: El que sabe del tema es Toño. Él es el autor y el más capacitado para defender sus ideas y su libro. Perdonen mi nerviosismo, me juego la editorial. Ha sido una imprudencia de mi parte abordarlos así. Los dejo para que sigan hablando. Una vez más, mil disculpas.

Esperó a que el señor Cabada se retirara, y entonces Toño le agradeció con una sonrisa de alivio a Cecilia por haber intervenido.

—Es verdad lo que digo, Toño, hablas con tanta fe de tus ideas, que hasta me las creo —dijo Cecilia—. Es imposible no creerte, o al menos alegrarse de que alguien en este país proponga algo y genere debate intelectual. Ese libro reivindica la música criolla, va a ser tu consagración.

Sabiendo que si Cecilia Barraza le volvía a decir algo así de elogioso no se contendría y le confesaría su amor, Toño Azpilcueta inventó una disculpa y se marchó. Tenía más ideas, cómo no iba a tenerlas, y quizás estaba a tiempo para incluirlas en esta tercera, y si no en una cuarta edición.

XXXVI

¿Qué habría dicho el profesor Morones de su teoría de que la música cambiaría de raíz a la sociedad peruana? Probablemente nada, como cuando alguna cosa le disgustaba. Se habría quedado callado, tosiendo, y después habría cambiado de tema con rapidez. Era un hombre muy respetable. Vivía de manera modesta en Breña, y todo lo que ganaba en San Marcos se lo gastaba en libros, folletos y discos de música peruana. Toño había visitado su casa muchas veces, lo conocía bien, y aunque lo admiraba y lo apreciaba, intuía que ahora, de seguir vivo, se habría sumado a esos otros profesores que empezaban a decir que su libro era un disparate.

Esa idea se le metió en la cabeza después de recibir una citación de la Universidad de San Marcos. Se acercaba el fin de año y el rector convocaba una reunión para discutir el currículo de las cátedras, y sabía que ésa sería la oportunidad que estaban esperando sus colegas para oponerse a su continuidad al frente de Quehaceres Peruanos. Esos diecisiete alumnos del principio habían ido reduciéndose a sólo cuatro; pero a él no le importaba porque siempre había voluntarios que, por oír las músicas que él tocaba en sus clases, llenaban la mitad o más de las carpetas. Y, además, participaban activamente en el curso. Pero no se inscribían en él, ni siquiera los estudiantes de Literatura Peruana.

La verdad es que los días siguientes Toño Azpilcueta estuvo muy nervioso, sin ánimos siquiera para preparar sus clases, pensando en la posibilidad de que los profesores, conchabados con el rector, eliminaran su cátedra. ¿Por qué los estudiantes no se matriculaban en ese curso? ¿Y por qué ahora las reseñas que salían, todas ellas burlonas, sí se comentaban en los pasillos de la universidad? Quienes habían encontrado interesantes sus tesis ahora decían que eran una huachafada incomprensible, más próxima a los folletines de autoayuda que al ensayo de ideas. Para colmo, Antenor Cabada le había dejado una nota en el Bransa diciéndole que necesitaba hablar urgentemente con él. Había tenido que subirle tres soles a la nueva edición, y el aumento de costos había desanimado a los compradores de provincias. Él mismo había pagado para que distribuyeran el libro lo más rápido posible, y ahora las librerías le estaban devolviendo todos los ejemplares consignados, y en estado calamitoso. Lo había estado buscando, además, porque gracias a un amigo había logrado que lo entrevistaran en la televisión, pero él era inhallable. Habían perdido la buena oportunidad de defender esa «absurda tercera edición» —así se refería a ella— y animar a los lectores a comprarla. Ahora la ruina tocaba a su puerta, «pero también a la suya, estimado amigo —decía en la carta—, porque aquí el mayor responsable ha sido usted, por su irracional desmesura. Mi falta sólo ha sido ser un cojudo y no haberle puesto los pies en la tierra». El editor no estaba dispuesto a irse a la calle solo y amenazaba con una demanda. La nota seguía con más quejas y reproches, que Toño prefirió no leer. No entendía lo que estaba ocurriendo. Su libro había mejorado mucho. Hablaba de todo. Estaba llamado a ser un éxito en el Perú y en el continente. Era cuestión de tiempo. ¿Quién no querría leer un libro así de ambicioso, que daba respuesta a todas las inquietudes humanas?

Al final, llegó el día de la convocatoria. En casi toda la Universidad de San Marcos se habían tomado ya los exámenes finales. Aquellas reuniones eran multitudinarias y Toño asistía por asistir, sin percatarse de lo que se discutía. Nunca había tenido interés, pero esta mañana sí, por razones obvias. Al principio se presentaron quejas, sobre todo de catedráticos que pedían mayores presupuestos; las más colmadas reclamaban nuevos asistentes para las pruebas prácticas. Toño aspiraba a que de este modo se fueran pasando las horas, sin que nadie tocara aquel tema.

Pero el rector de los dedos manchados de nicotina no se olvidaba del asunto, y entre las intervenciones finales mencionó a Toño.

—Y ahora tenemos que hablar de un asunto delicado —dijo el rector, luego de tocar la campanita que alertaba a la concurrencia—. Me refiero, cómo no, a Quehaceres Peruanos. Ya saben ustedes que es un problema que arrastramos desde que resucitamos esa cátedra. Al frente de la cual tenemos, claro está, a un distinguido catedrático. Me refiero al doctor Toño Azpilcueta.

«Llegó el asunto», pensó éste, sintiendo un vuelco en el corazón. Había preparado todos los argumentos, pero casi no tuvo ocasión de formularlos.

Había venido dispuesto a dar una gran batalla por salvar su cátedra. Sin embargo, el argumento del rector era definitivo. Es decir, numérico.

—Teníamos diecisiete alumnos inscritos cuando la volvimos a abrir —dijo el rector, examinando unos papeles, y como quien no quiere la cosa—. Y ahora tenemos sólo cuatro. Entiendo que asisten muchos alumnos libres, pero no se inscriben. Y, la verdad, las cátedras viven de los alumnos inscritos, no de los libres.

El rector le concedió la palabra al ver que Toño Azpilcueta levantaba la mano. El experto en música criolla tuvo la sensación de estar de nuevo en el auditorio del Ministerio de Educación la noche que presentó su libro ante unas quince personas. Era más o menos lo mismo. Los catedráticos habían comenzado a irse y mientras él hablaba seguían saliéndose de la sala, apurados, para alcanzar los colectivos y el almuerzo en sus hogares.

Habló con entusiasmo, dando todas las razones posibles para la continuidad de Quehaceres Peruanos, pero todas ellas quedaron aplastadas por la evidencia. ¿Tenía sentido mantener una cátedra con tan pocos estudiantes? Evidentemente no. El rector puso al voto la supervivencia de la cátedra, y Toño fue derrotado por una mayoría aplastante. El rector dijo unas palabras cariñosas sobre el profesor Azpilcueta y su lucha por mantener la cátedra a un alto nivel académico, lo que sin duda había conseguido, y remató su discurso recordando que había factores económicos que no se podían desatender. Estaba a punto de dar por terminada la sesión cuando Toño volvió a pedir la palabra.

—No tiene sentido recurrir a sainetes como éste para ocultar la verdad de lo que está ocurriendo —dijo Toño, con aire solemne y voz nasal—. ¿El sol con un dedo? ¿Quién puede taparlo, distinguidos colegas... o, mejor, excolegas? Lo que ha habido aquí no es un ejercicio de racionalidad económica, no. Todo eso ha sido un juego retórico, una cortina de humo detrás de la cual se esconde la verdad. ¿Y cuál es esa realidad? Usaré una sola palabra, que seguramente les sonará familiar a todos. ¡Complot! En mi amada universidad, pero no solamente aquí, en realidad en todo el Perú, hay una conspiración en mi contra. Con vergüenza he de decir que mis colegas..., mis excolegas aquí presentes no soportan que mis ideas triunfen en el país y en el extranjero. ¡Porque en Chile me leen, amigos! Y aquí han cautivado al lector docto y al profano. Más a este último, al hombre y a la mujer de provincias que de verdad sienten la música criolla y saben que de ella parte la solución para todos nuestros problemas. La hostilidad de los intelectuales hacia mis ideas sólo puede significar una cosa. Quieren que el Perú siga dividido y enemistado, quieren que sigamos siendo unos desconocidos los unos para los otros. Y saben que mi fracaso es el fracaso de ese proyecto que traería la unión y la paz a los peruanos. Hay un nombre para los seres que prefieren la corrupción a la fraternidad. ¿Quieren saberlo? ¿Quieren que lo diga? ¡Ratas!...

—¡Profesor Azpilcueta! —lo interrumpió el rector, golpeando con la palma de la mano su escritorio—. No le permito que insulte al claustro de profesores ni a la universidad.

—¡Ratas! —volvió a gritar Toño.

—Se levanta la sesión —dijo el rector, y hubo un murmullo que invadió el aula.

Los profesores se levantaron y caminaron buscando la salida, lanzándole miradas de reprobación a Toño, que seguía inmóvil, de pie, gritando lo mismo: ¡ratas!, ¡ratas! La diferencia es que ya no lo hacía con rabia y vehemencia, sino con la voz quebrada, asustadiza. Una profesora notó que tenía los ojos muy abiertos, como si hubiera sufrido una fuerte impresión por algo, y se le acercó a preguntarle si se encontraba bien. Entonces se dio cuenta de que Toño, aunque ya no gritaba, seguía diciendo en voz baja lo mismo. Él, al sentir la presencia de la mujer, la sujetó del brazo. Fue la reacción de un náufrago que recibía un flotador en medio del mar. «Ratas, ratas, ratas», le susurró, tembloroso. La profesora lo tomó del rostro, pero al comprobar que no lograba enfocar la mirada y que sus pupilas, dilatadas, no establecían contacto con ella, dio la voz de alarma. Entre varios profesores, incluido el rector, que se encargó de dirigir la procesión entre los edificios de las facultades, llevaron en brazos a Toño a la enfermería de la universidad. Una hora más tarde, mientras los estudiantes almorzaban en las cafeterías y Lima suspendía por un rato sus actividades, llegaba una ambulancia para llevárselo.

XXXVII

A lo lejos, dos figuritas, primero pequeñas, van avanzando por la mañana despejada; a medida que se acercan al Parque Central de Miraflores, la pareja va creciendo y alcanza una talla normal. La avenida Larco está solitaria y hay todavía papeles y bolsas tirados en las calles. A esa hora aún no han aparecido los camiones de la basura, que recogen los desperdicios de la noche anterior. Un reflejo, al fondo, a la altura del Parque Salazar, indica que va a salir el sol y pronto se divisará, al pie del acantilado y más allá, el mar de la mañana. Habrá sol y el día será cálido, afortunadamente.

La pareja debe haberse levantado temprano. Él viste un pantalón y una chompa verde que hace juego con la camisa amarilla de la que se divisa apenas el cuello, mezcla de colorines entre los que destaca el color crema. Además, lleva una gorra que le cubre parte de la cara. Ella, más bajita que él, está primorosamente arreglada, con un ligero vestido de verano, mocasines, muy bien peinada, como si, al levantarse de la cama, se hubiera duchado y acicalado para esta cita. No deben ser todavía las ocho de la mañana.

Despacio, conversando, la pareja se va acercando a la placita que forma el centro de Miraflores, con la municipalidad, la iglesia, el parque, las bancas bajo los altos árboles y el césped, recién mojado y recortado por los jardineros que comienzan su trabajo del día.

—Qué raro está Miraflores —comenta Toño Azpilcueta, mirando a derecha, a izquierda, al frente y atrás—. Hace bastante tiempo que no venía por acá. Sobre todo a estas horas.

—Se ha llenado de tiendas y tráfico —dice Cecilia Barraza—. Ya no es tan simpático como antes. Menos mal que desde mi departamento, que está en alto, no lo veo. Todas éstas son tiendas, de todos los colores y sabores. Te venden desde un auto hasta un dedal. Han destrozado el barrio. Antes, daba gusto pasear por aquí. Me acuerdo que de chiquita nos traía mi papá de la mano y sólo había vendedores callejeros sentados en el parque. Y todavía en los años noventa se podía caminar con tranquilidad cuando terminaron los atentados. Ahora, mira, ha empeorado mucho.

—Todo cambia —hace una mueca Toño, deformando la cara—. Pero es cierto, todas estas tiendas no engalanan Miraflores.

—No son elegantes, como las de San Isidro, por ejemplo. Nos hemos acholado, Toño. Aquí, hasta venden loterías.

—No te puedes quejar, Cecilia. La vista, desde tu casa, allá arriba, debe ser primorosa. El mar se te meterá a raudales en las habitaciones.

—Ese cuarto piso está muy bien —reconoce ella—. No te dejé entrar porque estaba desordenado. Pero lo tengo con muebles y alfombras nuevas y recuerdos y fotos de todas partes. Me va quedando muy bien el departamento. Cuando esté listo, te daré un tecito, como los que te daban tus amigos Toni Lagarde y Lala Solórzano, que en paz descansen.

—Toni y Lala —dice Toño, evocándolos con nostalgia—. Su edad lo hacía inevitable. Si hubieras visto cómo vivían. En una casita de tres por medio, en Breña, felices.

—Me has hablado tanto de ellos y de la mermelada de membrillo que preparaba Lala que decidí aprender a hacerla. Uno de estos días te daré la sorpresa, Toño. Ya verás, ya verás.

—¿De veras estás aprendiendo a hacer la mermelada de membrillo, Cecilia? Te juro que el día que lo consigas, te daré un beso.

—Un beso sólo en la mejilla o en la manito —dice Cecilia, con coquetería—. En la boca, jamás.

—Ya sé que no podemos darnos besos en la boca, Cecilia. Jamás aspiraría a algo así. Sólo somos amigos, y eso ya me parece un milagro. Durante mucho tiempo pensaba en ti, pero ni me acordaba que te conocía de verdad. Los médicos decían que me lo estaba inventando, y terminé por creerles. Que alguien como yo sea amigo de la gran Cecilia Barraza resulta un poco inverosímil.

—No digas eso, Toño —protesta Cecilia, palmeándole el brazo—. Eres el gran Toño Azpilcueta, el mayor experto en música criolla del país, el autor de...

—Evita mencionarlo, te lo ruego —la interrumpe Toño.

Están en la plaza de Miraflores, frente a la iglesia. Dan una vuelta por los jardines. Los barredores han empezado a limpiar el suelo de latas de basura, botellas de bebidas gaseosas, cigarrillos a medio gastar, fósforos y escupitajos, sobre los que echan un poco de agua antes de barrerlos. El parque va quedando más limpio y mejor.

—Es muy bonita esta hora auroral, sobre todo en el verano —dice Toño—. ¿Sabes cuándo me he levantado para acudir a esta cita? Antes de las seis, Cecilia. ¿No hay donde tomar desayuno por acá? La verdad es que me muero de hambre.

—La Tiendecita Blanca, por supuesto —sugiere Cecilia—. Abren tempranito. Y, como es domingo, habrá bizcotelas y una tacita de té. O, para los estómagos fuertes, un chocolate caliente.

—Eso es lo mío —sonríe Toño—. Un chocolate caliente. Y bizco...

—Creo que es un dulce suizo. Al menos los dueños de La Tiendecita Blanca lo son. Da gusto cómo la tienen. Vamos allá. Me muero por las bizcotelas. A veces, me acuerdo de ellas y me vengo hasta aquí a buscarlas. Y éste es el único sitio donde las hacen en Lima como debe ser, calentitas, recién salidas del horno, ya vas a ver.

—Ésta es la primera vez que nos reunimos en Miraflores, ¿no, Cecilia? O sea que al Bransa le llegó el punto final.

—Es muy lejos —dice Cecilia, con un mohín—. Me demoraba más de media hora en llegar en el taxi. Y la clientela no era tan divertida. Aquí estaremos solitos a esta hora. Podremos conversar.

—Entonces no me arrepiento de haber venido, Cecilia. Hace tanto tiempo que no te veía.

—Ni yo a ti, Toño. Ya estaba pensando si nos estábamos alejando. Dejando de ser amigos, quiero decir, y tú, fíjate, ni te acordabas que lo éramos.

—Estuve muy ocupado rehaciendo mis pobres finanzas y escribiendo artículos mañana y tarde sobre música criolla. Pero, en cuanto a la amistad, tú eres la primera de mis amigas. Y lo serás para siempre, no lo olvides.

—Así lo espero, Toño. Novios y amantes van y vienen. Pero los amigos se quedan para siempre y son siempre los mismos.

—Vámonos a La Tiendecita Blanca. ¿Estará abierta ya?

—Abren tempranísimo, para unos viejos que desayunan aquí y juegan ajedrez. Ven, vamos a ver.

—Ten cuidado cuando hablas de viejos de esa manera despectiva, Cecilia. No te olvides que nos estamos poniendo mayores los dos.

—Es cierto —sonríe Cecilia—. Los años van pasando y salen las canas, aunque una las oculte. No hablaré de viejos nunca más. Te prometo, Toño.

Suben por el parque de Miraflores, entre recogedores de basura, y al llegar a la esquina con la avenida Ricardo Palma ven que La Tiendecita Blanca está ya abierta. «¿No te dije?», balbucea Cecilia Barraza. Un momento después, ambos están instalados en una mesa, en la terraza de la confitería, pidiendo bizcotelas y dos tazones de chocolate recién hecho y bien caliente.

—Me voy a morir con este tazón —dice Cecilia—. Pero, como es la primera vez que vienes a Miraflores a tomar desayuno conmigo, me daré ese capricho.

Toño asiente y se queda mirando los grandes edificios que se elevan sobre la avenida José Pardo, ligeramente sorprendido de que ésa también sea su ciudad.

—¿Cómo te ha ido todo este tiempo? —pregunta Cecilia, cambiando de voz, mirándolo muy seria—. ¿Te vas acostumbrando a tu nuevo estado?

—Bueno, creo que me he resignado, más bien —dice Toño—. Las revistitas de música criolla me pagan menos que antes por mis reseñas, pero seguramente lo merezco, porque las debo escribir peor. No me humilla, o sólo un poco, reconocer que vuelvo a sobrevivir gracias a Matilde. Se organizó con otras dos mujeres del barrio para montar una empresita de arreglo de ropa. Mis hijas lograron terminar el colegio y ahora estudian. Están bien. Me cuidan. Así que prosperamos, a pesar de todo.

—¿Sigues viviendo en Villa El Salvador?

—Nos mudamos a San Miguel gracias a mi compadre Collau. Abrió un gran chifa hace unos años. También me echa una mano de vez en cuando. Yo a cambio le ayudo a limpiar el local. Es muy buena gente y nos quiere mucho.

—Me alegro por tus hijas —dice Cecilia, con convencimiento—. Las mujercitas deben estudiar, recibirse, competir con los hombres. Tener profesiones, ése es el secreto. La mujer ha sido aquí en el Perú, siempre, desde la época de los incas, una persona de segundo orden. Basta ya.

Toño asiente, por darle gusto. No está muy de acuerdo con lo que ocurre con las mujeres aquí en Lima, que cada vez son más insolentes e insubordinadas, pero se calla.

—He tenido suerte —dice Toño—. Siempre rodeado de grandes mujeres. Como tú, Cecilita.

—Si necesitas ayuda, puedes contar conmigo. Seguro que el doctor Quispe estaría dispuesto a hablar contigo, en caso de que lo necesitaras.

—Ah, el doctor Quispe —dice Toño, haciendo esfuerzo por recordar—. El galeno al que tuve el gusto de frecuentar.

—Sé que no congeniaste bien con él, pero es un magnífico profesional...

—Un gran hombre, lo sé —la interrumpe Toño—. Alguien a tu altura, que habría merecido tu corazón.

Cecilia esconde su rostro detrás del tazón de chocolate y mastica lentamente una bizcotela.

—Mejores que los chancays, debes reconocerlo —comenta, finalmente.

—Una exquisitez, sin duda.

—Toño, te noto extraño, casi preferiría que me dijeras que el doctor Quispe es un cojudo —confiesa Cecilia, dejando a un lado la taza y los platos.

—Cómo habría de referirme yo así a un facultativo tan prestigioso.

—Por favor, Toño —protesta Cecilia, sincerándose—. Era un cojudo, no hizo nada por ti. Ni siquiera quiso darte esas pastillas.

—No habrían servido de mucho —admite Toño, resignado.

—Claro que sí. Ese día en San Marcos, si las hubieras tenido... —dice Cecilia, vacilante—. Dime, Toño, ¿qué pasó exactamente?

—Tú sabes muy bien qué pasó.

—Pero ya estás bien. ¿Por qué no intentas volver a la San Marcos? Lucha por esa cátedra, Toño, aún recuerdo tu vehemencia, la fe que tenías en lo que decías —asevera Cecilia con suavidad.

—Fueron años de confusión. Matilde me ha enseñado a vivir con los pies en la tierra, no puedo sino estarle agradecido —dice Toño, entrecerrando los ojos.

—¿Y tus ideas? ¿Y tus proyectos?

—Se esfumaron, para fortuna mía.

—¿Ya no crees que la música criolla nos unirá? —pregunta Cecilia, con desencanto—. Siempre amé cantar y hacer feliz a la gente, pero sólo cuando te oí me sentí realmente importante y orgullosa de lo que hacía. Nunca he cantado con tanta pasión y entusiasmo como después de ir al Bransa a oírte hablar de tu libro y de Lalo Molfino.

—Hace tanto que no te oigo cantar —dice Toño, como si la cosa no fuera con él—. Eso me haría feliz, que me cantaras alguno de tus temas más famosos.

—Más bien dime tú que es verdad, que la música criolla no es sólo una forma de entretenimiento. Si no me retiré hace unos años fue porque te creí, porque me hiciste ver que mi música era mucho más importante de lo que yo imaginaba. Ahora vuelvo a dudar. Dime que no lo haga, Toño, convénceme.

—¿Quién soy yo para decirte qué hacer? —se lamenta Toño.

—Eres el autor de...

—Mi familia ha prosperado gracias a Matilde, gracias a que ella nunca se dejó embelesar por mis ideas ni por mis fantasías —dice Toño, resignado.

—¿Y eso es todo? ¿No hay nada más en tu vida aparte de la rutina y de contentar el estómago? —protesta Cecilia.

—Ya no me pica el cuerpo, ni me atormentan las ratas. No es poca cosa.

—Casi prefiero verte con la camisa remangada, rascándote como un poseído —reniega Cecilia—. ¿Qué importan las ratas, Toño? Que vuelvan, si con ellas vuelve tu entusiasmo por la música.

Toño toma un trago de chocolate y se da cuenta de que ya está frío. Se detiene a ver la forma de la nata espesa que flota en el tazón.

—¿Me cantarías, Cecilia? Bajito, para que sólo escuche yo, al oído —dice.

—¿Ya no crees que los problemas del país se arreglarán algún día, Toño?

—Algún día, tal vez. Pero tú y yo no lo veremos, Cecilia. Los problemas son muy gordos y no encontrarán una solución tan fácil.

—Bueno, ya nos arreglaremos —sonríe Cecilia, tratando de espantar las nubes negras y estar de buen ánimo—. No hay que desesperar. De repente, de un día al otro se descubre algún mineral nuevo, que sólo hay en el Perú. Y entonces nos haremos ricos. ¿Ves qué fácil?

—Muy fácil, sí —ríe Toño—. Ojalá conserves siempre ese optimismo, Cecilia. Te hace bien.

—Cuidado con esos piropos —dice Cecilia—. Recuerda que sólo somos muy buenos amigos. Eso sí, prométeme que no te alejarás tanto y por tanto tiempo.

—Me ha dado mucho gusto verte —dice Toño—. Te conservas muy bien. Siempre joven, siempre bella. Te prometo que te llamaré por lo menos cada dos semanas, para que tomemos estos desayunos tan amenos.

—¿Aquí en Miraflores? —dice Cecilia—. Por favor, Toño. Detesto ir al centro. A veces me reconocen y me piden autógrafos. Quedémonos en Miraflores, nomás.

—Quedémonos en Miraflores, pues —asiente Toño.

Se pone de pie para llamar al mozo, y Cecilia alcanza a ver que del bolsillo trasero de su pantalón cae una libreta de notas.

—Se te cayó la libreta, Toño —dice, con picardía—. ¿Se puede saber qué estás escribiendo?

—Nada.

Cecilia lo mira a los ojos fijamente, sonriéndole.

—Si me dices, te canto ya mismo la canción que quieras al oído, para ti solito.

—Es una locurita de ésas, Cecilia. Mejor no te cuento ahora, porque todo está muy verde todavía. Pero si hago algunos progresos, te prometo que tú serás la primera en saberlo. Y en leerlo. Además, si sale bien, te dedicaré el libro a ti.

Piden la cuenta y, como siempre, Cecilia se empeña en pagarla. Discuten, al fin. Toño cede porque Cecilia es «la que tiene más plata», y salen de La Tiendecita Blanca. Se alejan, de regreso por la avenida Larco, donde ya hay síntomas de que comienza el día. Hay hombres y mujeres que pasean, vendedores que empiezan a buscar su sitio en los andenes. Las tiendas van abriendo y muestran sus existencias a la luz del sol. Toño y Cecilia siguen conversando, muy separados, por supuesto, aunque por momentos se acercan y Cecilia parece decirle algo al oído. La costumbre era que Toño acompañaba a Cecilia al taxi cuando desayunaban en la plaza de Armas, y ahora, en esta nueva etapa, la acompaña de vuelta hasta su casa, antes de tomar la telaraña de omnibuses que lo llevarán hasta San Miguel, donde ahora está su hogar.

Terminé de escribir el borrador de esta novela, en Madrid, el 27 de abril de 2022. Comencé a corregirla en mayo y desde entonces he seguido estos meses (mayo, junio, julio, agosto, septiembre, octubre, noviembre y diciembre), haciéndole pequeños cambios. Espero con impaciencia el viaje al Perú para visitar Chiclayo y Puerto Eten, con lo que, creo, acabaré esta versión.

En efecto, el viaje al norte del Perú me ha servido mucho de ayuda. Creo que he finalizado ya esta novela. Ahora, me gustaría escribir un ensayo sobre Sartre, que fue mi maestro de joven. Será lo último que escribiré.

MARIO VARGAS LLOSA

Queremos compartir
más momentos contigo.

Únete a la comunidad de Penguin Libros
y encuentra tu siguiente lectura.

Penguin
Random House
Grupo Editorial